在学术殿堂外

刘世南自署

九州出版社 JIUZHOUPRESS｜全国百佳图书出版单位

福建省社会科学研究基地地方文献整理研究中心

图书在版编目（CIP）数据

在学术殿堂外 / 刘世南著. -- 北京 ：九州出版社，
2018.4

ISBN 978-7-5108-6901-3

Ⅰ．①在… Ⅱ．①刘… Ⅲ．①中国文学－古典文学研究 Ⅳ．①I206.2

中国版本图书馆CIP数据核字(2018)第072482号

在学术殿堂外

作　　者	刘世南　著
项目策划	郭荣荣
责任编辑	黄瑞丽
特邀编辑	李陶生
封面设计	吕彦秋
出版发行	九州出版社
地　　址	北京市西城区阜外大街甲 35 号 (100037)
发行电话	(010)68992190/3/5/6
网　　址	www.jiuzhoupress.com
电子信箱	jiuzhou@jiuzhoupress.com
印　　刷	三河市九洲财鑫印刷有限公司
开　　本	880 毫米 ×1230 毫米　32 开
印　　张	12.25
字　　数	220 千字
版　　次	2018 年 5 月第 1 版
印　　次	2018 年 5 月第 1 次印刷
书　　号	ISBN 978-7-5108-6901-3
定　　价	56.00 元

刘世南，江西吉安人，1923年生，著名文史学者，江西师范大学文学院教授，父亲为前清秀才，自幼亲承庭训，精熟经史；代表著作有《春秋穀梁传直解》《清诗三百首详注》《清诗流派史》《在学术殿堂外》《大螺居诗文存》等。其中，《清诗流派史》被学术界视为20世纪清诗研究的"经典性成果"之一。在《文学遗产》《古籍整理研究》《博览群书》等刊物发表论文数十篇。曾受聘为《全清诗》编纂委员会顾问、江西省古籍整理中心组成员、大型丛书《豫章丛书》整理编辑委员会首席学术顾问。

序

　　业师刘世南先生将他一生治学的体会以及多年来指谬匡正的文章，集结为一书，名曰《在学术殿堂之外》。先生名其书曰"在学术殿堂之外"，似乎是无关学术宏旨，其实，先生书中所言，句句皆学术中事，无一非关学术耳。归纳起来，先生于书中所述，主要是三大部分：一是从先生自己几十年的治学体会谈如何打好基础、培养中国古典文学的研究人才；二是将他多年来对学术研究、古籍整理匡谬正俗的文章加以结集；三是披露了先生多年来与钱钟书等学者学术交往的情况，由此亦见先生的学术功力和学术襟怀。我因为帮忙整理和电脑输入的原因，得以先睹为快。拜读业师大作，犹如又回到当年受业之时，耳提面命，言犹在耳。

　　记得研究生刚入学时，先生便一再强调打基础的重要性。其时我因已在高校教过几年古典文学，自恃似还有一点基础，对先生之谆谆教诲并不在心。大概先生看出我的心思，又说，他曾经同朱东润先生交谈过，朱先生说："现在大学里有的年轻教师，就凭着北大编的文学史参考资料和我主编的作品选给学生上课，这怎能教好书呢？"后来，先生告诉我们，说他年轻时会背《诗经》，甚至《左传》，我真是不胜惊讶。如果说会背《诗经》尚且不奇怪的话，能背《左传》这样的巨著，谈何容易！然而，后来先生给我们上《左传》专题课，从先生对《左传》的熟悉程度，我才领会先生诚非虚言。先生没有上过大学，但从少年起就跟着前清秀才的父亲读了十二年的古书，熟读了《小学集注》《大学》《中庸》《论语》《孟子》《诗经》《书经》《左传》《纲鉴总论》等古书，而且"全部背诵"！其实不止这些，先生对"十三经"，对《文选》，对《庄子》，对史籍，对词章学，都下过很深的功夫。现在的中青年学者，有几个人下过这样的功夫？前几年，先生在给我的信中曾感叹说，我们现在谈的许多看法、发的感慨，其实古人全都说过。我想，正因先生熟读了古人之书，才有话都被古人说完的感叹。就像清人赵翼说的："古来佳句本无多，苦恨前人已说过。"不但诗如此，文亦如此，理亦如此。而似吾辈读书不多者，一有所论，即沾沾自喜，殊不知古人早已有之。所以，真正能做到"发前人之所未发"，并不是一件容易的事。先生从来是手不释卷的。记得当年我们师徒常一起徜徉于校园之中，先生除了谈读书，别无他辞。先生平生无任何嗜好，唯以坐拥书城读书为乐。我研究生毕业之后，有好几年，先生都是在除夕下午给我写信。记得有一次信上说：现在是除夕下午近四点钟，图书馆阅览厅里只有我和张馆长两人；张馆长亲自值班，坐在阅览厅陪我，等我读书读到四点关门，现在正看着我微笑。所以，先生在《清诗流派史》书后诗云："忆昔每岁除，书城犹弄翰。万家庆团圞，独坐一笑粲。"实乃真实写照。

　　先生对于古典文学研究，强调打下坚实的基础，在广博的基础上力求专精。先生是既博且精的。拜读先生纠谬匡误的文章，首先是叹佩先生学识的广博。因为读书广，而且不是泛泛涉猎，所以一看别人的文章或点校的古籍，很容易就可发现错误。现在的古典文学研究者，包括自己在内，又究竟读过多少书呢？先生"刊谬难穷时有作"所指出的错误，主要原因就在于读书不多所致。自己现在也在指导研究生，并时时告诫他们要广读精读以至背诵原著，然而青年学生最不肯下苦功的就是读原著，犹不屑于背诵，只是热中于看别人的论著，拼凑自己的观点。如此，何以能成为真正的学问家？至于说专精，只要看先生的《清诗流派史》就可以知道。先生自己说"卡片漫盈箱，有得逾美膳。心劳十四载，书成瘁笔砚""自我肺腑出，未尝只字篡"。（该书《后记》自著诗）先生精研清诗十五年（从积累来说远不止十五年），竭泽而渔，殚精竭虑，才完成这样一部"前所未有，后不可无"（顾炎武语）的巨著，被称为传世经典之作，也是理所当然的了。而且，这种耐得住清苦寂寞、"不以学术徇利禄"的精神，又哪是当前浮躁学风所能比拟的？

从1979年开始，先生就对郭沫若、毛泽东以及包括一些学术大家在内的学者的学术错误或学术观点进行批评商榷。这显示了先生的深厚学殖，也表现了先生"当仁不让师"的学术勇气。郭老的《李白与杜甫》一书出版后，是有很多人并不赞同的，但鉴于"文革"时的气候，即使人有腹诽，也不敢公开发表异议。1979年刚刚"拨乱反正"，先生对郭老《李白与杜甫》一书进行批评的文章确有振聋发聩的作用。而《关于宋诗的评价问题》一文，明确地说毛泽东同志《给陈毅同志谈诗的一封信》对宋诗的否定是不符合事实，这在20世纪80年代初引起很大反响，也是势所必然。先生这两篇文章，完全建立在充分说理的基础之上，立论有据，"极有理致"（程千帆先生语）。读先生匡谬正俗的文章，首先是钦佩先生知识的广博，学术眼光的犀利。先生纠谬，不但指出错误，而且征引大量的文献资料说明错在哪里，使人心服口服。其次亦深深感到学术研究之事，何可一丝一毫掉以轻心，非极其严谨不可从事。记得当年受业之初，拜读先生《谈古文的标点、注释和翻译》一文，心常戒惕；后来又常读到先生对古籍整理的指谬文章，更深感古籍整理研究的不易。当今学风浮躁，许多古籍整理的东西不少是仓促上阵，又为功利目的所驱使，率尔操觚，出错乃不足为奇。可先生指谬的对象，有不少是知名学人，应该说学术功底都是不错的。然而只要一不小心便要出错，甚至贻笑方家。先生说："注释不是依靠工具书就能做好的，关键在于读书。也就是说，根柢必须深厚、扎实。否则必然是盲人扪象，郢书燕说。"此说可谓至理名言，足为我辈后学引为龟鉴。

先生治学的另一个经验，就是多与学术大师请益和对话。先生善读书，善发现问题。一发现问题，便向一些知名学者请教，从年轻时起就是如此。先生与马一浮、杨树达、王泗原、马叙伦、庞石帚、钱钟书、吕叔湘、朱东润、程千帆、屈守元、白敦仁等学者都有论学或诗作信函往来。与学者高人对话，可以得到很多教益和启发，这是一个方面。另一方面是，对话总是建立在一个基本差不多的平台上。与学者大师对话，是必须具备相应的水平的。可以看到，不管是对话，还是切磋，学者们对于先生的见解都是相当钦佩的。像杨树达先生称赞他二十四岁写的《庄子哲学发微》是"发前人之所未发"；钱钟书先生称他的匡谬正俗文章"学富功深""指摘时弊，精密确当，有发聋振聩之用"；屈守元先生称其《清诗流派史》"既扎实又流畅，材料丰富，复有断制，诚佳作也"，并作诗说"卓见显才识""摩诃有高论"，甚至称"有幸读君书，竟欲焚吾砚"；皆非泛泛溢美之词。学术就在这样的交流、讨论、切磋中长进。"平生风义兼师友"，增进学术共有时。先生谈的何止是师友情谊，其实是治学的一个重要方法。

先生还谈到他对培养古典文学研究人才的七点意见，我认为非常值得后辈学人记取。打好根柢、博览群书，这是培养古典文学研究人才最基本的两条。看到这些意见，或许有的人会认为先生是一位守旧的学究。此实大谬不然。先生旧学根柢扎实，但从不排斥新学，反而很注意吸收新东西。这一点，由先生从年轻时起就广泛阅读英语著作可以看出。20世纪80年代初中期，新理论新方法风起云涌，好不热闹。对此，先生同样很认真地关注过，亦试图一试。然而，先生不久就发现，新方法并不能解决问题。尤其是有的人没有读过多少古书，仅凭一点所谓理论上的"创新"，便欲在古代文学研究的海洋中弄潮，终未免是隔靴搔痒，或比附牵合，甚至保不住要出错。所以，没有扎实的根柢，徒然变换一些理论和方法，只是"空手道"而已，是为先生所不取。对此，先生常深怀感慨。现在不少学者提倡回归本体，精读原典，与先生所倡，正不谋而合。先生认为，即使进入电脑时代，也不能完全代替读书打基础。这是有道理的。诚如先生在批评有人对"落霞与孤鹜齐飞，秋水共长天一色"两句的误解时，不但指出王勃套用了庾信的《华林园马射赋》，而且举了宋王观国《学林》、宋王楙《野客丛书》、晚清周寿昌《思益堂日札》、刘勰《文心雕龙》、欧阳修《昼锦堂记》等古籍加以论证。如果不是博闻强识，就未必能如此举证。古典文学研究，最忌单文孤证。先生如此征引，宏富有力，令人信服。这就是真正的学问！所以先生曾一再强调，做研究必须力求把资料搜罗齐备，才好动手。此外，先生还主张古典文学研究者要学会写古文、骈文、旧体诗词。先生的旧体诗词、古文和骈文都是做得很好的。吕叔湘先生称他"古风当行出色"，庞石帚先生称其诗"颇为清奇""不肯走庸熟蹊径"，朱东润先生称其诗"深入宋人堂奥，锤字炼句，迥不犹人"，都称赞有加。记得当年我们与先生以及另一位导师刘方元先生（钱基博先生门弟子）一起出外访学，方元先生是每日作诗一首，世南先生虽不每日作，却也诗兴浓郁，佳作不断。两位先生的诗作好之后，都让我们一起评读。在火车上，世南先生还总爱出对子让我们对。一路上既长了知识，又增添了不少乐趣。我想起陈寅恪先生曾说作对子是最好的训练。世南先生此举，实在是用心良苦。至于古文，读一读先生的《哀汪生文》，就可以略知一二了。总之，我认为先生与许多前辈学者都说得极是，作为一个古代文学研究者，自己不会作古诗词、文言文，没有感性体会，对于古人的诗文研究，总归隔着一层。惭愧的是，辞章之事，我至今未得入门，思之常感汗颜。

先生已是八十高龄的人了，仍孜孜不倦在读书写文章，而且还兼着《豫章丛书》首席学术顾问之职，实可谓老骥伏枥，壮心不已。先生的大作，是可以常置于案头的，常读常新，使人戒惕，启人心智。我把先生的手稿给研究生们都看了，希望他们能记住先生的教诲。薪火相传，把前辈学者的好学风传下去，发扬光大。

祝愿先生健康长寿，为学术做出更大贡献。

受业弟子 郭丹 谨记

2003 年 4 月 15 日

目录

一 勿以学术徇利禄

2001年6月11日，浙江大学中文系教授朱则杰博士，寄了一份复印件给我，题为《二十世纪清诗研究的历史回顾》，作者是张仲谋博士，此文发表于1999年《泰安师专学报》第21卷第5期，当时他是徐州师大中文系副教授。在此文中，他举出九种著作，称之为"经典性成果"。一为总集、选本与工具书：（1）徐世昌《晚晴簃诗汇》；（2）邓之诚《清诗纪事初编》；（3）钱仲联《清诗纪事》；（4）袁行云《清人诗集叙录》。二为个人研究专著：（5）钱钟书《谈艺录》；（6）汪国垣《汪辟疆文集》；（7）钱仲联《梦苕庵论集》；（8）刘世南《清诗流派史》；（9）严迪昌《清诗史》。而对于20世纪70年代末至90年代中期的一批研究专著，认为严著《清诗史》和刘著《清诗流派史》是"标志着这一时期清诗研究发展水平的"。

看了张文后，顿生空谷足音之感。因为《清诗流派史》1995年通过郭丹（我带的研究生，现为福建师大中文系教授、博导）联系，在台北文津出版社以繁体字出版，印数只1000

册，定价新台币 480 元，约合人民币 100 元，以大陆书价而论，实在太贵，加以购买不易，寄费又高，所以，我很担心这部书会默默地被淹死，不为学术界所知。现在看到张文，才知已有知音，而且给予这么高的评价，我确实非常惊喜，便特地送给我校（江西师大）文学院副院长刘松来（也是我的研究生，和郭丹同班，现为中文系教授）看，他也很高兴。

由于年老（我生于 1923 年夏历九月六日），睡眠较少，这晚醒后，就在枕上口占了七律一首：

附骥汪钱谁则可？策勋翰墨我非伦。欲从心路窥民主，好与尧封企日新。健者当为诗外事，高歌还望眼中人。亭林能狷羽琤侠，绍述只惭笔不神。

开头的两句并非谦虚，我确实自知学识距离汪辟疆、钱默存、钱萼孙三位前辈太远。三四句说明我写《清诗流派史》的目的。我不是"为学问而学问"，写这本书，重点在（1）通过吴兆骞说明专制高压会使人"失其天性"（P137），（2）通过谭嗣同说明民主意识的产生及其巨大意义（P579），钟叔河在《关于曾国藩家书》中说，"传统的封建文化不能导向民主与科学"，我这一部分论析正可证明他这个结论。吴江的《三谈中国传统文化》（收在《文史杂论》一书中）也可参看。李泽厚《探寻语碎》也指出："近代的自由民主，正如马克思主义一样，是在大工业生产基地上逐渐成熟的成果，它与中国传统并不相容，而是自西方输入的。"（P392）（3）通过释函可说明韧性战斗的重要。以上三点，我特别拈出，以为读吾书者告。杜甫《题李尊师松树障子歌》："更觉良工心独苦。"苏轼解说："凡人用意深处，人罕能谕，此所以为独苦。"我非良工，但此微意，愿与读者共谕共勉。五六句指出学者必须同时是战士，从而寄望于朱则杰、张仲谋等中青年学人。结尾二句指出不入流派的顾、龚两位思想家是我们清诗研究者的光辉榜样，我个人是"虽不能至，而心向往之"的。

　　过了6天，即6月18日，下午，我正在中文系资料室看报，忽然间，几位古典文学教研室的中青年教师涌进来，对我说，北京中华书局来了两个人，其中一个是副总编李岩，他们特来了解江西师大的科研情形，今天下午在二楼开座谈会。会上，刘松来以我的《清诗流派史》为例，列举张仲谋《综述》的评论，说明大陆并非没有水平高的专著，不过处此市场经济环境，无法找到出版机会，只好去台湾出书。李氏听了，很感兴趣，便问松来可否找一本来看看。李表示要带回北京认真阅读——后来松来告诉我，正是为了促成我这本书能在中华重印，所以，中华两位来宾游览滕王阁和八大山人纪念馆，系里本来不是派他陪同，他却自告奋勇陪了他们一段时间。

　　6月23日晚，我又在枕上口占了一首七律：

颓龄可制亦何求？剩付骨灰逐水流。刊谬难穷时有作，赏音既获愿终酬。人心纵比山川险，老我愿无进退忧。差幸穷途多剪拂，书成或不化浮沤。

我为什么写五六句呢？清人纪昀（纪晓岚）在《阅微草堂笔记》中感叹："天下唯同类可畏也。凡争产者，必同父之子；凡争宠者，必同夫之妻；凡争权者，必同官职之士；凡争利者，必同市之贾。势近则相碍，相碍则相轧耳。"我在江西师大60周年校庆时，应校庆办秘书处之约，写了一篇《我在师大二十年》，收在《穿过历史的烟云》一书中，由江西高校出版社于2000年10月出版。现将全文抄录如下：

我在师大二十年

中国古代文人写《士不遇赋》的有好几位，董仲舒、司马迁、陶渊明都有同题之作。我忝附士林之末，所遇恰好相反，在江西师大这二十年，来自领导、前辈、同事的知音，倭指难穷。

我于1979年进师院，并无职称。1982年初评职称，3月4日晚八点一刻，中文系赖淮靖副主任来到我房里，说："系学术评议小组会上，有老先生提议，根据你的学术水平，应该评副教授。系领导也都同意。"但他说，系领导为了保险，主张还是先报讲师，因此由他特来说明。我自然表示感谢——这是我最早从领导和前辈处得到的知遇。

过了几年，我不安于位，决意离去。苏州大学由于钱仲联先生的推荐，立刻向师大人事处发来商调函。同时，江西大学谷霁光校长知道我的遭遇后，也叫我去找郑光荣书记，请他同意调我去江大。我找到郑书记提出要求。

他说："我们既然要你来，怎么又会放你走？不行，你哪里也不能去，一定要在这里安心工作。"不久，就要我卸去本科生的教学工作，协助刘方元副主任专门指导先秦至南北朝文学硕士生。

1988 年下半年，郑书记调任省文化厅厅长。9 月 17 日下午五点半，我从系里回家去，经过校长办公大楼门口（当时门向东开），他正站在大门台阶上，见到我，忙招呼我过去，说："我已到文化厅上班三周了。"又说："全校到年龄的六十五人，都办离、退手续，只留下你。我已经跟校领导们说了：你带研究生有很大成绩，有真才实学。留下来，一方面为了增加你的工龄，更主要的是让你在古典组挑重担，接胡守仁先生的班。"当然，后来由于政策规定，除省决策咨询委员会委员和省政协常委外，一律都退，于是我没被延聘。但郑书记这样关怀，我是没齿不忘的。

我退休十年了，历届领导不论认识不认识，大概都知道我这个人，邵逸夫肖像瓷盘上的七律诗、《逸夫楼记》，都是叫我代学校撰写的。尤其是最近的《田家炳教育书院记》，校办请我定稿（初稿由段小华教授创作），以七天为期，务期斟酌尽善。校领导要求既赞颂田先生，又不能贬低师大。为了这，我几次凝思不眠，有时想到了，半夜跃起，援笔记下，次日审视，仍觉不洽，重新改写。"本期经营尽善，书院丕成；乃以兴作方繁，资金顿绌。"这样措辞，是颇费苦心的。另外，姚副校长不满"救一时燃眉之急"，认为自贬太甚。我为了对"收百年树人之功"，便用《左传》"晋饥，秦输之粟"的典故，写成"同两国饩粟之谊"。后因大批"两国论"，怕引起误会，匆忙改成"古贤"，用鲁肃为周瑜指囷事。惭愧，费了五天时间交卷，仍未斟酌尽善，深负倚托。但据校办罗敬新主任说：田先生非常重视这篇记文，刻石之前，叫先电传过香港去，经他本人和田家炳教育基金委员会的委员们审读后，才让刻石。罗主任说："他们在电话里说，非常满意。"

退休后，我仍然常去样本书库看书。一天，钟世德书记、李佛铨校长陪舒圣佑省长来校视察，走进样本书库。李校长特地叫我过去，向舒省长介绍："这位是刘世南教授，学问渊博，孜孜不倦。"我并不以省长一赐颜色为荣，却对李校长的揄扬踌躇不安：孜孜不倦或有之，渊博谈何容易。

二十年来，我的身影停留得最多的地方，是校、系两图书馆。由于蓄意撰写《清诗流派史》，我要求校图购买《晚晴簃诗汇》。这是一部大部头的书，私人买不起。张杰先生时任馆长，不但同意，而且买了两部，分给中文系一部，我便得以随意借阅。后来，钱仲联先生主编的《清诗纪事》出版了，也是册数较多的，我又向张馆长要求，他又满足了我的愿望。

先母94岁弃养后，我老伴又不幸伤脚，从此里外靠我一手撑持，不但不能去校外讲课，连外出开会和春秋旅游也不能参加。近两年，省高校古籍整理研究领导小组正组织全省高校教师做《豫章丛书》的点校工作，聘请舒宝璋先生和我担任首席学术顾问，负责全部丛书的定稿。这是十分繁重的工作，我已76岁，家务又如此沉重，实在无法受聘。领导小组组长万萍教授，反复劝说，最后说："刘先生，你在中文系是用而未尽其才的，我们这样敦请，实在希望人尽其才啊！"我确实被这话感动了，自知袜材，无足轻重，但良朋相知如此之深，岂容轻负，于是勉强应聘了。

最后，我想到傅修延副校长，他对我的扶持是长期的、多方面的。最难忘的是1996年10月31日上午十点半，他邀我到他家，把贮存在电脑中的日记显示给我看，称我为"大学问家"。（近年来，我在东北师大古籍研究丛刊上连续发了多篇匡谬文章，他看过了，所以如此过分揄扬。）因此，他叹息我刘蕡下第，李广不侯，比我为黄秋园，说是百年之后必获真赏。

江西师大啊，您赋予我难忘的二十年！没有您，就没有我的所有专著和论文，也没有我的存在意义。

感谢您，但愿我能在您的怀抱里，严肃而愉快地走完这人生的长途。

我为什么这样写？并非借他人之口，来作自我吹嘘，而是对种种冷箭的总回答。我当时不仅背后受到种种冷箭，而且竟被剥夺给本科生上课的权利，把我调到《读写月报》（指导中学语文教学的刊物）去当编辑。实逼处此，我才不得不要求调到其他大学去。由于校党委书记郑光荣的慧眼，他果断地留下了我。我安心工作后，除了认真带好研究生，就是全力研究并撰写《清诗流派史》，而对本人职称，不愿多加考虑。我是 1989 年 3 月 1 日退休的，这时我已 67 岁，早已过了规定的退休年龄。那时，全校正在申报正高，和我同带研究生的原中文系副主任刘方元先生几次私下劝我申报，我都不曾申报，觉得实至名归，这事应该由组织上去考虑。后因我在退休之列，便未再议职称事。记得当时中文系一位曾老师，一位赖老师，都因为没评上正高，先后去找郑书记。事后，两位老师先后对我说，郑书记对他们讲："刘世南老师那么好的学问，也没有评教授，他从来没找过组织。你跟他比比，还有什么不服气的呢？"

我告诉读者这些事，用意在于说明，学术研究决不可以徇利禄。我不是教授，可江西高校了解我的人，没有谁不尊重我。很多文史教授经常不耻下问，和我共析疑义，并在他们的著作序、跋中屡屡提及贱名。

最近读到吕家乡先生的《探求：知识分子的天职》："如果一个有知识的人用他的知识作为追逐名利、巴结权贵的工具，他就很容易失去知识分子应有的探求真理的精神，就不是真正的知识分子了。"（《文艺争鸣》2002 年第 4 期）我以为学人应该这样要求自己。

没有文化的民族不是真正的民族，而泡沫文化只是文化垃圾。我希望读者尤其是年轻读者谨记此言，抛开个人的浮名浮利，兢兢业业，踏踏实实，为弘扬我中华传统文化和开创与世界接轨的新文化而努力，这才是我们人生价值之所在。

现在再回到张仲谋《综述》上。

在《清诗流派史》出版后，已有好几位书评，为什么我独对张文如此感动呢？原因有三：

（1）那些书评作者大多是我的熟人，他们是得到赠书后才写书评的，不免有溢美之词。

（2）张仲谋博士却和我素昧平生，我得到朱则杰教授寄来的复印件时，初读一遍，只觉惊喜，却不知道他是在哪个高校读的博士生，导师是哪位。这样的陌生人写的《综述》，对我的专著所做的评价，丝毫不带私人感情，应该是客观的。

（3）没过几天，朱则杰教授第二次来信，说张君是苏州大学严迪昌博导的博士，这就更使我高兴。因为苏州大学是全国的清诗研究中心，俗话说，同行相妒。我在《清诗流派史》末页所附五古说："不知问世后，几人容清玩？得无温公书，无人读能遍？"又说："并世得子云，应与话悃欵。"潜台词正是担心他们会视而不见或故意贬低。而张博士在1999年即已发表这篇《综述》，肯定拙著的价值，丝毫不像刘勰在《知音》篇所说"会己则嗟讽，异我则沮弃"，而是真正"无私于轻重，不偏于憎爱""平理若衡，照辞如镜"。这怎么不使我分外感动呢？特别是最近（2002年7月）看到张博士的专著《清代文化与浙派诗》，深觉他是清诗流派研究的行家里手，拙著能得到这种学人的赏音，实在自幸之至，不禁想起我省高安籍诗人白采（童国章）的一首七绝："负手微吟解者谁，语高元不合时宜。文章真赏须千载，独遣伤心为此时！"正是伤并世子云之难遇。和白采相比，我何能不自幸？我还想起清代诗人彭兆荪（甘亭）的两句诗："世眼嗤点皆寻常，誉我我转心㽞伤。"的确，内行一句中肯的指责，远远胜过外行的众口交誉，何况是内行的称赏？

　　同年（2001年）8月21日，接到赵伯陶先生寄来的一份复印件，是他最近发表在《中国典籍与文化》（第38期）上的一篇文章，题为《从台湾出版的两部大陆学者的清诗专著谈起》。两部清诗专著，按出版时间顺序，指我的《清诗流派史》和严迪昌教授的《清诗史》。并印出了两部书的封面。

　　在此文中，赵先生特别强调我自甘寂寞、锲而不舍的治学精神。他引我书末五古所云："忆昔每岁除，书城犹弄翰。

万家庆团圆，独坐一笑粲。卡片漫盈箱，有得逾美膳。心劳十四载，书成瘁笔砚。"从而指出："正是这种甘坐冷板凳的治学精神，才使这部厚重之作得以问世。"因而感叹："那些把治学当成某种资本或转为终南捷径的人，恐怕难有可经得住时间考验的著述问世。"

这使我联想到张仲谋博士在其《综述》中，也特别指出我"费时十五载，撰成是书，亦可谓耐得清苦寂寞者"。

章太炎论学术研究，谓"近世为朴学者，其善者三：明征定保，远于欺诈；先难后得，远于徼幸；习劳思善，远于偷惰。故其学不应世尚，多悁悁寡尤之士也"。（《检论·学隐》）反省自己撰写《清诗流派史》，起因只是顾炎武所谓著书应为前所未有、后不可无者，希望以此填补清诗史这个空白。所以书末五古说："自我肺腑出，未尝只字纂。"这正表明和"欺诈""徼幸""偷惰"三者绝缘。章太炎强调"凡学者贵其攻苦食淡，然后能任艰难之事"。（《救学弊论》）而要能攻苦食淡，必须"躁竞弭乎下"。（《五朝学》）躁，心态浮躁；竞，追逐名利。两者治学大忌，必须坚决消弭。我写此书的十五年，是包括在编时的十年和退休后的五年。我没有考虑过写此书和评职称的关系，也没有参加过任何评奖活动，想到的只是这工作体现了我的人生价值。

这些年来，社会上不断揭发一些学术腐败的丑闻，使正直的人十分痛心。为什么硬要把学术成果跟职称、工资、住房等挂钩呢？章学诚指出，科举取士，是"以利禄劝儒术"，结果成为"以儒术徇利禄"。(《文史通义·原学下》)听说南方某高校调动了两位高水平的中青年教师到北方某名校，一人评上了博导，一人没有，后者竟跳楼而死。这真是"以儒术徇利禄"的典型！谁实为之？孰令致之？我们强调舆论导向，我看，当前急需大力端正学术研究的方向。

钱钟书先生强调指出：学问是荒江老屋二三老儒探求的事。真是至理名言！热衷利禄之人是做不成真学问的。

二 治学重在打基础

我是 1979 年到江西师大（当时还称师院）中文系工作的，时已 56 岁。前此长期在中学任教，主要教高中语文。我的正式学历只是新中国成立前高一肄业，本来完全没有资格到大学来任教。但是由于十年"文革"，高校古典文学师资严重缺乏，于是在江西师院中文系任教的汪木蓝、唐满先，在南昌市教育局工作的周劭馨，在省委工作的刘开汶，在省文联工作的徐万明（他们都是我在永新中学教过的学生，而且都是江西师院毕业的），事先并没告诉我，五个人经过商量后，要汪木蓝（他是系党总支委员）向系领导推荐我。推荐的材料就是当时在山东大学《文史哲》发表的《对〈李白与杜甫〉的几点意见》（1979 年第 5 期），和《中国语文》发表的《谈古文的标点、注释和翻译》（1979 年第 4 期）。系领导征求系里几位老前辈（胡守仁、余心乐诸先生）的意见，他们也极口赞成。加上刘开汶又向郑光荣书记大力推荐，于是校、系都同意引进，安排在古典文学教研室，教先秦到南北朝这一段。

若干年后，现当代文学教研室的邓老师告诉我，中文系一般教师，在我到来之前很久，就听到汪木蓝、唐满先二人好几次谈到我，说是学问如何如何好，所以，我来系工作以后，他们虽很好奇，却不歧视我，反而越来越尊重我。

当时，《南昌晚报》曾派记者来采访我，发了一篇《没有念个大学的大学教师》。一般读者看了，也都啧啧称奇。

其实人们不了解，我虽然只读完高一下，就因家贫而辍学，但自幼在父亲的指授下，读了十二年的古书，不曾中断过。这些书是朱熹编、陈选注的《小学集注》（收在《四库全书》中，以我有限见闻，只知道崔述和周一良幼时都读过）《大学》《中庸》《论语》《孟子》《诗经》《书经》《左传》《纲鉴总论》，全部背诵。

我父亲是前清秀才，四十三岁才得到我这个儿子，十分钟爱。三岁起就教我认字角（方块硬纸，一面是字，一面是图），认了近两千，才教我读当时用浅近文言编写的国文和修身课本，然后再点上述古书让我背诵。他和一般塾师不同：（1）不教我读《三字经》《百家姓》《千字文》《幼学琼林》一类发蒙书。（2）不是叫我死记硬背，而是详细解释文义，再让我熟读成诵。这就不断开发我的智力，使我喜欢思考问题。

记得读一本高年级的修身课本时，有一课是这样的：

王心斋师事王守仁，讲良知之学。一日，有盗至，公亦与之讲良知。盗曰："吾辈良知安在？"公使群盗悉去衣，唯一裤，盗相顾不去。公曰："汝等不去，是有耻也。此心本有，谓之良知。"

当时在故乡，热天，一两岁孩子都一丝不挂。我就指着问父亲："他们并不害羞，是无耻吗？那岂不是没有良知？"父亲笑了。

读《小学集注》时，读到："武王伐纣，伯夷、叔齐扣马而谏……义不食周粟，采薇而食之，遂饿而死。"我又问父亲："首阳山也是周朝的土地，薇也是周朝的，不食周粟，怎么食周薇呢？"父亲愕然，无以回答。后来，我进吉安市石阳小学读高小，在图书馆看到鲁迅的《故事新编》，其中有一篇《采薇》，说小丙君和他的婢女指责伯夷、叔齐："'普天之下，莫非王土'，你们在吃的薇，难道不是我们圣上的吗？"我吃了一惊：原来古人早就有这看法！长大以后，看《南史》的《明僧绍传》："齐建元元年冬，征为正员外郎，称疾不就。其后，帝（齐高帝萧道成）与崔祖思书，令僧绍与（其弟）庆符俱归。帝又曰：'不食周粟而食周薇，古犹发议，在今宁得息谈邪？聊以为笑。'"才知道鲁迅所写实有根据。但"古犹发议"究何所指呢？后来读《昭明文选》中刘孝标的《辩命论》："夷、齐毙淑媛之言。"李善注："《古史考》曰：伯夷、叔齐者，殷之末世，孤竹君之二子也。隐于首阳山，采薇而食之。野有妇人谓之曰：'子义不食周粟，此亦周之草木也。'于是饿死。"这才知"古犹发议"即指此，而且鲁迅就是根据《古史考》这类古小说来写的。

我写这两段往事，并非自诩早慧（当时我大概六七岁），而是说明一个教育原理：即使是启蒙幼儿，也应着重智力的开发，绝对不可只使其死记硬背。父亲的详解，使我对读书这事越来越有兴趣，越有兴趣就越会主动找书看。这种良性循环，就培养成我这一辈子喜欢读书，而且必求甚解的习惯。到现在八十岁了，仍然每日手不释卷。我不会下棋、打扑克、打麻将，一切玩的事都不会。不抽烟，不喝酒，唯一的嗜好就是读书。年轻时爱看话剧和电影，现在电视也不大看，因为伤目力。代替电视的是广泛阅读报纸和杂志。我这辈子能够杂学旁搜，看了较多的书，大概和自己没有太多嗜好有关系。

还有一点值得谈谈。我不是科班出身，没念过大学，因而一辈子什么书都看。过去长期教高中语文，新文艺以及外国文学，从作品到理论，也接触很多。青年时代，哲学、政治、经济学的书也涉略不少。这些，构成了我较广阔的知识面。当然，在知识领域，有主有从。我虽然兴趣广泛，但重点仍然放在古典文学方面。不过对古典文学，我是通史式的，并不限于某一段。所以，我带研究生，指导的是先秦到南北朝文学，写过《屈原二论》（收入《楚辞研究》，中国屈原学会编，齐鲁书社1988年版），写过和章培恒商榷魏晋六朝文学评价的文章，也写过批评郭沫若《李白与杜甫》的文章，反驳毛泽东"宋人不懂形象思维"的文章。而我的科研方向却是清诗。

如果《清诗流派史》真如论者所说，写得比较深厚，那是因为我的知识面较广，同时钻得较深。我一向要求自己厚积薄发，著书必须有自己的见解。《清诗流派史》的创见：

（1）河朔诗派诗人的民族气节与理学的关系；

（2）顾炎武"亡国""亡天下"论与明末社会思潮；

（3）杜甫、顾炎武多作格律诗（尤其作五律与五排）与两个人个性的关系；

（4）钱谦益迎降动机的分析，引《元经》与顾炎武用意相同，以方苞对比钱谦益；

（5）钱谦益学李商隐的"隐迷连比"，学元好问的顿挫钩锁、缠绵恻怆；

（6）冯舒、冯班诗论体现诗歌发展的规律；

（7）引全祖望论吴伟业诮洪承畴之言，证明《圆圆曲》不能实录；

（8）吴伟业即陈圆圆；

（9）吴伟业与钱谦益诗论渐趋一致；

（10）不避俗是梅村体的长处；

（11）梅村体二传人；

（12）页137第三段；

（13）论《浚稽辞》；

（14）陈维崧诗的阳刚之美；

（15）朱彝尊不能自成一家的原因（我与梅曾亮不谋而合）；

（16）王士禛不取杜甫，因杜诗"变"而非"正"；

（17）王士禛谈艺四言的针对性；

（18）渔洋诗不是形式主义的；

（19）论妙悟；

（20）渔洋诗的艺术特色；

（21）清初唐、宋诗之争包含杀机；

（22）查慎行以《易》学家为诗人；

（23）王士禛和赵执信争论的实质；

（24）"思路镵刻"即写情入微；

（25）赵执信不满宋诗的真意；

（26）厉鹗矫朱彝尊、王士禛两家之失；

（27）樊榭诗的非政教、超功利；

（28）沈德潜同明七子之"调"而变"格"之内涵（据《文镜秘府》）；

（29）由选诗顺序看沈德潜的文艺思想；

（30）驳今人的《诗话概说》；

（31）肌理说的甚深用心；

（32）袁枚以通俗小说为诗；

（33）性灵诗是真清诗；

（34）刘大櫆骂皇帝；

（35）黄仲则把贫贱生涯作为审美对象；

（36）洪亮吉《……代柬》一诗的分析；

（37）龚自珍与潘德舆、鲁一同之异；

（38）龚自珍为诗，"其道常主于逆"；

（39）龚自珍是"近代的"；

（40）同光体的艺术魅力；

（41）郑珍的白描与奇奥；

（42）陈三立是"最后一位诗人"；

（43）陈三立的炼字；

（44）对王闿运"摹拟"的论析；

（45）樊增祥、易顺鼎的"实处"；

（46）樊氏灞桥诗的论析；

（47）"纲伦""法会"二句的民主意识；

（48）论旧风格含新意境。

以上这四十八条，都是"自我肺腑出，未尝只字篡"的。读者从《清诗流派史》可以看出，国学的经史子集、现当代的新文学、外国的文论，或多或少都融化在我的一些观点中。

我力戒博而不精。李详（审言）一则故事深深地打动了我。据说他平生致力的是《昭明文选》。他下的硬功夫是：把线装书的《文选》拆散，先把一页贴在桌上，反复诵读，直到这一页纸摸烂了，才换另一张来读。他就是这样成为《文选》专家的。

我平时最爱看古人与时贤的年谱和传记，特别注意他们的读书方法，从而形成我的铁定原则：

(1) 强调打下扎实基础。研究古典文学，尤其是校注古籍的，一定要对经史子集有个全面了解，就是直接阅读原著。我曾将"十三经"中没背诵过的圈读一遍，每天 4 页。结果，《易》35 天，《仪礼》74 天，《周礼》50 天，《礼记》107 天，《公羊》47 天，《孝经》只 28 分钟，《尔雅》24 天。这是任何一个古典文学研究者都应该而且能够做到的。我担任《豫章丛书》整理工作的首席学术顾问，发现不少校点者就因为没读过"十三经"，分不清哪些是原句，哪些是作者的说明。

(2) 对主要的经书（"四书"、《诗》、《书》、《左传》），子书（《老子》、《庄子·内篇》、集部（《文选》《古文苑》《古文辞类纂》中的名篇），必须熟读成诵。清人惠士奇说过："先辈无书不读，尤必有得力之书。"（王鸣盛《蛾术编》卷八二《说通二》的《读书必有得力之书》）近代黄侃也说过，读书人真正下力气的只是几部书。我理解这话是说，你只要真正读通了这几部书（当然根据专业需要，不能固定哪几部书，但必定是打专业基础必不可少的），其他有关的书，自易触类旁通，迎刃而解。博而不精，那是平均使用力量，浅尝辄止，不能深造自得，那是不可能取得较大成果的。我的做法是，在专精的基础上力求广博。但博务必围绕精这一中心，否则就泛滥无归了。

我自己一生读书，对最重要的根柢的书，必定背诵。指导研究生时，我曾指出：你们这么大年纪，学习时间又只三年，要看的书又多，我无法要求你们背诵。但是，你们吃亏正在这一点。熟能生巧，你们将来就会理解我这层深意。

《庄子·养生主》写庖丁解牛，就是熟能生巧。庖丁解牛之所以能超越技术阶段（"近乎技"），"以神遇而不以目视"，就是因为他掌握了解牛的规律（"道"）。而他所以能达到"道"的境界，岂有他哉？不过是"所解数千牛矣"。一句话：熟而已。

治学所以重背诵，道理完全一样。

背诵，不但能使你熟悉本文，而且能激发出你的灵感，你会联想到很多看似无关其实有用的知识。要知道，学术本来是一个天然精巧的有机的总体，你彻底熟悉了它的主要部分（根据你的研究角度所确定的重点而言），其他部分自会被你摸索、勾连起来。邢邵说："读书百遍，其义自见。"背诵才会熟。

天下书不可尽读，尽读也不可能尽记，所以查检类书（工具书）是治学必不可少的。但正如我在《从对侯氏书的匡谬谈到学问功底的重要性》（《古籍整理研究学刊》1996年第5期）一文中所说的：侯外庐《中国早期启蒙思想史》P467引汪中《述学·别录》之《与刘端临书》，有两句这样断："君子之学，如蜕然幡然迁之。"不通。盖不知此语出于《荀子·大略》："君子之学如蜕，幡然迁之。"杨琼注："如蝉蜕也。幡与翻同。"又 P472 引《述学·别录》之《与刘端临书》："欲摧我以求胜，其卒归乎毁，方以媚于世，是适足以发吾之激昂耳！"侯氏不知"毁方"为一动宾结构词组，出自《礼记·儒行》："慕贤而容众，毁方而瓦合，其宽裕有如此者。"同时也可见侯氏不明古文的句式，上句"（其始）欲摧我以求胜"，下句"其卒归乎毁方以媚于世"，是两个并列句，句式结构完全相同。像侯氏这样点，汪文原意完全丧失了。尽管《荀子引得》和《十三经索引》早已出版，但侯氏根本不知来历，你叫他怎么去查呢？所以，我强调要读原著，否则即使有工具书，你也没法用。

侯氏有盛名，我看过他的几种传记，他小时也读了一些古书，但根柢并不扎实。徐朔方在《考据与研究——从年谱的编写谈起》（《文艺研究》1999 年第 3 期）一文中，指出侯氏说王廷相极恨宰相严嵩，单独上书，皆非事实。因为（1）嘉靖十八年六月，宰相是夏言、顾鼎臣，严嵩是礼部尚书，未入阁，怎能称宰相？（2）上疏是由于雷震奉先殿，大臣都应诏自陈，王廷相时为左都御使，所以也上疏，并非"单独上疏"。（3）《王氏家藏集》有《钤山堂集序》《寄严介溪太宰》诗及词，并非"极恨"。徐氏逐次反驳后，嘲笑说：以尚书为宰相，现代的"马克思主义史学家"反不及《明史》编纂者。并在文后加注："侯外庐主编的《中国思想通史》出版之初曾使我十分欣佩。后来读到他论述汤显祖的论文才发现他对引文有误解之嫌，因此在1962年2月18日《光明日报》上发表一篇《关于〈南柯记〉第二十四出〈风谣〉及其他》表示异议。"

宋云彬则更在私人日记《红尘冷眼——一个文化名人笔下的中国三十年》（山西人民出版社2002年版）中毫不客气地指出："陶大镛送来《新建设》第2期，内载所谓'学术论文'有侯外庐之《魏晋玄学的社会意义——党性》一文，从题目到文章全部不通，真所谓不知所云。然亦浪得大名，俨然学者，真令人气破肚皮矣。"

新中国成立前，我读侯氏《中国早期启蒙思想史》，在P668，见他引魏源的话，说龚自珍"晚尤好西方之书，自谓造诣深微云"，竟说："可惜他研究'西方之书'太晚，不见于言论，只有用'公羊春秋'之家法了。"还说："这是近代资产阶级先声的呼声。"这显然是把"西方之书"理解为西欧的哲学和社会学。其实"西方之书"是指佛经。黄庭坚《山谷全集》卷十九《与潘邠老》之四："西方之书论圣人之学，以为由初发心以至成道，唯一直心，无委曲相。"即其明证。对于欧洲，明万历以来迄晚清，士大夫皆称之为"泰西"，并不称"西方"。正因为侯氏误解了，才说龚自珍"研究'西方之书'太晚，不见于言论"。殊不知《龚自珍全集》第6辑，从《正译第一》到《最录神不灭论》，共四十九篇，全是谈论佛经的文字，怎能说"不见于言论"呢？当时（建国前夕）我曾函告侯氏，可能他没收到信，所以1956年8月第1版，1980年2月第4次印刷，仍然未改。

1978年，我第一次给钱钟书先生写信，就提到这事。他在回信中斥侯氏为"妄庸"（见《记钱钟书先生》一书，大连出版社1995年版）。1980年，我买到《管锥编》后，看到P681有这么一段话："近世学者不察，或致张冠李戴；至有读魏源记龚自珍'好西方之书，自谓造微'，乃昌言龚通晓欧西新学。直可追配王馀祐之言杜甫通拉丁文（《四库总目》卷一八一《五公山人集》）、廖平言孔子通英文、法文（江庸《趋庭随笔》）也！"（附注）才知道钱先生与我不约而同。

然而，遗憾的是，直到现在，汤志钧在《近代经学与政治》P102谈龚自珍，引魏源的话"晚尤（汤作'犹'）好西方之书"，仍蹈侯外庐的覆辙。为此，我发了一文在《中华读书报》（2002年3月20日第9版），题为《请勿再误解龚自珍"晚尤好西方之书"》。汤氏为《续修四库全书》学术顾问，千虑难免一失。

附注：王馀祐之言，见《四库全书存目丛书》集二〇七《五公山人集》卷七《杂著》第十一则《老瓦盆》："西洋之俗，呼月为老瓦。杜诗：'莫笑田家老瓦盆。'然则此盆即月盆耶？

如月琴、月台之类，取其形之似月耳。"（世南按：陆次云《八纮译史》卷二《译语》亦有老瓦月之语。）

　　江庸之言，见沈云龙主编的《近代史料汇编》正编第九辑《趋庭随笔》第一卷："郭允叔云：闻蜀人董清峻言，（廖）季平解《论语》'法语之言，能无从乎？改之为贵'。谓法兰西文比英文难学，云云，真是儿戏矣。"（世南按：顾颉刚《古史辨》第一册《自序》说，民国二年，章太炎在苏州国学会讲学，谈王闿运、廖平、康有为解"耶稣"为父亲复生，"墨者钜子"为十字架，"君子之道斯为美"为俄罗斯一变至美利坚。）

三 刊谬难穷时有作

1979年，我在《文史哲》（同年第 5 期）上发表了《对李白与杜甫》的几点意见，又在《中国语文》（同年第 4 期）上发表了《谈古文的标点、注释和翻译》。这两篇文章竟预示着我此后的科研方向：一是撰写学术论文及专著，一是写作匡谬正俗的文章。

但正如我那首七律所说的"刊谬难穷时有作"，我已八十岁，精力日衰，以后主要的只能在看时人著作时，写作纠谬的文章了。

这方面的文章，最早是对《聊斋·席方平》一句判词的意见。那是 20 世纪 60 年代中期，我在永新中学教语文。高三语文课本选了《席方平》，判词有云："肆淫威于冥界，咸知狱吏为尊；助酷虐于昏官，共以屠伯是惧。"我在课堂上对学生指出："共以屠伯是惧"这句不合古汉语语法，因为"屠伯是惧"即"惧屠伯"，怎能说"共以惧屠伯"呢？如把"以"改为"唯"，那就通了。但又对不上上句的"知"字，那是他动词，而这是副词。为了取得充分的信心，我写信给吕叔湘先生向他请教。他很快给我回了信，完全赞成我的意见。我很高兴地把回信贴在教室墙上，让学生们看。这是我第一次和吕先生通信，可惜这信在"文革"中弄丢了。

"四人帮"垮台后，我仍在下放地江西省新建县铁河公社中学教语文，写了一篇《古文的标点、注释和翻译》，寄给吕先生。他转给《中国语文》（1979 年第 4 期）发表了。后来，《新华月报》（后改为《新华文摘》）在同年第 8 期全文转载，人大"语言文字学"（复印报刊资料）同年 7 月也全文复印。《学术月刊》1980 年第 1 期上发表了郭在贻的《漫谈古书的注释》，自称为对我此文的补充。听汪少华教授说，某高校函授部还曾选为教材。还传说上海某出版社曾打印该文分发各编辑作为参考。

1997 年 10 月，我在《社会科学战线》（同年第 3 期）上看到朱星的长文《〈金瓶梅〉的作者究竟是谁》，其第四部分末尾有这样一段话："又查日本《大汉和辞典》'王世贞'条，记王世贞字元美，号凤洲、弇州山人，为世所熟知者外，还有九友斋、五湖长、贞元五湖长、天弢居士等别号。我还可补上他又叫……'王伯舆'，《弇州诗集》卷四十四中有一首通俗诗：'有情痴故佳，无情黩亦尔；琅琊王伯舆，终当为情死。'这全是他自写，他在兄弟中行大，所以王伯舆也该是他的化名。这可给《大汉和辞典》作补充。"

　　我看了，就在该文右侧空白处批："如此考证，可为叹息！"立刻写了一篇短文《王伯舆不是王世贞的别号》，先寄给钱钟书先生，请他转寄朱星。因为朱氏文中提到英国人维利精通满文，自注："这是钱钟书同志告诉我的。"看来两人很熟，所以我托他代转。他回信说：

世南我兄教席：

　　……朱君乃先君门下士，与弟仅三数面，其著述亦未尝寓目，何意牵引贱名，不足借重，殆用以分谤耶？舛误殊可笑，足下不妨径通书是正之，弟无气力为人补课……

钱钟书上
11月3日夜

　　于是3月8日，我将此文寄给吕叔湘先生，同月19日得其回信：

世南同志：

　　得书谨悉。古风当行出色，佩佩。

　　某君创见，大可发噱。惟大文不宜在《中国语文》刊载，因向不涉及文学史上的问题也。此君亦尝数度领教，道不同不相为谋耳。

　　草草，　顺祝

著安！

吕叔湘

1980 年 3 月 12 日

3 月 20 日，我又把此文寄给《文学评论》。同年（1980年）第 4 期刊出。文章不长，摘录如下。

王伯舆不是王世贞的别号

（朱氏意见已见前，此略。）

我认为这一见解是毫无根据的。为了说明问题，我把王世贞同题十首小诗全部录出，并加以说明。

闲居无事，偶忆古人恒语成联者，因以所感足之，不论其合与否也。

其一

何所闻而来，何所见而去？人自不关身，身有关人处。（世南按：前二句见《世说新语·简傲第二十四》"钟士季精有才理"条，乃嵇康问会语。）

其二

前不见古人，后不见来者。此事久已然，如何初泪下。（世南按：前两句是唐初陈子昂《登幽州台歌》前二句。）

其三

兰以香自焚，膏以明自煎。昆冈一失火，顽石未闻全。
（世南按：前两句见《世说新语·伤逝第十四》，乃楚父老叹
龚胜语。）

其四

我自用我法，卿自用卿法。卿法多爱憎，我法无来灭。
（世南按：前两句见《世说新语·方正第五》"王太尉不与庾
子嵩交"条，乃庾敳对王衍语。）

其五

莫言一种物，双名亦易晓。处则为远志，出则为小草。
（世南按：后两句见《世说新语·排调第二十五》"谢公始有
东山之志"条，乃郝隆讽谢安语。）

其六

有情痴故佳，无情黠亦尔。琅琊王伯舆，终当为情死。
（世南按：后两句见《世说新语·任诞第二十三》"王长史登
茅山"条。据刘孝标注：王廞，字伯舆，琅琊人，历任司徒
长史。见乾隆壬午刻《重订世说新语补·附释名》。）

其七

人言阿龙超，阿龙故自超。济南一下语，北地不成骄。
（世南按：前两句见《世说新语·企羡第十六》"王丞相拜司
空"条，乃桓彝赞王导语。）

其八

法护非不佳，僧弥难为兄。长安啾名地，语语兰芬生。

（世南按：前二句见《世说新语·规箴第十》"王大语东亭"条，乃当时人称王珉及其兄王珣语。）

其九

有儿不明经，好读子与史。仲容已预之，卿不得复尔。

（世南按：后二句见《世说新语·任诞第二十三》"阮浑长成"条，乃阮籍谓阮浑语。）

其十

解绶还神虎，买舟向吴会。冷如鬼手馨，强来捉人臂。

（世南按：后二句见《世说新语·忿狷第三十一》"王司州尝乘雪往王螭许"条，乃王螭对王胡之语。）

从诗题看，王世贞是用古人成语二句，加上自作二句，表现一种雅人深致，不知朱氏怎么会把这十首诗看成"通俗诗"？大概他把这些诗看成和《金瓶梅》一样，都是通俗文艺。他还从王伯舆的"伯"字来推测，于是说王世贞"在兄弟中行大"，所以王伯舆就是王世贞；又从"终当为情死"，断定《金瓶梅》的作者一定是王世贞。

这种种误解，根子就在不知出处，于是望文生义，想当然。

最糟糕的是，他还认为他这一"发现"可以给《大汉和辞典》作补充，我真担心日本的汉学家会"谓秦无人"。

　　朱氏没有回答，他默认了。和1985年发生的"新妇初婚议灶炊"争论相比，我倒觉得朱氏还比较虚心，他并不强词夺理。

　　"新妇初婚议灶炊"的事件是这样。《文学遗产》（1984年第2期）发表了廖仲安的《沈德潜诗述评》，其中引了沈氏《送杭堇浦太史》一诗："殿头磊落吐鸿词，文采何曾惮作牺？王吉上书明圣主，刘蕡对策洽平时。邻翁既雨谈墙筑，新婚初婚议灶炊。归去西湖筑场圃，青青还艺向阳葵。"廖氏认为"新妇初婚议灶炊"是用唐代王建的《新嫁娘》："三日入厨下，洗手作羹汤。未谙姑食性，先遣小姑尝。"于是连上"邻翁"句一起，分析为"揭示了汉族的臣子在大清朝廷中处处被怀疑防范、挑剔、嫉视的处境，实际上也是说，朝廷用人存畛域偏见"。

　　我看了后，写了一篇《"新妇初婚议灶炊"及其他》，寄给《文学遗产》，1985年第3期在《读者来信》栏发表。我指出这句出处是《战国策·卫策》："卫人迎新妇，妇上车，问：'骖马，谁马也？'御曰：'借之。'新妇谓仆曰：'拊骖，无笞服。'车至门，扶，教送母：'灭灶，将失火。'入室见臼，曰：'徙之牖下，妨往来者。'主人笑之。此三言者，皆要言也，然而不免为笑者，早晚之时失也。"姚宏评论说："虽要旨，非新妇所宜言也。"鲍彪也认为："初为妇而云然，失之早也。"沈德潜用此典，正是说杭世骏所言用人宜泯满汉之见，虽是"要言"，但刚刚保举御史，还在"例试"，就向皇帝谈论这么一件大事，实在为时过早——廖氏不明出处，以致误解，这本来是极简单也极明显的事。可他还要强辩，硬说"一定要说沈诗此句之出处与王建诗无关，也很难下此结论"。他认为"沈诗实际上是把两个新妇的事揉合起来使用"。并把这一强辩文字收进他的《反刍集》中，却不附我的原文，自说一家理。

过了 3 年，到 1989 年，《李审言文集》出版了，其中《愧生丛录》卷三第三十八则说："沈文悫（沈德潜的谥号）送杭董浦归里诗云：'……新妇初婚议灶炊。'按……《战国策·卫策》：'卫人迎新妇，车至门，扶，教送母曰："灭灶，将失火。"此至言也，然而不免为笑者，早晚之时失也。'……时董浦以考御史妄言放归，文悫隶事之确如此。"李审言治学既精且博，士林共仰。他称赞沈氏"隶事之确"，就只举出《卫策》。可见廖氏力辩为"把两个新妇的事揉合起来使用"，全是护前强争，徒令通人齿冷。（参阅《古籍整理研究学刊》1993 年第 6 期拙作《论注释、引证与标点》）

从 1992 年起，我这类匡谬文字大都发表在东北师大的《古籍整理研究学刊》上。

在这些文字里，我反复强调：注释不是依靠工具书就能做好的，关键在于读书。也就是说，根柢必须深厚、扎实。否则必然是盲人扪象，郢书燕说。因为很多东西是工具书上查不到的，或者你根本不知道要查，也不知道怎样查。

现举若干知名学人为例。

（1）吴世昌（中国社科院文研所研究员）

有《罗音室学术论著》。其《词林新话》，附录《诗话》112则。第93则引宋人吕本中《柳州开元寺夏雨》一诗，尾联为"面如田字非吾相，莫羡班超封列侯"。吴氏解释说："尾联'田字相'，据前辈吴雷川云：未有照相前，前清官吏相人，以'同''官''甲''由'定为四种面型，录于手本，亦借此审定铨序调用。"世南按：（1）不能以后代（清朝）故事解说前代（宋朝）的诗，这是注家大忌。（2）上述四字面型与"田字相""封侯"无关。此由吴氏偶忘吕诗此二句的出处。《南史》卷四十六《李安人传》："（宋）明帝大会新亭楼，劳诸军主，令樗蒲共赌。安人五掷皆卢。帝大惊，目安人曰：'卿面方如田，封侯相也。'"（《南齐书·李安民传》同。"民"作"人"，唐人避太宗讳。）知道宋明帝这两句话，就明白吕诗了。

《诗话》第一〇五则："梅村《咏鲞鱼》云：'自惭非食肉，每饭望休兵？'此用曹刿故事，'肉食者鄙'，岂堪言兵？此谓我非食肉者，可以言兵，而犹望休兵乃进一层言之。耘菘误以为用食鱼之典而讥之，失其所指矣。"

吴梅村的《鳌》是一首五律，吴氏所引是三四句。程穆衡《吴梅村诗集笺注》、吴翌凤《吴梅村诗集笺注》，对此二句都未加注，只有靳荣藩的《吴诗集览》才在"自惭非食肉"句下，引《左传·庄公十年》"肉食者鄙"，此即吴氏所说的根据。然而靳氏实在弄错了，梅村此句实用《后汉书》卷四十七《班超传》："相者指曰：'生燕颔虎颈，飞而食肉，此万里侯相也。'"梅村意谓自愧不能像班超那样"奋西域之略"（《班超传·论》），为清廷平定"海寇"。其所以如此说，靳氏《集览》此诗后已引顾瞻泰语："三四句盖有海警时作。"所谓"海警"，指顺治十年十二月丙戌，郑成功犯吴淞，官军击走之。（《清史稿》卷五《世祖本纪二》）梅村此时虽尚未出仕清廷，但已被迫将出山，其诗集刊印又在入清之后，不敢有违碍语，所以此诗三四句写成，既自愧不能如班超之投笔从戎，平定海疆，而又时刻盼望早日结束战争（即早日消灭郑成功的抗清军事力量）。

如照吴氏所解"此谓我非食肉者，可以言兵"，则何"自惭"之有？因为既非"食肉者"，那就是不"鄙"而"能远谋"，就像曹刿那样，用不着"自惭"的。

至于"可以言兵，而犹望休兵乃进一层言之"，就更缠夹不清了。难道梅村自负知兵，而又不愿用兵早日消灭郑成功的抗清军事力量吗？

其所以纠缠不清，还能自圆其说，关键就在于上了靳荣藩的当了，把班超的"食肉"当成了曹刿乡人骂的"肉食者"。

吴氏还批评清人赵翼（字耘崧），说他"误以为用食鱼之典而讥之，失其所指矣"。其实赵翼并不误，误的倒是吴氏。

《瓯北诗话》卷九《吴梅村诗》第七段："又有用事错误者……《咏鲞鱼》云：'自惭非食肉，每饭望休兵。'食鱼无休兵典故，况鲞鱼耶？亦觉无谓。"这是说休兵和食鱼（尤其是鲞鱼）无关，没有这方面的典故。赵翼的话很明白，他是就"每饭望休兵"一句说的。"每饭"，就题目《鲞》的范围说，就是每次吃鲞鱼时，就盼望早日结束战争，这确是毫无来历，没有故实的，不像上句用了班超的事。（赵翼是诗人，又是史学家，他不像靳荣藩，完全懂得"食肉"的出处。）而按旧诗作法，律诗的对偶句，如果用典，就上下都要用，不能一用一不用。所以，赵翼对梅村此句的批评是完全正确的。吴氏说赵讥吴诗误用食鱼之典，真不知从何说起。（参看《古籍整理研究学刊》1993 年第 4 期）

2000 年 1 月 22 日《文汇读书周报》上发表了韩敬群的《关于吴其昌》一文，说到唐兰告诉周一良："吴世昌先生曾对他壮语：'当今学人中，博极群书者有四人：梁任公，陈寅恪，一个你，一个我！'"又引谢国桢语："（吴世昌）君……兼喜词章，博学强记，背诵典籍如流水……"

这些话和上述两则《诗话》对看，真正相映成趣。

（注）2002 年 9 月 3 日，始从周一良《郊叟曝言》知道，

"壮语"者为吴其昌，非吴世昌。

（2）周振甫（中华书局编审）

其《严复诗文选》P258 有五古《说诗用琥韵》，末二句为"举俗爱许浑，吾已思熟烂"。周氏注："爱许浑，爱如许浑。陈师道《次韵苏公西湖观月听琴》诗：'潜鱼避流光，归鸟投重昏。信有千丈清，不如一尺浑。'水清则鱼无所隐蔽，所以不如浑。言世俗爱那样浑为了避祸，这点我已思之熟了。"

周氏所引陈师道诗在《后山集》卷一，而同书卷二同题一诗，末二句"后世无高学，举俗爱许浑"。正是严复此诗末二句的出处，周氏失之交臂了。许浑，人名，晚唐诗人，有《丁卯集》。明代杨慎《升庵诗话》中"许浑"条说："诗至许浑，浅陋极矣，而俗喜传之，至今不废。陈后山云：'近世无高学，举俗爱许浑。'孙光宪曰：'许浑诗，李远赋，不如不做。'"严复为其子严琥说诗，引陈师道此句，意在指示其子作诗应力避浅陋，务求高雅，怎么可以解释为叫儿子和光同尘以避祸远害？这和"说诗"有何关系？可见出处不明，一定会乱解一气。

（3）王水照（复旦大学教授）

其《苏轼诗集》P113《百步洪二首》之一，注（1）释题，对苏轼诗前自序所说"舒尧文"表示怀疑："舒焕，字尧夫，序中作尧文，疑误。"苏诗自北宋迄清，注家很多，对舒焕字尧文从未致疑。因为他们幼时都读过《论语·泰伯》："大

哉尧之为君也……焕乎其有文章。"舒教授既名焕,字以释名,
当然应字尧文,不知王氏何所据而说他字尧夫?

(4)葛兆光(清华大学教授)

其论文《从宋诗到白话诗》,发表于《文学评论》1990
年第4期。第一部分《以文为诗:从唐诗到宋诗》中有这么
几句话:"说到为宋诗'发其端',则更应上溯到杜甫。《后
山诗话》云:'韩以文为诗,杜以诗为文,故不工耳。'就很
明白地把'以文为诗'的渊源平摊给了两个始作俑者。"葛氏
把"以文为诗"和"以诗为文"看成一件事,认为"以诗为
文"就是"以文为诗",因此,下文历数杜甫的诗如何"破弃
声律",如何"用俗语白话入诗",从而指出这两者"是对古
典诗歌语言形式中两个最关键因素——格律与语序的'有组
织的违反'"。只字不提杜甫的文(散文)。

其实前人说杜甫"以诗为文",是说他以作诗(指模仿
《诗经》)的方法来写散文旧题。南宋严有翼撰《艺苑雌黄》
云:"秦少游尝言:人才各有分限,杜子美诗冠古今,而无
韵者殆不可读……窃意少游所谓无韵不可读者,不过《伐木》
诗序之类而已。"我们来看看《伐木》序:"课隶人伯夷、辛
秀、信行等入谷斩阴木,人日四根止。维条伊枚,正直挺然。
晨征暮返,委积庭内。我有藩篱,是缺是补。载伐涤荡,伊
仗支持,则旅次小安。山有虎,知禁,若恃爪牙之利,必昏
黑樘突。爨人屋壁,列树白菊,墁为墙,实以竹,示式遏。为

与虎近，混沦乎无良。宾客忧害马之徒，苟活为幸，可默息已。作诗示宗武诵。"这就是"以诗为文"，和韩愈的"以文为诗"根本不是一回事，宋诗也不可能受杜甫这方面的影响。

（5）黄维樑

其《中国诗学纵横谈》（台湾洪范书店 1986 年版）P134，引欧阳修《六一诗话》一段话，其标点符号为：

圣俞尝语余曰："诗家虽率意而造语亦难，若意新语工，得前人所未道者，斯为善也。必能状难写之景，如在目前，含不尽之意，见于言外，然后为至矣。贾岛云'竹笼拾山果，瓦瓶担石泉'，姚合云'马随山鹿放，鸡逐野禽栖'等是。'山邑荒僻，官况萧条'不如'县古槐根出，官清马骨高'为工也。"

并加以说明：

至于"山邑荒僻，官况萧条"之所以不如"县古槐根出，官清马骨高"，乃因为"荒僻"和"萧条"都是抽象的形容词，"山邑"和"官况"又失诸太广太泛，而"县古"二句则为具体事象的描摹。

梅尧臣那段话，后半部分其实应如此标点：

贾岛云"竹笼拾山果，瓦瓶担石泉"，姚合云"马随山鹿放，鸡逐野禽栖"，等是（世南按：同样是）山邑荒僻，官况萧条，不如"县古槐根出，官清马骨高"为工也。

梅尧臣是把贾岛、姚合那两联和"县古"一联对比，认为三联都是描写"山邑荒僻，官况萧条"的，前两联却没有后一联好。黄氏不曾细看上下文，特别误解"等是"一词，因而把"山邑荒僻，官况萧条"臆测为古人的诗句，用以与"县古"一联对比；而把贾、姚两联说成"状难写之景，如在目前；含不尽之意，见于言外"的典型，恰好把梅尧臣的意思弄反了。可见，从事中国古代文学批评工作的人，传统文化修养不足，是极易闹笑话的。

（6）余英时（台湾中研院院士，美籍华人）

在《陈寅恪晚年诗文释证》一书的 P106—107 中，余氏引了 1961 年陈寅恪《赠吴雨僧》七绝四首之四："弦箭文章那日休？蓬莱清浅水西流。钜公漫诩飞腾笔，不出卑田院里游。"再引陈氏 1930 年《阅报戏作二绝》之一："弦箭文章苦未休，权门奔走喘吴牛。自由共道文人笔，最是文人不自由。"另外又引汪中《经旧苑吊马守真文序》："一从操翰，数更府主。俯仰异趋，哀乐由人。如黄祖之腹中，在本初之弦上。"

在引了上列诗文以后，余氏说："'本初弦上'疑亦有直接的出处，一时尚未检得。但据《后汉书》本传，他击公孙瓒时曾'促使诸弩竞发，多伤瓒骑'。陈琳为袁绍作檄，也特别强调'骋良弓劲弩之势'（《三国志·魏志》卷六引《魏氏春秋》），足见袁绍的弦箭是出名的。"

余氏坦承不明"本初弦上"出处，这态度很好，但又强加解释，未免多余。

"本初弦上"出处在《文选》。《文选》卷四四陈孔璋（即陈琳）《为袁绍檄豫州》一文下，李善在"陈孔璋"下引《魏志》曰："琳避难冀州，袁本初使典文章。作此檄以告刘备，言曹公失德，不堪依附，宜归本初也。后绍败，琳归曹公。曹公曰：'卿初为本初移书，但可罪状孤而已，恶恶止其身，何乃上及父祖耶？'琳谢罪曰：'矢在弦上，不可不发。'曹公爱其才而不责之。"

明白了出处，就知道汪中说的"如黄祖之腹中，在本初之弦上"，是说自己为每位府主撰写的文稿，虽然都能像祢衡为黄祖撰稿那样，恰如其腹中所欲语（《后汉书》卷八十下《祢衡传》），得到府主们的激赏，但是所有这些文稿的内容，都不是自己内心所要说的，只是被迫为人作嫁罢了。而陈寅恪两首绝句的"弦箭文章"，也是指那些"钜公""文人"写的批判文章，其实都是被迫或奉命的，并非出于自愿。如照余氏所解，那就是只指那些文章写得非常尖锐有力，岂不完全丧失了汪、陈二人的本意?

2002 年 9 月 3 日,偶然翻阅《冰茧彩丝集——纪念缪钺教授九十寿辰暨从教七十年论文集》,看到余氏的论章学诚一文 P498 引章学诚《与严冬友侍读》书:"兹录内篇三首似慕堂光禄,乞就观之。"注(1)"似慕堂"即曹学闵……曹学闵(1720—1788),字孝如,故号"似慕堂"。

我觉得余氏才气纵横,而传统文化修养总嫌不足,要能像其师钱穆那样根柢深厚就好了。以上述引文而言,首先,"内篇三首似慕堂光禄"能够没有动词吗?其次,从曹名学闵,字孝如,可见号只是慕堂。闵是闵子骞,孔子称赞他:"孝哉闵子骞!人不间于其父母兄弟之言。"(《论语·先进》)学闵,字孝如,即学闵子骞,如其孝行。号慕堂之慕,用孟子"大孝终身慕父母"(《孟子·万章上》),可见"似"决不能加于"慕堂"前。而余氏正因不识"似"字,所以才闹成一个没有动词的句子。其实"似"在此乃"与"意,是动词。唐宋人常用,如罗邺《宫中诗》"鹦鹉飞来说似人";贾岛《剑客诗》"今日把似君,谁有不平事"?晏几道《长相思》"欲把相思说似谁";欧阳修《紫石屏歌》"呼工画石持寄似"。直到民国,作旧诗的人在诗题中也常用它。可见章学诚此句是:兹录内篇三首与慕堂光禄,乞就其处观之。这些地方看是小事,却可见其粗疏,谨严的学者必不如此。[查胡适《章实斋年谱》(安徽教育出版社 1999 年版)P67 作"曾录内篇三首,似慕堂（曹学闵）光禄，乞就观之暇，更当录寄也"。"曾"，余氏作"兹"，误。胡适如此标点，以"似"为动词，正确。但"暇"当属下句，胡适误。]

（7）赵俪生

所著《学海暮骋》（新华出版社 1992 年版），有一文，题为《说辛弃疾卒前三四年中的情绪波动》，谈到辛氏和韩侂胄的关系，引《六州歌头》下阕："记风流远，更休作，嬉游地，等闲看。君不见，韩献子，晋将军，赵孤存；千载传忠献，两定策，记元勋。孙又子，方谈笑，整乾坤。直使长江如带，依前是□（扶）赵须韩。伴皇家快乐，长在玉津边，只在南园。"解释为"词中以韩世忠、韩侂胄两世扶保宋室，极尽颂扬之能事"。

解释之误有两点：（1）以"忠献"为韩世忠；（2）以"两定策"为"韩世忠、韩侂胄两世扶保宋室"。

《宋史·韩琦传》：字稚圭，相州安阳（今河南安阳市）人。嘉祐六年（1061 年），仁宗连丧三子。而自至和（1054—1055）中，仁宗即得疾不能御殿。中外惴恐，争以立嗣固根本为言。帝以养子名宗实（英宗旧名）者告琦等，琦等力赞之，议定，遂下诏立为皇子。嘉祐七年，仁宗崩，英宗嗣位。琦既辅立英宗，门人亲客或语及定策事，必正色归功于先帝及太后。及英宗寝疾，琦入问起居，请早建储以安社稷，帝颔之，即召学士草制立颍王。神宗既立，拜琦为司空兼侍中。

薨年六十八。帝哭之恸，篆其墓碑曰："两朝顾命定策元勋。"赠尚书令，谥忠献。

可见辛词"千载传忠献"，是指从春秋时晋国的韩献子传到北宋的韩琦。

而韩世忠，《宋史》本传：字良臣，延安（今陕西延安市）人。高宗二十一年八月薨，进拜太师，追封通义郡王。孝宗时，追封蕲王，谥忠武。

再看韩侂胄，《宋史》本传："字节夫，魏忠献王琦曾孙也……孝宗崩，光宗以疾不能执丧，中外汹汹。赵汝愚议定策立皇子嘉王。时宪圣太后居慈福宫，而侂胄雅善慈福内侍张宗尹，汝愚乃使侂胄介宗尹以其议密启太后。侂胄两至宫门，不获命，彷徨欲退，遇重华宫提举关礼问故，入白宪圣，言甚恳切，宪圣可其议。礼以告侂胄，侂胄驰白汝愚。日已向夕，汝愚亟命殿帅郭杲以所部兵夜分卫南北内。翌日，宪圣太后即丧次垂帘，宰臣传旨，命嘉王即皇帝位。宁宗既立，侂胄欲推定策恩，（汝愚不可）……然（侂胄）以传导诏旨，浸见亲幸……自是，侂胄益用事，而以抑赏故，怨汝愚日深……时侂胄以势利盅士大夫之心，薛叔似、辛弃疾、陈谦皆起废显用……或劝侂胄立盖世功名以自固者，于是恢复之议兴……安丰守厉仲方言淮北流民愿归附，会辛弃疾入见，言敌国必乱必亡，愿属元老大臣预为应变计……（兵败，）侂胄连遣方信孺使北请和……金人（责）缚送首议用兵之臣……侂胄大怒，和议遂辍，起辛弃疾为枢密都承旨。会弃疾死……"

看了以上史料，可知陕西籍的韩世忠，根本不可能与河南籍的韩侂胄成为"两世"。何况辛词已明说"孙又子"，这正是《宋史·韩侂胄传》说的"魏忠献王琦曾孙也"。

另一点是"两定策"。《宋史·韩琦传》已写明"两朝顾命定策元勋"，辛词的"两定策"，纯就韩琦而言。赵氏为史学名家，竟忘了"定策"是拥立皇帝，而且把韩琦的"两定策"，说成"韩世忠、韩侂胄两世扶保宋室"，难怪谢泳说"革命史学家学识根柢不深固"啊！

（8）章培恒、骆玉明（复旦大学教授）

两人主编的《中国文学史》下卷 P96，引元人仇远《金渊集》中的《醉醒吟》"卿法吾情各行志"，解为"意思是'法'既不足为凭，那么只能循'情'而行"。

这样解释不合仇诗原意。

先看《醉醒吟》全诗："众人皆醉我独醒，众人皆醒我独醉。先生何苦与世违，醒醒之中有深意。或云酒是腐肠药，沉湎淫泆无不至。或云酒是忘忧物，醉乡别有一天地。左拍五柳先生肩，右把三闾大夫臂。醉时元自惺惺着，醒来亦自齁齁睡。独醒独醉岂多得，众醉众醒堪一喟。醉者自醉醒自醒，卿法吾情各行志。溧江美酒差可恋，说醉论醒姑且置。公不见昔人有云：且食蛤蜊，那知许事。"

仇远原是南宋末钱塘人，宋度宗咸淳年间（1265—1273）已有诗名。入元后，元世祖至元（1264—1294）后期，曾任溧阳教授，不久罢归，优游湖山以终。

了解了他的生平，就可以明白他的诗意了。头两句是说，南宋末期，朝廷上下，还是"山外青山楼外楼，西湖歌舞几时休"，只有自己清楚国亡无日。但是宋亡后，大家清醒过来，自己却既没像文天祥、陆秀夫那样坚决抗元，也没像月泉、汐社诸人保持遗民气节，却出仕元朝了。当然，从出仕元朝到罢归故里，始终是糊糊涂涂过日子，就像喝醉了酒一样。第三、四句解释自己这样是有深意的。从第三句到第十二句，是说不管人们说酒坏（腐肠）也罢，说酒好（忘忧）也罢，反正我像陶潜那样在东晋亡而入刘宋后，整天以酒浇愁；同时又像屈原那样，众人皆醉我独醒。你看我醉了，其实我清醒得很；可看来我醒了，却又像在駒駒大睡（指出仕元朝）。第十三、十四句说要做到独醒独醉是不容易的，至于一般由宋入元的汉人，他们起初糊涂，亡国后才醒悟，然而已经于事无补，只能付之一叹了。第十五、十六句说，现在国已亡了，糊涂的由他糊涂，清醒的由他清醒，你照你的原则去生活，我照我的原则去生活，各行其志，互不干涉吧。第十七句到末尾，是说我现在担任溧阳教授这一末秩微官，谈不上富贵功名，只有用溧江的水酿的美酒还值得我留恋。说什么醉呀醒呀，都去他的，你不记得古人说过：姑且吃海蚌下酒，哪管得那么多事！

我这样的解释是否符合他的原意呢？这就又要谈到他的诗论。他在《山村遗集》中有一首《读陈去非集》的七律，诗后自跋："近世习唐诗者，以不用事为第一格。少陵无一字无来处，众人固不识也。若不用事之云，正以文不读书之过耳！"

那么，他这首七古用了哪些事呢？就其主要者说，（1）腐肠之药，用枚乘《七发》："甘脆肥醲，命曰腐肠之药。"（2）忘忧物，用陶潜《饮酒》之七："泛此忘忧物，远我遗世情。"（3）醉乡，用王绩的《醉乡记》。（4）卿法，用《世说新语·方正》："王太尉（王衍）不与庾子嵩（庾敳）交。庾卿之不置。王曰：'君不得为尔。'庾曰：'卿自君我，我自卿卿；我自用我法，卿自用卿法。'"原来魏晋时，侪辈之间称"君"，下于己者或侪辈间亲昵而不拘礼教者称"卿"，又贵人不可卿而贱者乃可卿。（参见徐震堮《世说新语校笺》附录《世说新语词语简释》中"卿"字条）（5）且食蛤蜊二句，用《南史·王弘传》附《王融传》："（王融）诣王僧佑，因遇沈昭略，未相识。昭略屡顾盼，谓主人曰：'是何年少？'融殊不平，谓曰：'仆出于扶桑，入于旸谷，照耀天下，谁云不知，而卿此问？'昭略曰：'不知许事，且食蛤蜊。'"

我所以不厌其烦，详加论析，是因为章、骆两位主编把"卿法"的"法"误会为礼法之法，从而把"卿法吾情各行其志"解说为：你主张严守礼法（礼教的规矩），我则主张尊重个性（任情）。却不知他们俩怎么从仇诗看出"'法'既不足为凭，只能循'情'而行"的意思来？

（9）季镇淮（北京大学教授）

季氏去世后出版的《来之文录续编》中的《赏析编》，颇多谬误。兹举其荦荦大者。

（1）《潘德舆诗赏析》P304《元夕感事·时洪泽湖决口未筑》："晚岁淮流愁复愁，一方利病系神州。中朝不独正供急，大事毋为肉食谋。安宅人方悯鸿雁，衣裳我恐似蜉蝣。可怜村市还丝管，倚槛无言月下楼。"

对第三句，季氏解为"这句意谓供应人民的急需不只是朝廷上的事，也是地方上应有的事"。把"正供"理解为"供应人民的急需"，错了。无须旁征，新版《辞源》P1664"正供"条："法定的赋税。《书·无逸》：'文王不敢盘于游田，以庶邦惟正之供。'宋代蔡沈《集传》九谓万民惟正赋之供。后因称田赋为天厨正供。"可见潘氏此句是说，洪泽湖决口所酿成的水灾，使农田颗粒无收，大大影响了朝廷所收的农业税。

第四句的"大事"，季氏解为"救济洪水灾荒这件大事"，其实是指"洪泽湖决口未筑"这件大事。因为修好水利，不独能保证朝廷赋税的征收，而且能安定民生。所以潘氏劝告地方官应有"远谋"，不要成为"肉食者鄙，未能远谋"。（《左传·庄公十年》）

第五句"安宅人方悯鸿雁"，季氏解为"安宅而居的人们正对脱离家园流离失所的灾民表示怜悯"。从句式看，本为"人方悯鸿雁安宅"，即人们怜悯灾民到何处去找到栖身地。这与第六句"我恐似蜉蝣衣裳"句式同。如果以"安宅人"为一个词组，那么，"衣裳我"能构成另一个词组吗？

　　对第六句，季氏解为"但是我恐怕那些官僚老爷们也朝不保夕，难免灾难"。不对。第一，洪泽湖决口再大，官僚老爷们何至朝不保夕，难免灾难？第二，潘氏既斥其为"肉食者鄙"，为什么倒为他们操这个心？季氏所以误解，实因对《诗·曹风·蜉蝣》全诗未加深思。此诗固然感叹统治者骄奢淫泆，不修政事，但重点却在：这种昏暗时世，将使诗人（即《蜉蝣》作者）自己面临朝不保夕的命运。所谓"心之忧矣，于我归处"？"心之忧矣，于我归息"？"心之忧矣，于我归说"？都是一个意思：忧虑找不到安身之地。所以，潘氏此句中的"我"，正是指他自己。他是淮安人，淮安在洪泽湖东南边，地势低，去冬洪泽湖决口，他家乡也闹水灾，因而他忧虑找不到安身之地。

　　《尚镕诗赏析》P310，只欣赏了一首五古《上海访龚定庵晤而有作》。第二节："不读唐后书，君如明七子……出示琳琅篇，客心忽惊喜：铮然生面开，不比虎贲似……"对"铮然"两句，季氏解为"文辞敏锐而别开生面，不像那种狂奔似的猛虎"。既没说明龚文怎样别开生面，又误解了"虎贲似"。

　　"虎贲似"用《后汉书·孔融传》："（融）与蔡邕素善，

邕卒后，有虎贲士貌类于邕，融每酒酣，引与同坐，曰：'虽无老成人，尚有典刑。'"明七子摹拟先秦两汉文，被后人讥为"伪体"。正如四库全书《空同集》提要所云："梦阳倡言复古，使天下人毋读唐以后书。持论甚高……厥后摹拟剽贼，日就窠臼。"龚自珍虽学先秦诸子之文，然皆"以朝章国故、世情民隐为质干"。（魏源《定庵文录·序》）所以尚镕此诗称龚文"铮然生面开，不比虎贲似"。"生面"指龚文在唐宋派古文（桐城派）盛行之际别开生面，"虎贲"句指龚文不是明七子学秦汉文的形似，徒为"虎贲中郎"。季氏那种既浮泛又错误的解释，全由于不了解龚文的实际。

第三节："今朝甫谋面，使我亦失恃。十年学古文，力竭无敢弛。上争欧苏锋，下摩侯魏垒。君皆一洗空，毕竟孰为是？近来詅痴符，操觚多率尔。学未半袁豹，文辄献辽豕。茫茫貉一丘，固宜弃敝屣……"

"近来詅痴符"以下六句，季氏解为尚镕自言："近来我也表现了'詅痴符'的陋习，执笔写作多是很随便的。读书不多，未及袁豹的一半；而为文却少见多怪，如辽东之见白豕。天下古文家都是一丘之貉，差不多的，你当然一律视之为破旧草鞋。"却不想尚镕上面已说过，自己"十年学古文，力竭无敢弛。上争欧苏锋，下摩侯魏垒"，怎会突然又说自己是"詅痴符"（本无才学，又好夸耀于人，适成献丑的标志），"操觚多率尔"（作文往往轻率）呢？如果贯穿上下文看，显然这"詅痴符"云云，是指当时一般好称古文家的人，如桐城派末流，以及后来李慈铭痛斥的朱仕琇之流。(《越缦堂读书记》)另外，"问辄献辽豕"也不是季氏解说的意思。连上句看，是说当时的所谓古文家学识浅陋，却毫不自知，反以自己所作古文为天下杰作。

第四节头两句"文人好相轻，闻多每行咫"，季氏指出"文人好相轻"出于曹丕《典论·论文》。我以为"文人好相轻"这种习见成语都要说明出处，那"闻多每行咫"出处怎么不提呢?《国语·晋语四》:"文公学读书于臼季，三日，曰:'吾不能行也咫，闻则多矣。'(臼季)对曰:'然而多闻以待能者，不犹愈也?'"尚镕此句是说，文人懂得很多书本知识，但实践得很少。意在规劝龚自珍不要妄肆讥弹。

季氏在其书后记中说:"我写文向来不论长短，皆用力为之，至有数百字短文而用数礼拜者。"可见上述错误不是率尔操觚所造成的。为《来之文录续编》作序的孙静，说《赏析编》"表现了作者深厚的学力"，"一些难解的典实与词语解释得清清楚楚"。未免阿私所好，太对读者不负责任吧?

以北大这样的名校、季氏这样的名家，《来之文录续编》作为"北京大学中国传统文化研究中心国学研究丛刊之十二"，实在不应出现那样的错误。这说明整理遗著的人和有关责编没有付出应有的努力。

四　平生风义兼师友

上述种种匡谬文字，说明研究古典文学，根柢十分重要。我一个高一的肄业生，何以能看出那些大小（因为还匡正了不少知名度尚低的）学人的某些错误呢？就因为我不仅从小背诵了十二年的古书，而且一辈子始终保持爱读书和爱思考的习惯。小时在家跟随父亲读古书时，我已养成吃饭看书的习惯。我看的是家藏前四史（《史记》《汉书》《后汉书》《三国志》）中的列传，把它们当故事书看。另外，读父亲点的古书以外，我常常翻《昭明文选》，汉大赋不爱看，其他则常阅读。我家藏书很多，多部头的如"九通"（杜佑《通典》、郑樵《通志》、马端临《文献通考》《续通典》《续通志》《续文献通考》《清通典》《清通志》《清文献通考》），我虽不曾通读，但也常常泛览。他如《皇朝经世文编》《廿二史劄记》以及《新民丛报》《瀛寰志略》《泰西新史览要》，严译《天演论》《原富》《群学肄言》等，尽管半懂不懂，也都是我常看的。

我读完高一，即因家贫（抗战发生，南昌存款倒了，几

化乌有，家庭顿陷困境）失学，以后主要从事中学国文教学
工作。旧社会教书不写教案，作文次数也少，因而教师课余
颇为清闲。一般老师以打麻将消遣，我则一心扑到图书馆找
书看。在遂川县中一年半，印象最深的是《十七史商榷》和
《东塾读书记》。那时自我规定每天清晨，像古人的柔日读经，
刚日读史，不过经改为子，史则改为英文。《老子》《庄子·内
篇》背诵，其余熟读。《淮南子》《吕氏春秋》也是熟读。我
喜欢缓步走着读。从所住净土庵走到遂中农场，长长的马路，
每早一个来回，风雨无阻，除非迅雷烈风，暴雨倾盆，才改
在屋里。在吉安联立阳明中学一年半，住在尊经阁，开始看
《皇清经解》。同时对其他子书做笔记。我现在还保存一本当
年的练习簿，记着读《尸子》《尉缭子》《文子》等的心得。
同时，自己还买了地摊上半部精装本《资治通鉴》和《经传
释词》《经义述闻》等。受朴学家的影响，给朋友写信竟用小
篆化的楷体，如"敢"作"𢷏"。新中国成立后，在永新中学
任教时，每早都到旧城墙上缓步背诵杜诗。到江西师院工作
后，我也常到附小空地上或走马楼上早读。去年（2001）快
八十了，每早仍然天不亮就开灯圈阅古籍，定有日课（受林
则徐"行舆日课"的影响）。圈毕，再看英译《红楼梦》《儒
林外史》《左传》和英文版《远大前程》等。早读的习惯可以
说与我一生相终始。"不怕慢，只怕站"，我的微薄（以"博
极群书"为准则，自知微薄之至）知识就是这样日积月累而

来的。平生可以自慰的是能坚持，日课一日不缺，即使早上有突发事件耽误了，晚上还要补上，决不一曝十寒。

"文革"期间，无书可读，我就读英译的毛选第一卷、毛诗词、毛语录等。总之，不使白日闲过。

到江西师大工作，是我平生最幸福的事。我曾对汪木蓝、周劭馨说："你们推荐我到师大教书，我最感激你们的，不是使我当上了大学老师，而是让我跳进了知识的海洋，任情游泳。"是呀，当《四库全书存目丛书》和《续修四库全书》陆续陈列在校图样本书库的书架上时，我内心真灌满了欢乐。每次从书库出来，走到校图大门的台阶上，阳光和微风照拂着我全身，我抬头注视着蓝天，内心喃喃自语："我是世上最幸福的人！"

新中国成立前，不记得从什么书上看到蒋百里的话：一个人的工作和他的兴趣一致是最幸福的。（大意）现在，我常常想：退休后，每月有一千多元退休金，没有一点公事负担，可以日夜坐在书库里读书，你还不是世上最快乐的人吗？

黄宗羲说："学之盛衰，关乎师友。"我尊敬那些大学者，确实健羡那些有幸师从他们的学生。王国维、马一浮、马叙伦、杨树达、庞石帚、陈寅恪、吕叔湘、王泗原、钱钟书，都是我十分尊敬的。但是，我崇拜的却只有五个人：清代是顾炎武、汪中，现代是鲁迅、闻一多、顾准。我崇拜思想家而兼学者的人，特别是顾准，这位当代的"鲁迅"，中国的

"普罗米修斯"。

（一）马一浮

解放战争初期，我二十四岁时，曾用古文作了一篇《庄子哲学发微》（很多材料就是从郑樵《通志》中搜集的），寄给在杭州的马一浮先生，并表示要去复性书院师从他。他回的信，现在收在《马一浮集》（二）P1045—1046。原件可惜毁于"文革"劫火中，那手章草曾博得名书法家刘郁文的激赏。现录原信如下：

辱书见贤者胸中所蕴有异于时人，且过示抅谦，乃欲远道相即，自居参学之列。虽嘉贤者好善之切，恨仆非其人也。书院在今日已同疣赘，非特无以待学人，即刻书亦将辍矣。仆罢谈已久，向时学子俱已星散，无复有讲习之事。仆既引去，不日将谋结束，敢劳千里命驾？及今犹可中止，幸免道路之忧。相见有缘，或当俟诸他日耳。大著《庄子哲学发微》，独具只眼，诚不易及。其间抑扬，似或少过。仆虽未足以知之，私谓足下既揭天人之目，合下便可略于人而详于天，庶可与庄子同得同证。凡言皆寓，不可为典要也。至无己、无功、无名之义，唯佛氏三德、三身之说颇近之。若拟以今之社会主义，无乃蔽于人而不知天，恐非庄子之旨。一管之见，欲仰劝贤者稍稍涉猎《灯录》，留意禅宗机语，直下扫荡情识，必可与《庄子》相发。如齧缺问王倪，四问而四不知，乃是绝好公案。于此荐得，决定不受人瞒。未知贤者亦有乐于是否？不敢辜负下问，故不避怪责，聊贡刍荛。若其无当，置之可矣。诗以道志，亦是胸襟自然流出，然不究古今流变，亦难为工。须是气格超、韵味胜，方足名家。足下才高，向后为之必益进。见示诸稿，已谨藏之，即不附还。老年目昏，仅能作简语奉答，幸恕其率易。不尽。

但是，正如我在《戊午（1978年）年除夕放歌》所说："蠋叟耽禅齐生死，葛庄一楼夙仰止。诏我皈依空诸恃，我独执持有所底。耳岂无闻目无视，块然独行牛马似？心不能忘太史氏，闻道从人笑下士。"自注："予尝奉书马一浮先生，滕以《庄子哲学发微》。先生报书，颇知奖掖，劝以学佛，予敬谢不敏。盖时方泥首卡尔、伊里奇之学，信道弥笃也。"

我同意李慎之对马先生的看法，也不赞成马先生以儒学治国那一套，因为那是不能实现民主与法治的。

但是，"文革"后，知道他在"文革"中被迫害而死，我悲愤已极，曾用他1954年咏美国在太平洋实验氢弹的五古原韵，写成《天道》一诗：

天道无是非，马迁语岂诞？幽人履道吉，强死心无眩。犹闻凭栏际，余生忍一断。嗟彼恣睢徒，视之若夷狄。哲人遂云亡，孰恤邦国殄！弘毅能致命，心丧长识悍。

这是 1991 年 1 月 17 日作的。不久又作一首：

意有未尽，复成长句

逃名何意出菰芦，一曲湖山只自娱。圣代早闻车载士，神州竟见客穷途。羲皇道自先生出，正始音终此世无。永愧琼瑶偿瓦石，寝门宿草漫嗟呼。

（二）杨树达

1948 年，我还曾以《庄子哲学发微》一文和一些文字学的札记，函呈杨树达先生。当时他在湖南大学。他回信称赞《发微》，以为"发前人之所未发"；而对那些札记，则以为尚未入门，劝我读他的《积微居小学金石论丛》。他的毛笔字刚健饱满，可惜原信也在"文革"中被毁了。

（三）王泗原

1946 年，我在吉安私立至善中学任教，王泗原先生也住在这里。在他的影响下，我对《说文》下功夫，好多与它有关的书，我都找来攻读，朱骏声、桂馥、王筠以及现当代文字学家的著作，是我的案头物。父亲原有小本子的《国朝汉学师承记》，我按图索骥去读那些清儒的著作，下及俞樾的《群经平议》《诸子平议》。有好几年，我沉浸在乾嘉朴学中，对戴震、段玉裁两师生，王念孙、王引之两父子，简直顶礼膜拜。对汪中孤苦力学更引为同调。这和我当时读了胡适有关论著很有关系。但泗原先生的苦学的确给了我很大的影响。

泗原先生是一位道德文章都迈越时流的人，是一位脚踏实地做学问的大学者。冬天不烤火，夏天不挥扇。每天黎明，他就站在卧室又高又小的窗口下的一块垫足石上，端着一本线装书读。从有数的几次交谈中，他告诉我：写文章引书时，一定要用第一手资料。万不得已用二、三手材料，必须查对原书。这可以看出他的治学谨严。新中国成立后，他调到北京人民教育出版社，直到退休，没有换过岗位。他出版了三部书：《离骚语文疏解》《古语文例释》《楚辞校释》，都赠送给了我。他去世后，有一天，我去看舒宝璋先生（他和我同任《豫章丛书》的首席学术顾问，新版《辞源》的修订人之一），他桌上摆着一本《古语文例释》，刚买回没几天。谈话时，他特地举起这部书，郑重地对我说："这真是大著作，太有价值了！"我告诉他我和王先生同过事。后来还寄了王先生给我的一封信去，舒先生赞叹不已，说："真是大学者！"内行的钦佩是最宝贵的。

但王先生生前寂寞，声名阒然，这是因为他纯行古君子之道，从不搞新闻炒作，又从未在大学执教，没有门弟子揄扬。《新文学史料》发表的叶圣陶日记，里面经常提到"王泗原"，两人过从甚密。据说叶先生曾说，他的文集一定要请泗原先生编。另外，胡耀邦总书记曾请王先生教他读古书，都是用小车接送。这些，外面没几个人知道。

1990 年 4 月，他曾回南昌一次。江西师大余心乐先生请他给中文系的教师和研究生讲学。当时我老母在堂，他虔执晚辈之礼谒见，然后和我畅谈了几个小时。他并不是书斋型学者，而是胸中自分泾渭，谈到首都种种见闻，彼此感情激荡，心潮难平。他走后，我写了一首七古，次日送到他的寓所。现录部分如下：

泗原先生枉顾，坐谈久之，感赋 × × 韵

古心古貌神自恬，重逢益仰君子谦，目光犹能视炎炎。王城唯知富贵甜，木强公乃虱其间，尽日呫哔依风檐。阴气座下锐于镰，遂使腰膝如遭箝，不妨三月食无盐。国老谈经自沾沾，心计已粗滥典签，公独异趣心不厌。嗜古与世殊酸咸，而非陆沉泯洪纤，翻然顾我詹詹言……桃笙葵扇时能占，岂有终古士气阉？普罗密修士不熠，从公起望朝日暹。

2002 年 9 月 3 日晚，看到《陆晶清诗文集》（四川大学出版社 1997 年版）。陆是现代知名女作家，是作家王礼锡的夫人，而礼锡是泗原先生的胞侄。陆集扉页上印有陆氏手迹，是 1987 年 8 月 8 日写给王世忠（王礼锡的长子）的信，其中

谈到泗原先生：

泗原叔公是自学成才的当代少有的古典文学研究注释专家，今年曾到福建讲学几月。他的生活很艰苦，住的地方是你不能想象的在今天是少见的北京古大杂院。我每到北京都去拜访他，带些吃的东西给他，因他虽有女儿女婿，他们只每周回来一次，专为老人做些菜饭留下，泗原每天只自己热点吃吃。他房里四周是书，他整天伏在桌上查、写。他已经出版的几本书都是一流著作。

泗原先生是 1999 年 5 月 12 日在北京逝世的，7 月 8 日我才知道。唯有长叹："读书种子，又弱一个！"即写挽诗一首："半载相于小校场，纷纭六艺未能忘。遗编日染幽窗曙，死友世惊侠骨香。（陈启昌师及师母下世后，遗孤多人，泗原先生负教养责，至成人能自立，乃止。）新说千重仍墨守，积威孤注斥鹰扬。经师不愧人师永，风义千秋想二王。（王念孙父子。怀祖先生曾抗议疏劾和珅，风节凛然。）"

（四）马叙伦

新中国成立前，大约是 1948 年抑 1949 年，我在《学原》杂志上看到马叙伦先生一文，谈到"胡"何以转为"下巴"，其义未明。我当时真是初生牛犊不畏虎，竟冒昧去信，以"长言""短言"（语出郑康成）以解，说"下"古音为"户"

(hu)，"巴"古音为"铺"（pu），合音即"胡"（hu）。信寄开明书店叶绍钧（圣陶）先生转。叶先生回信告诉我："夷初先生住上海拉都路 83 弄 783 号（世南按：抑 383 号，记不清），台端如与论学，必所欣承。"马先生似乎在南京下关被特务殴打住院，没有回信。后来我曾问过王泗原先生，他不同意我的解释，但也没有作出答案。现记于此，既志因缘，亦俟明哲。

（五）庞石帚

庞先生是程千帆先生介绍的。我看吴敬梓的《文木山房集》，有些典故不懂，刚刚看过程先生的《宋诗选》，便写信向他请教。他很谦虚，叫我向四川大学的庞石帚先生请教。我果真写信去问，并附了自作的几首诗。庞先生回信如下：

世南先生：

昨天从四川大学转到尊函一件，捧读之下，十分惶悚！千帆先生大概因为事忙，嘱您写信远道来问，其实我还是忙，并且闻见固陋，恐不免辜负盛意。您信里的两种诗，仔细地拜读了，颇为清奇；是不肯走庸熟蹊径的！无任佩服。所提问题八条，因尊示诸语，没有标明题目，又有几个并非全句，此刻手边无文木山房诗，也无暇去寻找，谨就所问略为奉答，不知当否，还请您自己斟酌。

一、"梁清、云翘"，似用梁玉清云翘夫人典故。梁玉清是织女侍儿，云翘夫人是樊夫人之姊，皆女仙也。梁玉清见《太平广记》卷五十九，云翘夫人见裴铏《传奇》"裴航"条。

二、"汤提点"即装开水的壶。宋人有所谓茶具十二先生，"汤提点"即其一，见茅一相《茶具图赞》。（此书在明刻《欣赏编》内，《丛书集成》收有此书。）

三、"佛菻"形恐是"拂菻"，拂菻即古大秦国。见《新唐书·西域传》。

四、"叠垛"即是堆垛、堆积之意。

五、"捕蛇诗句清"，此句须知题目乃可作答。

六、"千岁蘽为虆藟藤"，王念孙《广雅疏证·释草》考证最详。

七、"奏绩付诗奚"，意为但有作诗之功耳。绩，功也。诗奚，用杜牧《李贺小传》。

八、"鸿书"，此语亦须见其全文，乃可作答。

庞石帚

3 月 6 日

打倒"四人帮"后，1985 年 6 月，我到湖北江陵去参加中国屈原学会第一届年会，得以认识四川师大的屈守元先生。他特约我作了一次长谈，才知道他就是庞先生的门弟子。以此因缘，后来他又介绍我和庞先生另一门人白敦仁先生通信，从而得到白先生印的庞先生诗文集《养晴室遗集》。这本遗集，真是字字珠玑，读了它，我感到自己真是太浅薄了。庞先生和汪中（容甫）一样，都是贫苦出身，全靠自学成为大学者。这对我是多大的鞭策。在得到这本诗文集之前，我曾在校图综合书库看见一本《养晴室笔记》，对庞先生的博极群书，识解精卓，极为倾倒。以这样的学问，却没有留下多少著作，真太可惜了！但想起顾炎武说的："二汉文人所著绝少……乃今人著作，则以多为富。夫多则必不能工，即工亦必不皆有用于世，其不传宜矣。"又云："文以少而盛，以多而衰。"（《日知录》卷十九《文不贵多》）同书同卷《著书之难》又说："若后人之书，愈多而愈舛漏，愈速而愈不传。所以然者，其视成书太易，而急于求名故也。"我明白庞先生著书少的缘由，同时对当代学人为评职称等名利，轻易著书，甚至弄虚作假，真是不胜慨叹。

（六）钱钟书

关于钱钟书先生，我在《记默存先生与我的书信交往》一文（收在《记钱钟书先生》一书中）说得很清楚，现转载如下：

早在一九四八年，我在江西遂川县中教高中国文和初中历史。同事中有一位叫王先荣的，是遂川本地人，曾在浙江大学学化学，爱写新诗，笔名王田，和朋友们办了一个诗刊。那时我们刚二十出头，因为都爱文学，经常在一起闲聊。一天，王君转述闻诸国师旧友的轶事：国师有一对父子教授，父亲叫钱基博，儿子叫钱钟书。这位钱钟书先生少年英俊，非常高傲。有一次在课堂上居然对学生们说："家父读得书太少。"有的学生不以为然，把这话转告钱老先生，老先生却说："他说得对，我是没有他读得书多。首先，他懂得好几种外文，我却只能看林琴南译的《茶花女遗事》；其次，就是中国的古书，他也比我读得多。"我当时正在以钱穆、王云五为榜样，努力自学，学习古人的柔日读经，刚日读史。听到钱先生的故事，十分钦佩，不胜向往。王先荣是当作奇闻轶事讲的，还说，一般人都认为钱先生太狂了。这是很自然的，凡是学识高明的人，总不能被一般俗人所了解，用现在的话说，就是没有共同语言，俗人自然以他们为狂了。

新中国成立初期，我看到开明版的《谈艺录》，大喜过望。少年时起，我就酷嗜龚自珍诗，进而爱看学龚的诗界革命派和南社的诗。再后来，可能出于逆反心理，又喜欢看同光体的诗。但看不到什么评论清诗的论文，更谈不上专著。现在得到《谈艺录》，绝大部分是论清诗的，自然如获至宝。反复看了多遍，扩大了也加深了对清诗的认识。这对我下决心写一部《清诗流派史》起了启蒙作用。

《宋诗选注》出版了，我忙买了一本，仔细研读，发现他完全不像一般注本仅仅解释一下题意、注明词语和典故，最引人注意的是作者介绍部分，给读者一种新颖的深刻的文学史和文学批评的丰富知识，注释部分则指出某些词语的来源以及作者怎样脱胎点化。每一玩读，我总不免赞叹：真是大手笔，深人无浅语啊！

尽管我对钱先生这样心仪、私淑，却从来不敢写信给他，直接请益。

十年"文革"，很多大作家、大学者都被打死或自杀了，我想钱钟书一定在劫难逃。那时，我被下放在江西新建县的铁河，在场办中学教书。一九七七年国庆节后几天，从《人民日报》上看到国庆观礼代表名单，"钱钟书"三个字赫然在目。我不禁狂喜，还怕没看清，再仔细辨认，不错，是钱先生，他并没有死。谢天谢地，总算给我们中国留下一颗读书的种子。

主要是为了向他表达自己这份强烈的庆慰心情，我向他寄出了第一封信，还附寄一篇论文《谈古文的标点、注释和翻译》，纠正上海古籍出版社以及另外几家出版社一些注本的错误，并分析其致误原因。信中还谈到真正读书的种子太少，名家也不免弄错。我举了侯外庐和周振甫两先生为例。侯先生《中国思想通史》第五卷论龚自珍，根据魏源说的"晚尤（侯误为'犹'）好西方之书"，就说"可惜他研究'西方之书'太晚，不见于言论，只有用'公羊春秋'之家法了"，把"西方之书"理解为欧、美近代政治、经济学说。其实"西方之书"是指佛经。黄庭坚《山谷全书》卷十九："西方之书论圣人之学，以为由初发心以至成道，唯一直心，无委曲相。"就是指佛经而言。欧、美，晚清士大夫称为"泰西"，并不称"西方"。《龚自珍全集》第六辑从《正译第一》到《最录神不灭论》，四十九篇全是关于佛学的。可见侯先生读书不够认真。这一点，我在新中国成立前就曾写信给侯先生，可能由于地址有误，他没有收到，因而该书一九五六年版仍未改正（P688）。周振甫先生的《严复诗文选》P258选《说诗用琥韵》，末两句为"举俗爱许浑，吾已思熟烂"。周先生注释说："爱许浑，爱如许浑。陈师道《次韵苏公西湖观月听琴》诗：'潜鱼避流光，归鸟投重昏。信有千丈清，不如一尺浑。'水清则鱼无所隐，所以不如浑。言世俗爱那样浑为了避祸，这点我已思之熟了。"周先生所引陈师道诗在《后山集》卷一，《后山集》卷二有同题一诗，末两句为"后世无高学，举俗爱许浑"，才是严诗的出处。许浑，晚唐诗人，有《丁卯集》。明人杨慎《升庵诗话》"许浑"条说："诗至许浑，浅陋极矣，而俗喜传之，至今不废。陈后山云：'近世无高学，举俗爱许浑。'孙光宪曰：'许浑诗，李远赋，不如不做。'"严复为其子说诗，引陈师道此句，意在指示其子作诗应力避浅陋，务求高雅。周先生偶忘出处，遽臆说为和光同尘以避祸，不省与"说诗"何关。另外，钱先生在《宋诗选注》第5页注（1）中说："但是对于《长恨歌》故事里'夜半无人私语'那桩情节，似乎还没有人死心眼地问'又谁闻而述之耶'？

或者煞风景地指斥'临邛道士'编造谎话。"而按沈起凤《谐铎》卷六《能诗贼》称顾兰畹《题长恨歌后》有"如何私语无人觉，却被鸿都道士知"之句，我认为还是有人死心眼地问过。最后，我表示希望能到他的身边做助手、当学生。

钱先生很快就给我回了信，照录于下：

世南先生教席：

忽奉惠函，心爽眼明。弟衰病杜门，而知与不知以书札颂潜夫者，旬必数四。望七之年，景光吝惜，每学嵇康之懒。尝戏改梅村句云："不好诣人憎客过，太忙作答畏书来。"而于君则不得不破例矣。大文如破竹摧枯，有匡谬正俗之大功。然文武之道，张后稍弛，方市骏及骨，而戒拔茅连茹。报刊未必以为合时，故已挂号径寄上海出版社，嘱其认真对待，直接向君请益。倘有异议，即将原件寄还弟处。区区用意，亦如红娘所谓"管教那人来探你一遭儿"，欲野无遗贤耳。周君乃弟之畏友，精思劬学，虚怀乐善，非侯君庸妄之伦，致书未报，或有他故，晤面时当一叩之。小言十七则，比于屑玉碎金。鸿都道士知者，道士得之于玉环之魂，是凡人仍不能知，非承教于鬼神不可。亦犹《西游记》中，猪八戒自信编造停当，回去哄那弼马温，而行者化小虫，在耳后听得明白。神通妖术，在词章无妨借作波折，说理时只堪过而存之矣。承降志相师，自是君子之谦谦，弟则谨以柳子厚答韦中立者相酬而已。贱齿六十七。近著一编已付中华书局。排印前先将稿本复制，以当副墨而代抄胥。兹以序文呈教，聊当佳什，亦投桃而报李也。即祝

尊侯安隐不一一。

钱钟书上

18 日

这封信既深刻，又幽默，表现出钱先生一贯的行文风格。而其怜才之意，溢于言表，尤其使我感动。

但最使我感动的是，他得到我的第一封信，知道我想拜他为师、当他的助手，一方面表示不同意，另一方面却主动向中国社科院文学研究所、中华书局、上海古籍出版社推荐我。这是第二封回信谈到的：

世南先生著席：

惠书及两稿均奉到勿误。弟去岁得大札后，即向敝所有司、中华及上海出版社说项，似皆无下文，则以衰病杜门，地偏心远，不足为贤者增重也。兹当再尽绵薄。定庵诗注，拟向中华推荐；论定庵文，拟向《文学评论》推荐。成败利钝，匪所逆睹耳。百废待举，需才孔亟，而在位者任人唯亲，阻塞贤路；手无斧柯，浩叹而已。生平撰述，不敢倩人臂助，

况才学如君，开径独行，岂为人助者乎？如魏武之为捉刀人傍立，将使主者失色夺气矣！

草复不尽，即颂

近祉！

钱钟书上

17 日

钱先生这样推荐我，完全出乎我的意料，我自然万分感激。但我当时仍在铁河中学任教，心情非常抑郁。较可自慰的是那篇《谈古文的标点、注释和翻译》寄给吕叔湘先生，发表在《中国语文》一九七九年第四期上。这年春节除夕，我坐在窗前，万感丛生，放笔写了一首《戊午年除夕放歌》，怀念马一浮、马叙伦、杨树达、王瑶、庞石帚、吕叔湘先生，最后写到对钱先生的怀念：

世事翻新歌变徵，匡谬更欲开新史。钱君盛名山岳峙，杂学旁求无余子。言诗居然笑予起。彼战三已复三仕，所志诚不在金紫。龟山龟山蠢如此，捉刀徒劳世莫比。绍禹绩者宁后启，书城谁识穷通理。愿言思伯花著体，拂袖侯门味微旨。天威不违颜尺咫，战兢恒若薄冰履。

予久慕钱默存先生博学，闻其轶事，颇悼威重，不敢致书。"文革"以来，以为如此读书种子必无生理。一九七七年国庆后始知尚健在，大喜过望，即上书请益。先生惠然报书，抴挹逾恒，且推毂情殷，颇以遗贤为恨，至以魏武捉刀相誉，此皆足以见前辈之大也。然予请为上书极峰，则毅然不许，丞丞以朋党之嫌为言。嗟夫！予亦垂垂老矣，平生知己，环顾海内，惟一钱先生耳！

长诗末尾还有一段写自己的苦闷：

去日苦多来如驶，今夕何夕荐以醴。阴阳历争滕薛礼，儿女妆妒尹邢美。春盘鼎鼎甘且旨，汝独何为气薾靡。青词漫叩穹苍阰，局促辕下甘唯唯。插架无书供驱使，我以我诗浇块垒。匡床刍荛喻成毁，黄河之清应可俟。不闻市骏自隗始，何用长谣悲匪兕。

我把这首长歌寄给钱先生，并告诉他拙文已在《中国语文》发表。他回信说：

世南先生文几：

不通音问，忽焉改岁。奉手教并讽大什，惶愧无已。米元章尝恨东坡知之不尽，盖贤人才士固不易知。弟于足下浅尝皮相，安能穷其所至哉？且知而不能推挽，犹弗知也。

足下局趣空山，自拔无方，而弟忝称知己，既复颜甲，亦惟颡泚而已。大文指摘时弊，精密确当，有发聋振聩之用。尚忆前年弟将尊稿寄出版社，嘱其请教。此辈挟恐见破，恝置不理，今当悔交臂失之矣！此类匡谬正俗而又学富功深文字，不妨多作数篇，陆续寄叔湘先生发表。招牌愈硬，声名渐起，虽欲不用，山川其舍之乎？弟去岁访欧，上月访美；老年殊怯远游，徒费日力耳！拙著闻须年底杀青。另有小集一种，今秋或可问世，当呈教。

匆复即颂

暑安！

钱钟书上

26 日

1979 年 10 月，我调到江西师院（后改为江西师大）中文系任教，写信告诉钱先生。他寄来一本新出的《旧文四篇》，扉页附信笺一张：

世南我兄教席：

得书，知出谷迁乔，极为喜慰。从此教学相长，著述有资，名世之期，吾不妄叹也……小集一种寄呈存正。

匆匆即问

近佳！

　　　　　　　　　　　　　　　　钱钟书上

　　　　　　　　　　　　　　　　11 月 3 日夜

　　他把书中误排的汉字与外文，一一用蓝色圆珠笔亲自改正，共有五十九处之多，具有大学者治学的谨严。这一方面固然表现他对自己的著作如护头目，另一方面更表示他对后学的我十分关注和爱惜。这真是一分珍贵的礼物！

　　看了书中的《中国诗与中国画》一文后，我写了一篇《论王士祯的创作与诗论》，企图对他提出的问题做出解答。他回信说："弟问何故于诗重'实'而论画却重'虚'，兄'解答'为诗中有'现实传统'而片言不及画中有何传统，似答非所问。故弟致《文学评论》编辑部书中，请其如采用，即将有关弟章节概行削去。"此文在《文学评论》一九八二年第一期上发表后，我写了一首五古寄给钱先生，诗如下：

　　默存先生赐书，训迪备至，不少假借，因忆彭甘亭诗有云："世眼嗤点皆寻常，誉我我转心爽伤。"惟兹直谅，实亦师道。谨以代书诗二十九韵奉寄。

　　举世誉《围城》，文木或骖乘；我独慕巨编，铿铿逾杨政。管窥而锥指，书中三昧并。鸿文悬河泻，双眼秋水净。想见著述勤，卮酒未妄进。观书目如月，蟠隙无不镜。我少知耽学，吮墨时自竞。不知有香醪，茅柴谙苦硬。所嗟蹏涔浅，有如萤尾莹。摛埴数十年，华实孰予诤？觥觥钱夫子，书来如面命。笑我勇为文，前修妄讥评。马稍庸有余，精理犹未胜。奉书意悃悃，吾言庶一罄：一代推正宗，才力或足称。奈何甘俳优，伏歌客杏圣？又为要眇言，耳目绝人境。元白鄙自郐，张王声亦郑。少陵村夫子，长篇不足咏。自矜殊酸咸，我谓成攗阱。文章不经国，花月徒怡性。彼哉小丈夫，乃同妄妇行！吾文意在兹，虚实非所证。知我唯公耳，异趋岂敢横？我发日以宣，吾才贫益甚。兴运不我逢，埋光铲采尽。古人赋三都，高名亦造请。矧我覆瓿物，敢不从先正？因公割半毡，庶知所取径。

在钱先生的鼓励下，我充分利用江西师大（原中正大学）校图书馆丰富的藏书，埋头搜集《清诗流派史》的资料，分类制作卡片，加上他谈王士禛那封信中已有"人事冗杂，读书尠暇"之语，我也不愿轻易再打扰他，后来只是偶尔还通过几回信。有一次。在上饶参加蒋士铨学术讨论会，和北京中华书局来的一位女同志（姓周，副编审）闲谈。她读研究生时，导师是浦江清。她说，那时，她经常钻图书馆，在书库里，其他知名学者只是间或碰到，只有钱先生，每次去必看见他在书架前查书。她又说，前不久，她为了出版蒋士铨诗文集的事，特地走访钱先生，只谈了几句话，连忙告辞，实在不忍耽误他的时间。听了周君的话，我怕妨碍钱先生治学，便再没写信去了。我向学术殿堂的攀登，却因为他的鼓励与支持，而勇气倍增，信心更足。

1980年起，我应约出版了《译注古文观止》（与唐满先合作）、《黄遵宪诗选注》，又都被台湾的建宏和三久买了繁体字版权。还出版了《谷梁直解》《元明清诗与民俗》。但是这些出版物，我一直认为是小儿科，没有多少创见，表现不出自己的学识，所以从未回赠钱先生一本书。现在，我的《清诗流派史》终于在台湾文津出版了。这是我从一九七九年到一九九四年才写成的一部书（有的章节曾发表于《文学评论》等刊物），也是在钱先生的影响下写成的学术著作。我将把这本书首先献给钱先生，报答他对我的鼓励。他在送给我的《旧文四篇》扉页上用毛笔大写了两行字："世南学人存正，钱钟书奉。"钱先生期望我成为"学人"，我不敢辜负他的厚爱。《清诗流派史》是一份极微薄的礼物，但在我来说，是像颜渊所说的"既竭吾才"的。

钱先生对我的影响，除了发愤读书，就是淡泊名利、宠辱不惊。我看过好几种钱先生的评传，都突出写他极力摆脱名利的束缚。就在和我的十几次的通信中，也特别表现出这一点。有些人不理解，以为钱先生矫情。其实，他正像后汉逸民法真那样："名可得闻，身难得而见，逃名而名我随，避名而名我追。可谓百世之师者矣！"

现在，二三崇奉钱先生道德文章的青年人为了庆祝钱先生八十五岁华诞，特来约稿。我欣然应命，并借此机会，诚恳祝福钱先生眉寿永年，写尽胸中所藏，以嘉惠士林，增辉上国。

1995 年 6 月 9 日写成

如今补充几点：

（1）此文稍加改动后，又发表在江西大型文艺刊物《百花洲》（1996 年第 2 期）上，题为《怀念钱钟书先生》。据江西师大文学院青年教师万润保博士相告：他的博导看了此文，曾对他说，可惜我当时没到中科院文研所去工作。后来看到《重读大师》一书，其中伍立杨先生的《亦论"钱学"》一文，也提到我这篇文章。

关于我没能去钱先生身边工作，这确是我平生一大憾事，但我又想回来：像我这样一个高一肄业生，能到江西师大这么一所高校工作，正如钱先生说的："知出谷迁乔，极为喜慰。从此教学相长，著述有资，名世之期，吾不妄叹也。"这实在是我的幸运。只是自愧的是，并无名世之作，真太辜负钱先生的厚望了！

（2）1998 年 12 月 19 日 7 点 38 分，钱先生在北京逝世。《南方周末》同年 12 月 25 日头版头条用大黑体字发布这一消息。我见讯不胜哲人顿萎之悲。这张报纸我一直珍藏。但此前已从广播中听到这一噩耗，因此，23 夜，枕上默成挽诗一首：

> 古人交游气谊敦，《广师》我独首钱君。
> 淹贯中西孰敢到？老师最称兰陵荀。
> 《管锥编》与《谈艺录》，有一于此可称尊。
> 公乃浑函汇万有，余事犹堪扫千军。
> 地灵公遂为人杰，气与太湖相吐吞。
> 古之道术在于是，治学宏峻如昆仑。
> 我以樗材承青眼，拂拭不置如及门。
> 绍述无能徒愧恧，恸哭惟向北山云！

人生得一知己实难，以素未谋面之人，仅凭一次通信，就向中国社科院文研所和中华书局推荐我，事虽未成，而钱先生于我可谓义薄云天了。"士为知己者死""我以国士报之"，固其所也。行文至此，双泪承睫，不能自制。心丧之情，当与白首同尽。

（3）前些年，在友人一次家庭宴会上，我亲聆一位在北大进修的日本留学生说：中国人这样推崇《管锥编》，我们很难理解。那不过是一本资料汇编罢了，谈不上是构成体系的学术著作。

在《博览群书》（2001 年第 11 期）上，也有一篇评论钱先生的文章，其中也谈及，有人说："《管锥编》实在没什么，将来电脑发达，资料输送进去都可以处理的。"

李泽厚与陈明谈话，也认为钱钟书虽然是很难得的大学问家，但他并没有提出什么问题，也没解决什么问题，有长久价值的。这样读书是买椟还珠。因而他认为钱的博闻强识完全可由电脑代替。(《浮生论学》)

我认为这都表明了一些人对学术著作的偏见。试看顾炎武《天下郡国利病书·序》："感四国之多虞，耻经生之寡术，于是历览二十一史以及天下郡县志书，一代名公文集，及章奏文册之类，有得即录，共成四十余帙。一为舆地之记，一为利病之书。""舆地之记"指《肇域志》，"利病之书"指《天下郡国利病书》。这不是两部皇皇巨著吗？著书自有不同体例，清人多有"读书记"一类著作，《管锥编》也是这种体例。不能说一定要写成文学史、文论史等才是成体系的。

以钱先生之学之才之识，要构成自成一家之言的理论体系，根本不成问题。然而他没有，这是因为他站得特别高，看得特别远，他曾深刻地指出："许多严密周全的思想和哲学系统经不起时间的推排销蚀，在整体上都塌垮了，但是他们的一些个别见解还为后世所采取而未失去时效。好比庞大的建筑物已遭破坏，住不得人，也嘘不得人了，而构成它的一些木石砖瓦仍然不失为可资利用的好材料。往往整个理论系统剩下来的一些有价值的东西只是一些片断思想。脱离了系统而遗留的片段思想和萌发而未构成系统的片段思想，两者同样是零碎的。眼里只有长篇大论，瞧不起片言只语，甚至陶醉于数量，重视废话一吨，轻视微言一克，那是浅薄庸俗的看法——假使不是懒惰粗浮的借口。"（《七缀集》修订本 P33—34）这种高瞻远瞩的话，我是叹为观止的。这不啻是给那班"浅薄庸俗"而又"懒惰粗浮"者一个最有意味的答复。当然，我们也不能误会，以为一切理论体系都要不得，钱先生是一贯主张既要见树又要见林的。

现在有人提出，钱先生够不上"大师"称号，理由是大师不仅学问渊博，"最根本的是要对民族、人类文化抱有终极关怀的人"，而钱氏缺少道义担当与责任感。对这一点，我想耿云志《致某公信》评王国维的话作为回答："中国学术不能独立，正如欧洲中世纪诸科学家皆为神学婢女，此实学术进步之大魔障……王氏生当乱世而笃志于学，政治屡变而未随波逐流，唯以学问为事……这是一个真正学者的道路。以革命家眼光视之，固不足为训；但从学术眼光视之，此正是王国维能于国家民族有贡献处。"以下举梁启超、胡适、章太炎与王国维对比，认为梁氏热心政治，以致其学问"不免驳杂之讥"，他自己也承认不是"学问家"。胡适"不能忘情于政治，故学问亦不甚专精，缺乏重大建树"。章太炎"以学术为政治工具……开半个多世纪学术为政治服务的谬例……以学术眼光视之，实不足为法"。（《蓼草集》P84）李泽厚也指出：

"对于纯学术研究来说，安宁平和的心态与环境也许更重要。西方许多学术大师都是经院教授出身，中国古往今来的大学者也大半只在书斋中讨生活。王国维、陈寅恪其实过的都是很单纯的学者生活，而梁启超、胡适如果少热衷些政治和社会活动，学术成就也许会大得多。"（《李泽厚学术文化随笔》第三篇《治学之路：微观宏观之间》）

如果说，王国维这样政治上保守的学者，大家都尊之为大师，那么，钱钟书怎么倒不配呢？据说陈寅恪对冯友兰的著作颇多微词，他心目中真正的大学者是沈曾植和王国维。沈、王都是逊清遗老，可见对大师的评级，最主要的依据是学术上的造诣。

至于说："读完钱钟书读过的书……也不是什么大不了的事情。"这就显得太轻率了。读完钱钟书读过的书（还仅限于中国的书），你就是钱钟书吗？蒋士铨赠袁枚的诗说得好："公所读书人亦读，不如公处只聪明。"什么叫聪明？就是说袁枚把书读通了，完全融会贯通了。但"通"之一字，谈何容易！汪中曾说当时扬州的读书人，只有三个半通，而南京寓公袁枚却是他不屑一骂的人哩。所以，书读得多并不等于通，注《文选》的"书麓"李善就是一个明证。

戴震盛赞："阎百诗善读书。百诗读一句书，能识其正面背面。"（段玉裁《戴东原先生年谱》）只有阎若璩这样的大学者才知道什么叫"读书"！

读没断句的古书，断句看来是起码的，可是《左传·昭公十六年》，孔颖达疏就讥笑服虔未能离经辨句。而顾炎武说："谭丹石勤于读经。叩其书斋，插架十三经注疏。手施朱墨，始终无一误句。我行天下，仅见此人。"（《鹤征录》）

以上两条转引自庞石帚《养晴室笔记》。写在这里，为的是让大家知道"读书"二字，正未易言。

钱先生的"通"，我举一个例子。《管锥编》第三册P862《五、全上古三代文卷六》，从太公《龙韬》、《管子·七臣七主》等十四种中国书，加上一种 Aristotle, *Politics*，钱先生边引边议："以若辈为之，亦见操业之不理于众口矣。"又引曹操的话："使贤人君子为之，则不成也。"又引元人俞德邻的《聩阜》发议说："盖似痴如聋，'群视之若无人'而不畏不惕，乃能鬼瞰狙伺，用同淮南所教之悬镜，行比柳州所骂之尸虫。较之'多语''恶舌'之徒，且事半功倍焉。"然后又引亚里士多德之书：古希腊操国柄者雇妇女为探子。从而补充龚自珍的《京师乐籍说》，指出龚论帝王"慕招女子"以"箝塞天下之游士"，是"仅言其可用以'耗'，未识其并可以侦也"。（沈德符《万历野获编》卷二十四《小唱》："诃察时情，传布秘语，至缉事衙门亦借以为耳目。"可补钱先生所未及。）钱先生写这些，不仅描述历史上的特务，也在讽刺乃至痛斥"四人帮"横行时所谓"积极分子"为了爬上去，纷纷向上级"汇报"（打小报告）啊。你仔细去读，简直和鲁迅的杂文异曲同工，铸鼎象物，使那些"革命"小丑须眉毕现，若见其肺肝然——你还能说他对民族以至人类文化缺少道义担当与责任感吗？

本来，一个真正的学者毕生所做的贡献，就是对民族和人类文化的终极关怀，何况钱先生又同时关怀现实呢？我本来是反对为学术而学术的，我平生最尊仰顾炎武，正如王仲荦所说，顾氏既有《音学五书》这样纯学术性著作，也有供国家民族可以借鉴的像《日知录》这样的著作，双轨并进，并行不悖。(《嵋华山馆丛稿》的《谈谈我的生平和治学经过》)我看，钱先生还没有哪一部是纯粹学术性的。

所以，我一直觉得，现在知识分子虽然都知道钱钟书，但真能读懂其书（尤其是《管锥编》）的有多少呢？就以古希腊雇妇女做探子来说，足见钱先生不是卖弄学问，而是因为中国书没说到（事实却存在），必须用外国书来补充。这就叫"学贯中西"。贯亦通也。

（4）我再披露钱先生给我的两封信，以见其峻洁的品格和高超的识力。

第一封是 1979 年 7 月 26 日收到的。

世南吾兄教席：

惠书具悉。龚诗注因闻中华已另属人，适上海古籍出版社人来索稿，即向之推荐，交与携回上海定夺。论龚文稿亦由取去，以便交辉互映，俾得窥足下学识。俟有回音，当即奉白。新寄一文，明日转文评。上邓副主席书，恕不代递。弟生平从未向贵人上书，亦不敢推毂奉读，此例不能为兄破也。原件附还，请径叩阍。书中道及弟处，务求削去，勿足增重，徒惹朋党之嫌耳！

匆复，即颂

近祉！

钟书上

6 日

许浑注之误，周君书甫出，弟即与言之。因兄屡及，并闻。

又及

从这封信可见钱先生对我的提携无所不至，这是我最感激的。更使我受到教育的，是他从不向贵人上书、推毂，这是《易·蛊·上九》"不事王侯，高尚其事"，表现了刚正的品格，这和奔走权门的"商山四皓"，其相去真如天壤。朋党之嫌云云，既反映了时代特色（所谓"拉帮结派"），又反映出钱先生洁身自好、群而不党的素质。其实我写给邓的信，不过是表明我希望到中国社科院文研所做钱先生的助手而已。由于钱先生的教诲，我自然不去"叩阍"了。

第二封是 1981 年 3 月 29 日写的。

世南吾兄文几：

奉书甚慰。所言编辑势利及捣鬼诸状，可为浩叹。尊稿今晨寄到，持之有故，言之有物，即加封附介绍一笺，挂号转文学评论编辑部，因弟力却《文学遗产》编委及顾问名义，未便为曹邱也。绵力可尽者止此，刊载与否，亦自难必，虽有敲门砖，而仍享闭门羹，未可知也。尊文中扯及拙作处，不无瓜皮搭李皮之嫌，且有驴唇对马嘴之病。徒贻标榜之口实，既落俗套，亦伤文律。何则？弟问何故于诗重"实"而论画却重"虚"，兄"解答"为诗中有"现实传统"而片言不及画中有何传统，似答非所问，何必牵率老夫乎？故弟致编辑部书中，请其如采用，即将有关弟章节概行削去，并告足下。特先奉闻。王渔洋诗学及宋诗得失，亦有愚见，说来甚长，史尧弼句未必可以辩饰，姑舍是。

人事冗杂，读书勘暇，匆布即颂

近祉！

钱钟书上

3 月 29 日

这信涉及两个问题。一是我一篇论文，题为《论王士祯的创作与诗论》，经钱先生推荐，发表在《文学评论》（1982年第 1 期）上。此文通过王士祯的创作与诗论，指责王士祯以文艺为清朝最高统治者服务。显然，这仍然是"政治标准第一"，说明我的文艺思想还没从极"左"思潮的阴影下解脱。所以，此文后来引起陈祥耀先生（福建师大中文系教授）的批评。经过几年研究后，我写了另一篇《论王士祯的诗论与诗》，发表在《文学评论》（1992 年第 6 期）上，后来移植在《清诗流派史》中。据郭丹学弟函告，陈先生很赞赏此文，曾对郭说，如果我对清诗各派都这样写，那未来的《清诗流派史》一定是一部好书。从这件事，我深知良友切磋的可贵。二是钱先生虽然说我前一文"持之有故，言之有物"，实际他对我这样分析王士祯的诗论，是另有看法的。信末说："王渔洋诗学及宋诗得失，亦有愚见，说来甚长……姑舍是。"可见陈先生后来的批评，绝非偶然，而钱先生识力之高亦由此可见。

《管锥编》出版前，钱先生曾寄赠其自序手稿复印件给我，下面有周振甫先生用铅笔写的几句话。具见两位前辈谦抑之怀。而钱先生寄赠给我，用意还在证明周先生的"精思劬学，虚怀乐善"，要我正确认识他，勿以一眚掩大德。这也可以看出钱先生的交友之道，真可激励颓风。

我平生治学，坚持独立思考，即使对平生仰慕的学者如钱先生，也决不盲从。第一次通信，我就提出"如何私语无人觉，却遣鸿都道士知"问题，他虽作了解释，我仍不以为然。又如"巢车望敌"（《左传·成公十六年》），我曾写一短文，提出和钱先生不同的意见。

所以，我以上为钱先生辩护，完全出于公心，决非阿私所好。李泽厚与陈明的对话，那样鄙薄前贤，我怀疑他们没有彻底理解钱先生。

（七）吕叔湘

"文革"前，我曾写信给吕先生谈《席方平》判词"共以屠伯是惧"事，已见前述。"文革"后的1979年，我还在新建县铁河中学任教时，写了一篇《谈古文的标点、注释和翻译》，一首七古《戊午年除夕放歌》，寄给吕先生。他在6月12日信中告诉我，论文已列入《中国语文》7月号，并称赞《放歌》，但也指出，"今世知音无几"。

1979年9月，我到江西师院中文系工作，曾为系办《语文教学》杂志审稿。主编托我约吕先生赐稿，我照写了，并告以拟写《龚自珍评传》，以及江西百花洲文艺出版社约我译注《古文观止》事。他1980年2月回信如下：

世南先生：

惠教谨悉，事冗稽复为歉。

承命为《语文教学》写文，甚为惶恐。有几句要说的话，已经变着样儿说过多少次了，再要变个花样实在变不出来了。方命之处，想编辑同志当能谅解。

为龚定庵作传大非易事，因此人身上，矛盾重重也。不知已着手否？甚以先睹为快。古文译注，意思不大，尤其是

"译"，必然吃力不讨好。

　　草草奉答，顺颂

撰安！

吕叔湘

1980 年 2 月 22 日

　　关于古文译注，我倒有些不同的看法。不错，古文的风格、韵味和音节是译不出来的，但为了彻底明白文义，像王伯祥的选注《史记》，顾颉刚的译《大诰》，杨伯峻的注《左传》，不但对青年读者有极大帮助，就我这读了一辈子古书的老人，也觉得受益匪浅。

　　至于《古文观止》，吕思勉曾说它选得不好。也有人认为选者吴楚材、吴调侯是为配合八股文而选这些篇章的。但"文革"之后，一般读者渴望得到它，出版社因此要求我从速交稿，以便抢先出书。我将这事函告吕先生，他在 1981 年 12 月 30 日来信：

世南同志：

　　得 12 月 23 日赐书，备悉佳况，至慰下怀。因等《古文观止》尊译，未即复信。忽忽数日，仍未见书，若未挂号，殆已入他人之手矣。旬前《中国青年报》副刊《自学之友》编者嘱为拟一青年自学语文简目，其中提到《古文观止》，因

未知尊译已出，漏加附注。请告我是何处出版，俾函告副刊
编者补加注语，为幸。

专复，顺颂

撰安！

吕叔湘

1981 年 12 月 30 日

很快，1982 年 1 月 3 日，他寄来一个明信片：

世南同志：

今天收到大著，翻阅欣佩，请勿另寄了。又已函告《中
国青年报》补加注语。

即颂

年禧！

吕叔湘

1982 年 1 月 3 日

《中国青年报》1982 年 1 月 7 日第 3 版《顾问推荐的书》
栏，吕先生的《介绍几本自学语文的书》谈道："《古文观止》
有中华书局根据原刻排印本，有简短的评注。新中国成立前
有过几种言文对照本，不很好。现在有刘世南、唐满先译注
本（江西人民出版社）。"

《古文观止》作为一部初学古汉语的入门书，普及文化意义，并无多少学术价值。不过在十年"文革"之后，饥者易为食，渴者易为饮；而江西人民出版社抢在全国出版界之先，推出了我们这部新译注本，因而获得了较好的社会效益和经济效益。而在我的学术生涯中，一直羞言此事。吕先生之特加推荐，也不过认为它可以帮助中等文化水平的人提高阅读古汉语（文言文）能力而已。

1981年6月17日，中文系罗德初老师出差北京回来，特意到我处，把吕先生新出的《语文常谈》交给我，说是吕先生托他代赠的。并说吕先生问到我的职称，听说是讲师，他惊愕、叹息。

我教了3届本科生（79至81级）的先秦至南北朝文学后，开始专门带研究生，主要指导《庄子》《左传》《史记》。个人科研方面，打算从文学角度写一部研究《左传》的专著。我把专著提纲和一篇例文《巢车望敌》寄给吕先生，并谈及出版问题。他回信说：

世南同志：

大教领悉。把《左传》作文学作品来研究，大是好事，且以足下之才之学，其为斐然有成，可以预卜。提纲拜读，无能赞一辞。《巢车望敌》从楚军心理着眼，甚佩。惟引它家之说似嫌稍多，有一二家作陪衬可矣。高明以为然否？

　　草草奉答，即颂

研安！

吕叔湘

9 月 13 日

　　由于后来无法分出精力、时间，所以《左传》专著并未撰写。最可惜的是，《巢车望敌》一文原稿已失，遍觅不获，真是遗憾！

　　1987 年 4 月，刘方元先生与我带两位研究生郭丹、刘松来赴京访学，我曾独自去吕先生家拜访。非常可惜，他被邀请去接见外宾了，以致缘悭一面。再过几年，终于人天永隔。

　　2001 年 6 月 1 日，我从旧书店买到吕先生编的《中诗英译比录》，在扉页上记了一段话：

　　儿童节日，过彭家桥旧书一条街，忽睹此书，惊喜以之，急购以归。予之笃志肄习英文，实由吕先生及默存翁两大师之学贯中西，故予小子亦欲步武前贤也。今得此书，既以助学，又以纪念吕先生。

　　（八）朱东润

　　大学本科的中国古典文学作品选是朱先生主编的，这我早知道。所以，1979 年，我还在下放地的铁河中学任教时，就开始和他通信。

第一次是寄了一篇论《己亥杂诗》的文章，请他推荐，回信如下：

世南先生大鉴：

奉读 2 月 12 日来示并大作一篇，甚感。来稿具见卓识，顷已转寄绍兴路五号古籍出版社文史论丛编辑部诸位共同阅读，"奇文共欣赏"，亦当今应有之事也。至于如何发表，日后自当由古籍出版社联系。日前积稿已多，排印为艰，付印或须稍迟，亦未可知，谨此奉闻，藉释锦注。

来函过奖之处，恕不敢当。

专此奉复，顺致

敬礼！

东润
1979 年 2 月 21 日
上海复旦中文系

另附致文史论丛编辑部的推荐信：

文史论丛编辑部诸位：

顷由江西新建县铁河中学刘世南同志寄来《论龚自珍己亥杂诗》一篇。刘君素未识面，但此文用心良苦，与时下泛

论定庵者似有所不同。谨此代为寄呈，是否可用，敬请作出决定为感。顺致

敬礼！

朱东润

1979 年 2 月 21 日

复旦 1 舍 6 号

第二次信中，寄了一些旧体诗，也谈到自己对宋诗的爱好。他回信说：

世南先生大鉴：

顷因小病住八五医院，出院后奉读 2 月 25 日来示，持论深入，极为倾倒。来诗亦深入宋人堂奥，锤字炼句，迥不犹人，拜服拜服。弟因教学所关，曾略读宋人所作，因此妄有陈述，其实浅尝即止，不足为作者道也。近人言宋诗者，多举东坡、剑南，其实东坡亲接宛陵，剑南则集中列举梅宛陵者凡六处，是知言宋诗而不知有苏陆，言苏陆而不知有宛陵，皆似隔一层也。从另一方言之，宛陵集之编次混乱，读者如堕五里雾中，读之亦几于不读。幸在本世纪初夏敬观略发此说，弟因钩稽宋代作者及当时史籍，妄作梅诗编年校注，如出版社能帮忙，大约年底年初，可以出版，如此则对于读宋诗或梅诗者不无小补。弟已逾八十，岂敢妄有希冀，至于身

后之名，此则亦同尘饭涂羹，未尝妄美，要之聊以遣日而已。尊注龚诗，既经钟书先生之手，似以仍由钱先生代询，或由先生直接一询为是。多一转折，徒乱人意，此系出版社机构之常情，非弟妄为推辞也。

匆匆奉复，诸祈曲原。顺请
道安不一！

弟　东润谨上

1979 年 3 月 9 日

1981 年，我把关于王士祯的论文（即后来发表在《文学评论》1982 年第 1 期的），寄给他看，请他代转《文史论丛》。他回信说：

世南同志：

顷承惠示，感荷感荷。已转交文史论丛编辑部矣。渔洋之作，诚如大篇所言，皆为统治者服务。此事亦不足怪，清初入关时，实行圈地、掠人及屠杀政策，至康熙后，转而与地主阶级妥协，则渔洋之歌德，原在意中。

尊著探幽索隐，倾佩倾佩。编辑部如何决定，想至时当另函奉达也。

专复顺颂
台绥！

东润

1981 年 3 月 30 日（上海）

　　1982 年 3 月 7 日，我赴南京参加江苏人民出版社增选古典文学作品座谈会。结束后，19 日至上海，21 日走谒朱先生。现录当年日记于下：

　　上午 7 时许，一角钱坐电车，由虹口公园至复旦大学。校门对面，过马路，第 1 宿舍 6 号为朱宅。我推门而入，一三十余保姆问明来意，然后向楼上喊："老爹，有客。"即闻朱先生答应。保姆引我上楼入室，朱先生起身相迎。我自行介绍后，即隔一大桌对坐而谈。先生自言已八十七，而矍铄类六十许人，惟步履稍有老态。先谈传记文学。谓中国尚无此门学问，而评传纷作，犹一人尚未壮健，即已腐烂。其意谓作评传者，对传主诗词作于何年亦不明，内容更不知，而漫加评论，全系瞎说。渠原应带博士研究生，而国内尚无传记文学硕士生，故现先带一硕士生，将来再考博士生，英文要求能看外文传记。然后谈到中国传记文学，自韩愈、柳宗元、欧阳修、王安石起，无不回避，以信史难作也。因言陈三立《散原文集》有《张忠武公神道碑》，力颂张勋之功德，由是而使吾人并散原亦不信任。又言己为江北泰兴人，朱曼君为其叔祖，没二年而己生。（时予方看《桂之华轩诗集》，故与朱先生言及此。）又言藏书尽在故里，"文革"中散亡殆尽，今尽捐赠故乡。又言儿女各三：长子在无锡一中任教，次子与三子俱学工，一在沪，一在京。身边惟留一孙女，外文系毕业，今年考中文研究生。渠于亲属殊冷漠，屡言"不过是这么回事"，并不希望团聚。老伴于"文革"中自缢死，以办过居民食堂，故受逼而冤死。己亦极受迫害，而尚坦然，以中国历史上，此类事固多也。渠相信中国十年一小乱，三十年一大乱，不知自己能活几年。听其言，对国家前途颇悲观。闻我言方为江西人民出版社译注《古文观止》，先生谓此殊浪费时间。因言当年负笈无锡国专时，唐文治先生尝问读何书，告以《古文观止》，则谓此书选者不明流派，不可读。唐先生治古文盖宗吴挚甫（汝纶）者。谈至此，牵扯至曾国藩，朱先生谓曾氏为人狡诈。又言陈寅恪作《柳如是别传》，其末章谓陈子龙之死不如瞿式耜，不明何意。共谈约两小时，恐老人过劳，因兴辞。先生即至对门其孙女房内取一新版书，并书嵒以赠。盖新版《张居正大传》也。又谈顷之，始出。先生亲送下楼，直至宿舍区大门始相别。中间予屡请留步，坚不肯，谓此间习俗，凡初相访之客，必送至总门外。既别，行稍远，回顾，先生犹伫立以望。

1987年3月27日，刘方元主任和我两个导师带着第一届研究生郭丹和刘松来两位学弟外出访学，第一站是上海。

我们住在复旦大学招待所。当晚 6 点 30 分，我们 4 人同去拜访朱先生。他仍然住在 1 号宿舍 6 号。已经 92 岁了，比起 1982 年来，精神差多了，但头脑仍很清楚。所谈要点如下：

（1）带了一个传记文学博士生，今年毕业，不再带了。

（2）在中国很难从事传记文学研究，因为国人喜说假话而不求真。如梁启超促成袁世凯当正式大总统，为他作传的，只谈护国之役。司马迁也不完全是实录，如刘邦对张良说："度吾已入至军，公乃入告项王。"这需两三个小时，这么久的时间，项羽、范增岂能置之不问？

（3）金邦海陵王完颜亮实在是一个英明的君主。

大概就谈了这些。

我们进去时，他正坐在一个小房间里看电视，用一块厚毛毯盖着双膝以下这一部分。墙壁上悬挂着泰兴县委、县政府赠送的匾："才高北斗，寿比南山。"上句疑为"望崇北斗"或"才高八斗"之讹。郭丹学弟接连为大家拍了几张彩照。回招待所后，我在枕上口占一联："疾伪独同王仲任，传真共仰鲁灵光。"

这是我第二次见到朱先生，也是最后一次，不久就在《文汇报》上看到他去世的消息。

（九）屈守元

我认识守元先生，是 1985 年 6 月，当时我们都到湖北江陵（荆州），参加中国屈原学会成立大会。会是 21 日开始的，会议期间，我写了一首《登岳阳楼用东坡百步洪韵》：

　　孟夏（夏历五月初一）来望洞庭波，寥寥舟楫快投梭，湖上时时落清影，惟见水天相荡磨。岳阳门内吞万里，周匝广砌依崇坡，三层楼观俯烟水，广玉兰尚斗新荷。有客语我此湖尾，以譬湖心犹微涡，我昔尝惊具区广，此视彼真海笑河。楹帖佳句时一遭，恶诗两壁竞收罗，亦知忧乐关天下，防海意在悲铜驼。时平能共山水趣，游者意态殊委蛇。斯楼新构毋忘古，旧制历历作蚁窠。柳毅祠傍二妃墓。相望奈此君山何！烟雾濛濛愁渺渺，不渡应为神所呵。

　　不知此稿怎么传到屈先生手里，他叫一位带来的研究生来请我到他住处一叙。现抄当时日记如下：

1985 年 6 月 23 日 星期日（初六）

　　上午七时半至十一时半，在屈守元先生室对谈，上下古今，无所不谈，并写庞石帚先生七律一首相赠。与耆硕谈，极快慰，过朱东润先生也。内容：

　　（1）介绍其业师向宗鲁先生轶事种种。知我曾与石帚先生通函，为述其力学如汪中。又言可笑者如周汝昌，谓"里仁为美"即"内美"。

　　（2）谈徐仁甫。

　　（3）从庞先生学宋诗，因写示庞七律一首，详说其义。

（4）谈其四川师院文研所情况。

（5）劝我研究江西诗派。

（6）推崇王半山及苏长公诗。

（7）推重汪中。

（8）余嘉锡《世说新语》注之标点多误，周祖谟公子所为。

（9）家藏尚有一万余卷书，"文革"中未动。

（10）对川剧有研究，此事大似焦理堂、凌廷堪。

（11）于海藏楼有恕辞。

（12）罗继祖为罗振玉之孙，教授，周总理救之。

（13）张舜徽博雅。

（14）予叩其外文水平，答以能看英文书。

（15）予言自幼即读《文选》，然不喜汉大赋。先生曰：不读大赋，安知其气象阔大？

长谈四小时始兴辞，予戏占一联云："语如白发三千丈，乐比黄楼五百年。"先生为之拊掌。

从这次见面后，往来书信不绝。现择其有关学术者介绍如下：

世南同志：

汉皋晤语，颇慰旅怀。归后偃息，辄书一纸。劣字拙诗，供一笑而已。

有暇，乞多赐教。

即颂

教祺！

屈守元

1985 年 7 月 5 日

另一张横幅写诗八首。第一首为五古：

我生百事拙，翰墨尤不肖。少小涂老鸦，苦被塾师诮。
迩来慕杂学，书论颇能剿。信口说隋唐，冥行宁洞照？偶然
弄纸笔，狞劣每失笑。乃知疾徐际，浮谈本妨要。自从颉诵
来，书契易形貌。矫矫丞相篆，中天垂典教。似续得祭酒，
密栗何杳窱！岂惟绝代诂，沉思写物妙。换岁雨及时，晴光
彻奥窔。楮墨自粗疏，肘腕恣飘摇。劣成蛇蚓窜，端异虬龙
掉。投笔情怀恶，临池耳频烧。离旷亦骈枝，钟张何足邵？
物从性所适，无为计丑俏。摊书识虫鱼，闭户比游钓。未嫌
覆酱瓿，请用从火燋。

习篆 甲申（1944）正月作

第二首为七古：

日中三伏鱼游沸，鲦目暴鳃余一气。良夜方欣海运鲲，

蚊虻复似毛生猬。搏牛立豹势绝伦，负山聚雷吁可畏。嘬肤
专欲蹈瑕隙，择肉何曾论贱贵？死体僵尸生不惩，大嚼成痈
小生痱。蒲葵欲弊棕拂劳，纳艾难驱麝煤费。防范岂无布帐
设，烦菀端如火斗熨。扑缘已搔四体遍，假寐谁怜通昔未？
所忧寒热战三秋，孰肯血肤供五味？幺么肆毒已如此，长舌
厉阶宁有既？汝生本自傍昏黑，阴沟之阴草蓊蔚。聚廛吐鸟
繁子孙，逐臭慕酸饱肠胃。鼓吹腐余歌溷浊，便抵桃源忘汉
魏。是谁招汝入閒堂，从此食人无忌讳？黠笑苍蝇蠢嘲蝱，
弟畜跳蚤兄呼蜚。同气真成盘互根，济恶翻夸致果毅。杀孩
殰卵恨未能，循体扪心慨含唏。我闻夏虫不解冰，短生似汝
真何谓！坐看白露已成珠，夕死斗量纷若癙。恢恢常刑不汝
贷，笑汝猖狂触罿罻。

　　　　　　　　　　　　诅蚊 甲申（1944）七月作

以下是七绝五首：

（一）赤尽枫林不复青，霜威小杀亦专横。来朝更有千山
雪，翻为西风一涕零。

（二）谁令燕地陨繁霜，难取长绳系夕阳。玄鸟秋蝉都送
尽，黄花晚节若为香？

（三）百舌无音九野清，号寒蟋蟀自哀鸣。相亲床下无多
日，送尽秋风是此声。

（四）萑苇蒹葭下泽秋，梧桐橘柚晚烟浮。霜威不放春风到，都被坚冰次第收。

（五）一尊无计挽秋残，商略花期强自宽。已傲霜威开野菊，可能风信报春兰？

甲申秋尽日作，五首。

最后是一首七律：

孤愤难销岁易除，强留残夜亦何须？

百年身世供惆怅，壮日文章有叹吁。

苕折漫劳鸠系发，风高徒苦雁衔芦。

明朝首蓿呼妻子，照眼春盘笑腐儒。

丁亥除夕（世南按：丁亥，1947 年）

我自幼喜吟咏，素好宋诗，但诗功不深，因受五四新文化影响，不愿"枉抛心力作词人"。不过寝馈既深，每有所作，自觉尚能脱俗。而读了庞石帚及屈守元两先生之诗，真欲自焚笔砚。所以然者，自知学力浅，词语粗也。

当我函告守元先生以正在撰写《清诗流派史》后，他来信说：

世南先生：

教师节一书奉悉。大作《清诗流派史》，闻之神往，若有刊布，定乞见示。贱子于清诗，大抵初期则佩服顾亭林，喜爱吴梅村、朱竹垞、厉樊榭，似乏别材别趣，颇厌观之，往往不能卒业。中期即爱王渔洋、敬业堂两家，袁赵诸公，已近于《红楼梦》钗黛之作。（自注：《红楼梦》是好小说，但其中诸人诗作，实不堪入目，不知今人何以膜拜如此，可以知世风、诗风矣！）实不能登大雅之堂，不知今人何以吹捧如此。晚期则佩服王湘绮及贵乡陈散原，而郑苏堪虽有意气，然太热中于世俗功利，以为反不如沈寐叟诸人也。因闻有大作，遂发狂言，如此怪论，置之不理可也。

去年写成《文选导读》三十万字，巴蜀书社正在印制中，出书后即奉寄。今年则写定三十年代旧作《韩诗外传笺疏》，全书近八十万字，巴蜀已承认出版。惟年届八十，一日只能写二千字，拖延为憾耳。有余力准备与一中年助手常思春同志合作，写成一部完整的《文选新疏》。

贱躯差尚顽健，唯惮于远行。上月赴香港中文大学，幸好有媳妇在珠海，出入照料。

江西宋代诗人，贱子极服半山、山谷，以为今世大谈振兴旧诗，而于此二人似颇冷淡，王水照先生见示，渠在日本摄印回来之蓬左文库藏本荆公诗注，实稀世之珍，竟以订户不足，上古不予景印。此可大叹息者也。今世欲得如散原先生之印行山谷诗注，恐无其人矣。

　　匆匆，即颂

著祺！

屈守元启

1993 年 9 月 22 日

　　一月后，又得一信：

世南同志：

　　手示及大作拜读。

　　大作提到的问题极为精到，能如此细心读书，真堪学习。

　　两位钱先生（仲联、钟书），近日几乎成了没人敢撞的"泰斗"，其实是"木居士"，受人"偶题"，便有"无穷祈福"之"人"。我生性古怪，偏不理睬这类"学者"，对于大作，信手作了旁注，实为不敬。

　　今年六月，我到香港，会见了一些港、澳、台同行，他们说了一句既老实又刻薄的话："大陆上几十年来，研究魏晋南北朝文学，只知道有两个作家，即曹植与陶渊明，书则只有一部，即《文心雕龙》。"可谓谑而虐者矣。日本的学者清水凯夫先生，在最末的一次宴会席上，他对我说：大陆人只知道有昭明太子，竟不知昭明左右有一大批人，因此他故意抛出《文选》非昭明所撰之论。我说：昭明是内行，不比明清时代识字不多的"皇帝""太子"，恐不宜为此戏论。他说：

这点，他并非不知。而大陆所出文学史、文学批评史之类，陈陈相因，实在不读书，太讨厌了！我会见港、澳几位中青年人，还鄙夷大陆学者向壁虚造。归后适与罗继祖先生（雪堂先生长孙）通信。继祖先生谓："礼失而求诸野。"王利器先生说："道不行，乘桴浮于海。"两位先生所言，可知老辈之愤慨也！

我现在完全退休。尊作此间无地可堪发表。敬谨还璧，是否可寄《古籍整理出版情况简报》（北京王府井大街 36 号中华书局转该刊编辑部）？但这是报成绩不报缺点的刊物，恐亦不能接受耳。

您所主张从小学起的主张，我曾在张舜徽先生处，听到涂宗涛先生发表过类似的议论。涂先生为四川人，现在天津社科院，人已退休，恐亦不能有所支持也。舜徽老已物故，继承者为北师大刘乃和先生，刘先生尽管是陈援庵弟子，但也属于"歌德派"，无舜徽先生之魄力也。

散原先生所刻《任渊注黄诗》，不知版在江西，仍可购得否？若见踪迹，乞见告，即汇款谋收得一部。

十一月下旬，可能要往上海一行，天寒，来去只好坐飞机，不可能"泊舟浔阳郭"矣。

贱躯颇顽健，惟好直言，多不为人所喜，听之而已。

即颂

著安！

　　　　　　　　　　　　　　　　　　屈守元启

　　　　　　　　　　　　　　　　　1993 年 10 月 22 日

　　（大作登在北京及上海刊物者，我足不出户，未能拜读，
能复制一份否？）

　　此信谈到"二钱"，我在选录之际，也曾犹豫。后来想到
章学诚（实斋）曾不满戴震、汪中、袁枚，多有贬词；当代
如杨树达的《积微翁回忆录》，于章士钊、吴承仕、谭丕模、
杨荣国亦多贬责；夏承焘、宋云彬的日记，亦多于并时学人
直言不讳，于是毅然照录。我于二钱先生及屈先生，一样尊
敬，略无轩轾。于屈先生，尤自附于"君子和而不同"之谊。
而屈先生的高风更令我仰止，因为后来他看了拙著《清诗流
派史》后，并未认为我对朱彝尊、厉鹗、袁枚、赵翼的评价
与他不同，产生丝毫不满；而钟书先生弃世后，我以挽诗寄
给屈先生看，他也完全同情。可见屈先生真是耿介而又豁达
的大学者。

　　1995 年，《清诗流派史》在台北文津出版后，我即邮寄
一册于屈先生。他的回信如下：

世南先生：

　　得书并大作《清诗流派史》，书置案头，时复诵览。既扎
实又流畅，材料丰富，复有断制，诚佳作也。贵省江西派在

清代余焰辉煌，敝省在清代中期，皆颇寂寥，然扬马故乡，李杜高岑宦游之地，三苏黄陆，皆有影响，似亦不可忽略。敝友白君敦仁，成都大学教授，其《陈与义集注》，已在上海古籍出版社出版；复有《巢经巢集注》，正在巴蜀制印。此翁今年满八十，乃先师向宗鲁、庞石帚同门弟子。去年庞向两师百年纪念，私费印《养晴室遗集》诗文部分，昨已先寄君一部，并愿互相联系，此翁于清诗殊大有兴趣，不妨与之切磋也。

　　清代末年张之洞提学四川，既写《书目答问》《輶轩语》，又复建立尊经书院，聘王壬秋为山长，于是蜀学大变，戊戌六君子中，刘光地、杨深秀皆为尊经生。（刘与王未亲炙。）康长素变法之论，其启导之者即为尊经生廖平。廖平诗才，不为王翁所喜。当时尊经生中，以诗见称，当数顾印伯（印愚，又号塞向翁）。印伯不囿于王翁八代盛唐之说，唐宋兼取，其北行诗，有句云："落日电杆西。"以新名词入诗，远在人境庐之前数十年。程千帆尊人穆庵先生，即印伯弟子，曾印印伯诗集。千帆先生与我同年，其八十辰，我曾照壁间所悬印伯所书对联一副，以为祝嵩之仪，千帆大喜，来书以为难得。印伯集据云有新印本，不知见否？沿王翁诗歌道路者，有林山腴（思敬）（又号清寂翁）先生，我入川大，即受诗法于林先生，山腴先生教诗，以王翁所撰《唐诗选》为教材，重点讲五律，谓之"四十贤人"（此唐人议论，见《唐诗纪事》），特别重视起句。自余诗名甚大者有赵尧生（熙，号香宋），赵诗入宋派，故石遗叟亟称之。庞石帚先生投诗赵先生，自此诗名大振。《养晴室遗集》白先生已允寄君一部，其中卷三之诗，可以看细一点，如《苏桥杂诗》之类，已过于赵翁。向宗鲁先生曾谓庞远过于赵，向赵称弟子，殊不必也！贱子诗始学林，后亲近向、庞。向先生三十以后绝不作诗，三十以前诗向师母将其遗稿，托我清理，稿为抗战中水渍，完整者不过十余首，神似玉溪生，向先生平时不喜空疏，谓作诗亦不能清汤寡水。此语对我，甚为深刻。庞先生则与我过从极为周密。白先生印《养晴室遗集》，我曾题一首七律于后云：

片云天远百年期，中寿门生老泪垂。

无辈张温真绝代（无辈张温为向先生称庞先生语，见《吴志·张温传》），感音向秀忆当时。

出门觅醉常呼我，入座挥毫疾写诗。

缀玉穿珠传好本，名山珍重赖扶持。

四十年代末，成都庞门诸少年，曾结诗社，姜君叔武为石帚先生诗弟子中最著名者，今已逝世二十年矣！贱子游向、庞之门，重要力量从事古籍整理，以余力为诗，实不敢继二先生之后也，四川省通志局草二先生传，曾命贱子为之，俟暇当检出，复印一份奉寄。

因读大著，见所题三十三韵，辄奉和一首，趁韵而已，阅后付之字簏可也。老眼昏眊，字笔草率，乞见谅也！白敦仁先生通讯处为成都大学中文系（邮编610081）。望与联系，白先生清诗（特别清末民初）资料不少也。所谓"西蜀派"诗，此只能道其轮廓。贱子写有《靡圣巢诗话》，有一部分载在此间《晚霞杂志》，俟觅得后复印一份奉寄。近又将向、庞两先生诗投载重庆《鹅岭诗词》，俟寄来后即转致也。

《黄诗任注》乃散原先生托杨星吾在湖北崇文书局印刷者，已托武汉友人代觅，现尚无结果。我有世界书局影印本，字太小，不便老眼，故欲觅原印（原印甚精）以为暇时翻读，亦颐老之一途也。

匆匆，不尽言。即颂

著祺！

屈守元

1996 年 4 月 25 日

下面是毛笔写的一首五古：

著书老逾耽，言利子所罕。三写已惠讹，千册殊非俭。不趋唐成风，独寻清所善。深探亭林奥，不遗两当倩。止义归正则，抒情许顽艳。卓见显才识，宁复倚书卷。踵事必增

华，摩诃有高论。歧路万万千，途穷何妨变。派流各有宗，
放纷理乃见。无厚入有间，深藏善吾剑。矛盾各固执，旧新
有递嬗。浮名似轻烟，高兴在柔翰。书聚乃成城，女三任其
粲。从心不逾矩，染指尝美膳。有幸读君书，竟欲焚吾砚。
书袋沮性灵，死灰何用扇。怨家对丹黄，幸不干显宦。二韩
成钜册，（韩愈全集校注，韩诗外传笺疏，皆在今年印出，有
约四百万字，凡四大册。）灾梨亦云滥。遗此明月珠，冥埴
自投暗。但可覆酱瓿，孰云传禹甸。向歆已扬弃，鱼鲁何足
叹！不惮蛙虾嘲，岂烦狗监荐？及耄敢鹏抟，游讲南溟岸。
（去冬往香港讲学半月。）尚可检书簏，何妨业大版。八难倐
指屈，九州竟颜汗。（指所作《新文选学刍议》）稿积崇贤注，
字有蝇头万。（文稿李注疏义，已有积稿一半。）助理得常君，
（常思春副教授为我助手。）山花旋烂漫。纷纷缘木猿，一一
养由箭。但得老夫欢，未许贵胄玩。君如董狐笔，何用褒贬
遍？断可千载传，未有一语篡。尚遗西蜀派，别纸写忱款。

　　刘君世南写清诗流派史，书成自校，赋三十三韵，贱子
得读君书，依韵奉和一首，既以美君，亦稍自叙。

丙子春末　八十四岁叟成都屈守元

　　屈先生得我所赠《清诗流派史》后，以八十四岁高龄，
写此长信，又和长诗，予以奖饰，实使我喜愧交并。所内疚
的，是无法完成他的嘱托，把西蜀派补充进去。因为汪辟疆

先生虽在其《近代诗派与地域》列有西蜀一派，但他是从地域论，我则以风格论。

同年（1996 年）8 月 28 日又来一信：

世南先生：

得大札，对拙著《韩诗外传笺疏》称誉逾量，曷胜惭竦。所指出校印疏忽问题，如有机会重印，定告知书社改正。惟王巾"巾"字，拙见以为杨慎欲改"中"字，乃不可从者，拙著《文选导读》页 410，对此字已有辨证，断以作"巾"字为是。

入秋以来，成都酷热，近日忽转凉，大概不会太热矣。尊著《流派史》列顾亭林为专章，启发甚大。9 月中成都杜甫草堂将开学会，我即准备以《顾炎武与杜甫》为题，发挥尊著之旨。目前正读《日知录》以消永日。世道如此，读宁人之书，不胜感慨也！

秋后准备治《选》，已集北海碑为"文选李注疏义"六字，陈稿有两百余编，写成全书有助手常思春君协助，颇以曹宪百岁著书自期，曹公乃《选学》之创始人也。

匆匆，不尽欲言，即颂
著安！

屈守元启
91996 年 8 月 28 日

附录《顾炎武与杜甫》全文如下：

顾炎武和杜甫

（此 9 月 24 日在杜甫学会上的发言稿，实为先生大作启示，谨呈乞正。守元记）

近日江西师大刘世南先生写了一部《清诗流派史》（台北文津出版社出版），单独写了《顾炎武》一章（第三章），没有把顾炎武归入任何流派。他说："全部顾诗中，古体诗只占十分之三强。格律诗要占十分之六弱。而二百六十四首格律诗中，五律就占了四十五首，和杜甫比较起来，杜诗共一千四百五十八首，其中格律诗有一千零五十四首。五排就占了一百二十七首。顾诗五排占其格律诗的十分之一点七，杜诗五排占其格律诗的十分之一点四。"形成这样的现象，当然有众多的因素，我以为和两位诗人的个性分不开。顾炎武和杜甫一样，都是"疾恶怀刚肠"的。杜甫的"褊躁"，顾炎武的"孤僻负气"、性格狷介；杜、顾之诗多用格律，就因格律紧严，符合他们的个性要求。

刘先生提出这个问题，很能发人深省。我想就杜、顾有关问题，提出一些自己的看法。

① 杜、顾都是以天下为己任的。他们决不逃避现实，粉饰太平，迎合当世，以取容悦。杜甫许身稷契，揭发时弊，这是大家都一致称许，反复赞叹的。顾炎武明确地宣称："文须有益于天下。"（《日知录》卷十九）又说："有亡国，有亡天下……是故知保天下，然后知保其国。保其国者其君其臣，肉食者谋之；保天下者，匹夫之贱，与有责焉耳矣。"（《日知录》卷十三）梁启超曾把这段话概括为"天下兴亡，匹夫有责"。从这样的思想本质出发，大家可以衡量，够得上称现实主义作家的，究竟有多少？

② 杜、顾都是重视实际，反对伪饰空谈的。杜甫要求"致君尧舜上，再使风俗淳"。而当时的君主，却使他慨叹："唐尧真自圣，野老复何知！"那个"自圣"的皇帝，就是极喜欢虚吹瞎捧的肃宗，杜甫面对的正是这种昏主。要把他"致之""尧舜上"，怎么可能呢？以杜甫为"愚忠"，真是一片盲瞀之辞，我奉劝这些随意诽谤杜甫的人，不要读杜诗，以免受苦；不要说杜甫，以便藏拙。顾炎武坚决反对当时那种置"四海困穷"于不顾，而终日"言心言性"的恶劣学风。（《亭林文集》卷三《与友人论学书》）这种学风，今天正在抬头，我们研究杜、顾诗传统，不免言之慨然！

③ 杜、顾排律之作，严肃雄伟，表面看是颂歌，案其实则多属陈古刺今。"旧俗疲庸主，群雄问独夫"。（杜甫《行次昭陵》）如果把它只看成对唐太宗的歌颂，那就太肤浅了。

在李林甫、杨国忠煊赫一时的日子，歌颂唐太宗的拨乱反正，难道没有一点现实意义吗？顾炎武的《大行哀诗》及《谒陵》诸作，难道是吴三桂、钱谦益、王铎之流所欢迎的吗？读杜、顾之作，若不从深层次进行发掘，真负却作者一片推见至隐的苦心了！

④顾炎武倡导"博学于文，行己有耻"。又在《日知录》（卷十七）中特书"廉耻"一目，尖锐指出："士大夫之无耻，是谓国耻。"杜甫亦言："独耻事干谒。"（《自京赴奉先县咏怀五百字》）他一生奔波秦蜀，漂泊江湖，都是"耻事干谒"的结果，比起当时上书、行卷的一般文人来，确实是很特殊，很有骨气的。

《孟子》对于见利忘义，予以极深刻的谴责。他说："上下交征利，而国危矣。"义利之辨，正是对一个士人的考验。杜甫写《义鹘行》，在《茅屋为秋风所破歌》中，最后几句说："安得广厦千万间，大庇天下寒士俱欢颜……何时眼前突兀见此屋，吾庐独破受冻死亦足。"这是在义利面前诗人表现出无私奉献的伟大精神。顾炎武写《义士行》，对于程婴、公孙舍己救赵孤的侠胆义行，作了最高敬仰的歌颂。又在《精卫》一诗中说："呜呼，君不见西山衔木众鸟多，鹊来燕去自成窠。"借鹊燕以批当时厚颜事敌，以保富贵之徒，真是快语！

从上面所举杜、顾的一些品质一致的例证，说明只有杜诗才能使顾炎武这样伟大的人物倾心而继承其诗歌创作；也说明真能继承杜诗精神面目的，非顾炎武这样的伟大人物，都只袭其貌而已。

我们研究杜诗，就应该看到只有杜诗才能孕育文天祥、顾炎武这样的人物。从这一角度研究杜甫诗，我认为才是真正的"杜诗学"。

我们现在特别重视精神文明，我劝大家多读杜诗，也认真读一读顾炎武的著作。如此或于世道人心有补。请不要托之空言，而切盼付之实践。

1996 年 9 月 9 日

直到 2000 年，屈先生 86 岁时，元月 28 日还给我来了一信，现在看来，已是绝笔。谨录于此，使后世读者知前辈学者诲人不倦有如此者：

世南同志：

得书已久，因畏冷未上书案，遂稽延未报。今日在厅中饭桌上置一灯，略写数字。以厅上有空调，故敢执笔也。

承询南北朝史书，此间亦无人致力。友人中如曹君道衡，曾留意于此，近见所著《三国六朝论文集》(在广西出版)，殊为失望。以其力求平稳，殊无一语为精锐也。

鄙人对南北朝史实，往往求之《通鉴》，以司马君实，编辑此段，付之刘道元，殊为得人。其书南朝事，往往求之北方诸史；而书北朝事，往往求之南方诸史。敌人之辞，颇得历史之真。君研究南北史事，似可用此法，亦可参阅此书也。

今年八十八岁，自继室管舜英溢逝，颇有丧神之感。畏寒，不敢详写，望乞见谅。

此问

新春纳吉

屈守元

元月 28 日

我因为南史中很多词语不易了解，所以向屈先生请教，想找一些前人或现当代学人作的注释，尤其想找李清的《南北史合注》。今人如唐长孺《魏晋南北朝史论拾遗》一书中的《读史释词》的"荷荷"条；周一良《魏晋南北朝史论集》一书中《读书杂识》P297 指出："论史汉三国者必通音声训诂之学，六朝诸史亦多后世不经见之习语，常待排比推敲，始得其义。"两先生真解人也。屈先生诲我南北史对读法，诚读书有得之言，今人亦有行之者矣。

我所以向屈先生谈此事，起因于前几年此间有青年教师参加南北诸史的今译工作，常把一些疑难词语问我，而我无法回答，因劝他们看《通鉴》胡注及唐、周诸人有关著作。不知此项今译工作已完成否？附记于此，亦以告当代及后世学人慎勿率尔操觚，此事大不易也。

屈先生既殁，我怆痛独深，挽诗积久始成，然何足抒其哀感之万一乎！聊记于此：

旧郢初瞻海鹤姿，高阳苗裔信吾师。

黄楼五百年同乐，白发三千丈属辞。

抱道以终见遗直，自岩而返堕丰碑。

温容在壁书藏箧，注海倾河岂涤悲？

（十）白敦仁

白敦仁先生是屈守元先生特别介绍给我的。从 1996 年 6 月开始，直到今年（2002 年）2 月还收到他寄赠给我的《彊村语业笺注》，扉页上还用毛笔写道："世南教授謦正，敦仁持奉，辛巳除夕前三日。"辛巳是 2001 年，除夕前三日是 2001 年夏历十二月二八日，即 2002 年 2 月 9 日。这么说，先生还健在。可是我写信去道谢，并叩近况，却一直没得到回信。我当然还要去打听。

现选寻其部分信件，稍加说明。

世南先生道右：

来示收到已数日，忙于杂务，迟复为憾！拙著《巢经巢诗笺》得先生分出宝贵时间，细加评审，并有宏文加以评判，虽尚未读到，知于鄙人必大有教益也，古人云："后世谁相知，定吾文者耶？"古德古风能如阁下者，并世能有几人？平生所慕，盖在此矣！大文刊出后，望赐一复印件，俾早领尊教为快也。

大著《清诗流派史》仅粗粗涉略一过（请恕罪），尚未及十目一行加以细读，已觉是书如大禹治水，分疆画野，流派分明，于有清三百年诗史，非博学精研如阁下者，孰能语此？鄙人所急需者实在此事。过去读《晚晴簃诗汇》《清诗纪事》及陈、钱二家《近代诗钞》等书，大都将同一时期诗人，平面排列；虽全书亦按年编次，有纵有横，但终觉重点不能突出，脉络无法分明，此体例使然。然终不能使读者全面掌握清诗全局，每深以为憾。得大著，若网在纲，二百年诗歌发展痕迹，便觉眉目清楚，了然于心，快何如也。书中对各家的具体评论，尚待进一步仔细诵读。盖年来脑力大不如前，于书读过辄忘。若大著，则时时置诸案头，随用随读，似更有效也。弟平生嗜书如命，虽老年目力大损，仍日夜读书不息，深感余年无多，而想读之书仍成千累百，于是书与书争，杂进于鄙人面前，常不知如何措手足也，可为太息。

前年先师石帚先生百岁诞辰，为报平生教育之恩，将遗集六卷匆匆付印。（尚有外集九卷，以无力，未能同时印行。）当时即分请同门诸友，代分赠海内通人，以弟交游不广，知旧无多也。阁下大名，弟亦于守元处始得闻之，因思守元或已将《养晴》一集寄奉左右，故不及自行寄呈，得来示，始知尊处尚未得此书，当即交邮寄上一本。以邮局包裹不能夹带信件，故另做此书说明原委。

老昏善忘，一提笔便写错字别字，一些中学生能写的常用字，有时竟苦思始能写出，仍不免出错，可浩叹也。

草草不尽所怀，即候

著安！

敦仁拜上

3 月 11 日

收到对《巢经巢诗钞笺注》商榷文后，先生来信：

世南尊兄道右：

前辱惠寄《古籍整理研究学刊》，拜读大文，所提订正拙著失误各条，悉皆允当。方取与拙书原注一一对读，故作复稍迟，非衟心不乐闻过也，"疑义相与析"，此陶公所以欲居南村，为其多素心人也。欲求素心人于今世如我公者，岂可多得？古圣称直谅多闻，不意衰朽之年得益友如我公，幸也，非初意所敢多望也，而今则得之矣！

大抵弟笺注古诗，颇有取于陈寅恪先生有关"古典、今典"之论，以为注"今典"尤难、尤切要。盖不过此关，实难掌握作者命笔时用心所在。往昔读钱牧斋、朱鹤龄有关注杜诗而发生纠纷事，牧斋主张抓住杜诗中大关节目，而不乐如李善注《选》之烦琐。私意颇赞成牧斋，以其意殆与陈寅恪"今典"之论暗合也。弟往年注《简斋集》，把重点摆在"人、地、时、事"之征实，实有此意。今注《巢经》，其指导思想亦复如此。惟《巢经》集中所涉及之人多布衣委巷，地多偏僻遐远，其间时、事，又涉及咸、同以来贵州兵乱，又复千头万绪，欲求第一手资料，其事实难。（例如"宦必鲁"事，得之匪易。）故每有一获，辄不厌其详地大抄特抄，明知烦冗不合古人著书体例，亦所不辞，以为尚有后人自加删削，取其所可取，似亦足以省读者翻检之劳，则鄙书冗烦之罪，便亦得到补偿矣。区区此心，盖欲为读者提供一些知人论世之原始资料，俾有利于更好抓住诗人命笔之用心。此弟于笺郑诗时重心所在。至于"古典"，窃以为亦须先通"今典"，始能注得允惬。如P290《乡举与燕……》诗注19用"巨鳌赑屃"事，倘不知子尹是年乡试名列榜尾这一"今典"，则注文但引《吴都赋》已足，决不会想到必须引《唐摭言》故事，始能注出文字精神、诗中情趣。区区苦心，实重在此等，聊为良友一畅言之也。

对于诗中"古典"，所着意者则在于为读者扫清一些明显的"拦路虎"，亦有虽非大难处，唯记忆所及，亦为随手注出。其他文从字顺处，则往往忽略。实不知此等处"暗礁"竟如此之多，否则按拙书体例，至少也要加上"未详"二

字。严格说这不是对读者负责应有的态度；亦大悖于科学家
实事求是之精神。然弟之为人，秉性既粗疏，虽力求精密，
亦不耐久，加以笺注郑诗时，犬马齿已逾古稀，常恐遂溘朝
露，完不成应完之事。故落笔时，每如为鬼伯相催，直追进
度，不暇多所回顾。加以老年善忘，一些幼年时背诵如流之
"四书""五经"，亦多忘却。譬如"三礼"，弟读大学时曾穷
数年之力研读汉唐注疏及清儒考定之书，亦尝对此有所撰述。
（尝注有《石渠奏议疏证》及《释食》二书，今佚其稿。）及
读孙诒让、黄以周二家之书，始觉专门谈《礼》，实已无大
事可作，遂放弃经学而专攻全史。今则不惟《仪礼》《周礼》，
本无背诵之功者已判若路人，即《小戴》为昔年所熟诵者亦
每每联想不起来。（如阁下所引《内则》诸条。）得公指出
错误，竟多至五十余条，汗流浃背矣！阎潜邱尝言，著书须
"不错不漏"。近日钱钟书先生尝为弟言："阎氏之言，谈何
容易，但能做到错而能改，漏而能补，斯可矣。"窃以为此深
知甘苦之言。

　　大作所示各条中，如第二条引《秦本纪》。第六条注"腰
环"。第八条指出断句失误。第十条注马周事。（此条原著
梁冀，心亦疑之，但根本忘却马周，而两《唐书》于弟实非
"生书"，可叹也！）第十二条"口生垢"。第三十六条"袖
方舒"……凡此等等，皆所谓"中臣要害"者。至若第九条
之误注"长陵"。（潜意识中殆由"长陵自是闲丘陇"句造成

汉高祖与明太祖在头脑中打架，竟忘却顾炎武"亡命南来哭孝陵"之句矣。此等疏忽，实不可原谅。）最可笑者，无如四十六条之误释"折"为"折腾"。盖弟注此句时，由于老眼昏聩，竟将"折十牛"误读作"折十年"。（缮写清稿时，于原诗皆采用复制、粘贴之法，未加重抄，以为既省时间，又免抄写出错……弟近年已成为"错别字大王"矣！故亦未能发现"牛"误读作"年"。）否则虽不能如我公之引《易林》，但至少不会释"折"为"折腾"也。至若第三十条当引《左传》，自是定论。然弟所引《家语》下本文亦有"天子失官，学在四夷"云云，不记得缮稿时何以竟将此等语落去。虽然，无论如何，终以引《左传》为当然耳！然《左传》中语，作注时竟未能联想起来，呜呼哀哉！大文中其他各条，无不允当精惬，使鄙著能重印者，悉当补入，但恐此生无此望也。（旁注：唯第三十三条鄙意仍以不注为佳，注出反而破坏诗中情趣及意象之完美也。）《巢经诗》又有贵州杨元桢笺注本，弟久闻其名，闻系解放前遗作，解放后多年未能出版。（若已出，则拙著大可不作。）至拙著已写成后，杨注本始闻已付印，函求彼中友人代觅得一册。时弟书已交印刷厂，不能取回细加核对，仅就宿疑如"李子寻亲惟聚塚"等数句，弟所不详而杨注已有者，检得录出，托编辑部人代为补入（此事已于《后记》中言之）。大抵杨注本于"古典"用力甚勤，于"今典"则略而不谈。此不佞所极失望者。盖杨氏身为子尹乡人，又是郑家亲戚（不知是否杨华本之后），其独到优势，应在"今典"，必有外省人所绝对做不到者。乃放弃其特有之优势而不肯稍作指点，则拙书为不可少矣。得杨注后一直未能细读。昨得阁下大文，始一一检之。其中仅二十二条引《宋名臣言行录》；二十三条注"痁疟"，三十条杨注与鄙人同，亦引《家语》，但无末文脱文。外此各条，弟所失注者，杨注亦然。则大文不仅能补拙著缺失，亦可补杨注本失漏矣。

以草草拙劣之著费我公大量宝贵时间，心实歉然。惟山川悠邈，不得与公乐数晨夕，为怅怅耳！

弟平生好书如命，惟贪多务得，未能熟读深思。友朋中惟王仲镛一人，博闻强识，远过于弟，常能从彼处获得教益，视为平生畏友。今又得公，则晚境为不寂寞矣。弟尚有《彊村语业笺注》三卷残稿。（"文革"之灾。旁注："此稿为三十岁以前旧著，仅一半成品，因当时读者不多。"）犹思能于未死之前加以补定成书，惟仍以"今典"为难。今后当求教于公，望不我弃也。书已太长，其中必多错别字，不及重看，此真无可如何者。

　　此复即候

著安！

弟敦仁拜上

3 月 31 日

又：

　　第五十三条论子尹诗用韵事，此条似犹可商量。窃以吾国文字声韵，古今变迁势所必然。即以古韵分部而言，自顾亭林、江慎修至近代章太炎、黄季刚诸家各有论列，作古诗者，自当用古韵。郑柴翁小学名家，或不至如我公所云"讹误不少"也。即如拙集中古体用韵，皆严守朱骏声《说文通训定声》中的《韵准》分部，若以平水韵绳之，必多不合也。（如《杂诗》第一首之"心、甘、吟、阴"等。）弟于古声韵仅略具常识，未尝专门用功，于音理多不能明其所以然之故，以为柴翁用韵，当不至苟且如此。其经学、小学、方志诸著述，皆能说明此公治学之严谨，其用韵想必有依据，实未敢工苛古人也。惟公教之。

　　此信随手写去，文句或有不通，脑子不管用，视力又昏昏若雾，足下想能略窥大意也。前人（不记何人）诗云"不好诣人贪客过，惯迟作答盼书来"，实能道出鄙人心境。一笑！

　　白先生写此信时，已八十高龄，视力又极差，而竟作长函，约两千六百多字，这已极使我感动了。尤其是内容，那种虚怀若谷、从善如流的态度，真使我脑际浮起"惟善人能受尽言"。（《国语》）"仲由喜闻过，令名无穷焉。今人有过，不喜人规，如护疾而忌医，宁灭其身而无悟也，噫"！（《小学集注》卷五《广敬身》）此我幼时所背诵者，故极易联想到。

白先生的崇高人格，正显示出真学人的气派。钱钟书先生的《管锥编》第 5 册，全是学术界对其书的绳愆纠谬的意见，这是怎样的一种坦荡胸襟！只有以学术为天下公器的学者，才能做到这一点。我和钱仲联先生通信，第一封就指出：他的《梦苕庵诗存》中的《酷暑》和沈德潜诗钞中同题之诗，词语颇有雷同处。钱先生不但不以为忤，且亟欲援系以为己助。这又是怎样一种气度？我觉得一切有志于学的人，在崇敬上述三位先生的学问成就时，更需要效法他们的高尚品格。

五 我自当仁不让师

我真正从事科研，是 1979 年到江西师大中文系以后才开始的。

但第一篇论文《对〈李白与杜甫〉的几点意见》（刊于《文史哲》1979 年第 5 期），却是在新建县铁河中学任教时写的。

"文革"后期，我偶然看到郭沫若的《李白与杜甫》一书。看完后，立即写了一封信寄《文汇报》转交郭氏。过了一段时间，该报把信退回给我，没作任何表示。我只好束之高阁——放在一个篾篓子里，里面装的尽是历年的诗文草稿，丢在阁楼上。"四人帮"垮台后，一天，我在《光明日报》上看到一条消息：山东大学校庆，萧涤非教授在大会上作了批评《李白与杜甫》一书的发言。报上列举的发言要点，我看了，大惊不止：这些看法不和我的完全一样吗？我立刻爬上阁楼，从小篓子里翻出那封信，看了一遍，毫不迟疑地将信寄给了萧先生。他很快复我一信：

世南同志：

　　信收到，尊稿已转《文史哲》编辑部，有何意见，可直接与该编辑部联系。拙文将于《文史哲》第 3 期发表，顺告。

　　即致

敬礼！

　　（我因出差，离校多日，迟复为歉。）

萧涤非

1979 年 7 月 8 日

　　很快，《文史哲》编辑部寄回了致郭氏的信，叫我改成论文形式，用稿纸抄出寄去。我照办了，后来发表在该刊 1979 年第 5 期。发表后不久，评介此文者有《光明日报》1980 年 5 月 9 日第 4 版《百家争鸣》栏李启华《也谈对名家著作的讨论》；《新华月报》转载《陕西日报》的简介；山东《大众日报》1980 年 9 月 19 日《学术动态》栏重光《〈文史哲〉杂志载文讨论〈李白与杜甫〉》；《文汇报》1980 年 10 月《文荟》版摘要；广西河池师专编《学术与争鸣》杂志 1980 年 12 月《关于〈文史哲〉〈李白与杜甫〉的争鸣》；四川人民出版社《郭沫若研究论集》第 2 集王锦厚《略论对〈李白与杜甫〉的批评》；黄侯兴《郭沫若文学研究管窥》（天津教育出版社 1987 年版）。王锦厚特别指出，其他批评郭氏扬李抑杜的，都说郭为了迎合毛泽东，只有刘世南不这样看。

我不这样看，一是由于耳目闭塞，僻处鄱阳湖边的铁河乡下，信息不畅，根本不知有迎合一说；二是由于我看过郭氏早年写的《请看今日之蒋介石》，以为此人有骨气，决不会逢迎权势，所以也没往这方面想。

奇怪的是，1995 年 7 月 1 日的《文论报》发表了一篇陈传席的文章，既贬钱钟书，又褒郭沫若。陈君认为郭沫若迎合毛泽东是对的，因为毛太赏识郭，尽礼贤下士之能事。陈君还说，换上他，也会那样迎合伟大领袖的。我不知道这是挖苦还是真话，反正我不以为然，便写了一文去批驳。结果编辑部退稿。我正惶惑，以为中国又有新的道德准则了。幸而过了一段时间，《文学自由谈》上，有人写文专驳陈君的奇论。倒也没见反批评。

现在（2002 年）已过二十七年（我最初函《文汇报》请转郭沫若在 1965 年）了，尘埃落定，李、杜仍如郭氏从前所赞扬的双星子座，万古不磨。一时政治势力的强制，并不能动摇历史给杜甫这位伟大诗人所作的定论，倒是使郭氏这么一个聪明人，直到现在还在受人指责，被嗤为风派人物。

现将我的两篇文章录存于此。

对《李白与杜甫》的几点意见

郭老在《李白与杜甫》一书中，从门阀观念、功名欲望、地主生活、宗教信仰、嗜酒终身，等等方面进行比较，认为李白优于杜甫。我以为这两人都是封建社会的士大夫，在这些方面比，只有量的多少，没有质的差异。既然本质相同，那么，谁更喜欢喝酒，谁更迷信宗教……都无关宏旨，不需比较。我是这样认识的：这两人都是地主阶级政权的拥护者，都是反对农民起义的。他们的兼善天下的思想，都是以儒家仁政思想为核心的。因此，他们都是地主阶级的诗人。有人"拔高"杜甫，谥之曰"人民诗人"，实在是违反历史唯物主义的。在劳动人民被剥夺文化权利的古代，能够用笔写诗流传下来的，只有地主阶级的人。人民诗人只能是民歌作者，在文学史上没有留下过一个名字。

虽然是这样，但是几千年成文的文学史中，仍然可以从地主阶级的作者和作品中，找出客观上能反映现实，对社会发展有一定作用的诗人和诗篇来。根据这一标准（这是最重要的标准），我认为杜甫及其诗篇从质量上和数量上说，都是超过李白的。因此，扬李抑杜实在是不必要也不可能的。而《李白与杜甫》恰好在这点上给读者一个印象：作者的个人好恶妨碍了他对唐代这两个诗人的正确评价——对李白曲意维护，对杜甫深文周纳。

我们可以集中到《杜甫的阶级意识》这一章来谈。杜甫之所以为杜甫，关键也就在这一章。

（1）"朱门酒肉臭，路有冻死骨"及其他

郭老认为"朱门酒肉臭"这两句是脱胎于孟子的"庖有肥肉，厩有肥马；民有饥色，野有饿莩"。但是，几千年来，封建社会的读书人，对孟子这几句书，没有哪个不是童而习之的，何以只有杜甫会从它脱胎？难道真是"杜诗韩文无一字无来历"吗？我看问题不在于脱胎，而是由于杜甫确实阅历有得。这正是他超越其他诗人（包括李白）的地方。而他所以能阅历有得，又和他的同情人民分不开。如果他对人民没有感情，那你再冻死道路，他还不是视而不见？反过来，这也说明他对朱门是有反感的，否则他对于"酒肉臭"的场面应该无动于衷，视为固然，（贾府吃螃蟹和茄鲞，刘老老骇叹不已，而钗黛之流不是习以为常吗？）更不会把它和"路有冻死骨"进行对比，使读者领悟到："路有冻死骨"，正是由于"朱门酒肉臭"的缘故。这两句诗之所以具有惊心动魄的力量，就因为它从本质上深刻地揭露了整个封建社会的主要矛盾。同时，杜甫并不是偶然写这两句，他在《岁晏行》中写过："高马达官厌酒肉，此辈杼轴茅茨空。"又在《驱竖子摘苍耳》中写过："乱世诛求急，黎民糠粃窄。饱食复何心？荒哉膏粱客。富家厨肉臭，战地骸骨白。"又在《遣遇》写过："石间采蕨女，鬻市输官曹。丈夫死百役，暮返空村号。闻见事略同，刻剥及锥刀。贵人岂不仁，视汝如蒡蒿。索钱多门户，丧乱纷嗷嗷。奈何黠吏徒，渔夺成遄逃。"可见阶级对立的概念在杜甫头脑里扎根是很深很深的。

话说回来，由于杜甫是一个地主阶级的知识分子，所以，他再深刻地剖析到这种社会的主要矛盾，也绝不是企图唤醒人民去推翻这种封建社会，而是为了警告统治阶层要"仁民爱物"。说穿了，也就是要求他们减轻一些压迫和剥削，以求缓和阶级矛盾，让封建统治者能够长治久安。这种写作动机，不独杜甫为然，中国文学史上所有名垂千古的大诗人，个个都是这样。白居易、陆游以至于龚自珍，哪一个能例外？哪一个不是"站在地主阶级的立场，统治阶级的立场，而为地主阶级、统治阶级服务的"？谁不是既同情人民的痛苦，又反对农民的起义呢？如果不从他们的作品的客观效果，而硬要从他们的主观动机去分析，那中国文学史上简直没有一个值得肯定的作家，李白就更不用说了。

郭老举了《喜雨》中这两句："安得鞭雷公，滂沱洗吴越。"根据杜甫自注"时闻浙右多盗贼"，指斥他要清洗或扫荡吴越一带的"盗贼"，从而肯定了他的地主阶级立场。

杜甫的立场是地主阶级的，但是，分析一个作家的思想，不能这么简单。同样的比喻，他也运用在《洗兵马》中，成为"安得壮士挽天河，净洗甲兵常不用"？是否可以理解为，杜甫从改良主义角度出发，希望没有战争，让人民能过和平生活？正如他所呼吁的："安得务农息战斗，普天无吏横索钱？"（《昼梦》）"焉得铸甲作农器，一寸荒田牛得耕？"（《蚕谷行》）他当然反对"盗贼"，但是，他也这么说过："不过行俭德，盗贼本王臣。"（《有感五首》之三）可见他并不认为"盗贼"是天生的，倒是认识到"逼上梁山"这个真理，而把责任归之于统治阶层。后数百年的陆游仍然继承着他的这一看法。陆游说过："吏或无佳政，盗贼起齐民。"（《两獐》）又说："彼盗皆吾民，初非若胡羌……抚摩倘有道，四境皆农桑。"（《疾小愈纵笔作短章》）严格说起来，陆游还只把逼民为盗的责任推到"吏"身上，不敢像杜甫那样笔锋直指着最高统治者。（"行俭德"只能指皇帝，钱谦益笺杜此诗即引郭子仪奏疏，谓天子躬俭节用，则寇盗自息。）至于郭责怪杜甫自己为什么不像黄巢那样造反，请问：这怎么可能呢？我们这样来要求杜甫以及白居易和陆游……不是太不符合历史唯物主义的原则吗？李自成是农民起义的光辉形象，但郭老在《甲申三百年祭》中不也指出了：大顺朝要是创建成功的话，他也必然是汉高祖、明太祖之续。我看这样评论历史人物是十分平实的，为什么对杜甫却这样过分要求呢？

　　郭老还引《夔府书怀》这四句："绿林宁小患？云梦欲难追。即事需尝胆，苍生可察眉？"借以证明杜甫的地主阶级感情多么森严而峻烈。

　　其实"绿林宁小患"是紧接上文说的。上文是："使者分王命，群公各典司。（浦起龙《读杜心解》注：'统指索饷之官。'）恐乖均赋敛，不似问疮痍。万里烦供给，孤城最怨思。（浦注'指蜀夔言'。）"杜甫是看到当时回纥入寇、吐蕃内扰，索饷之官四出，不顾老百姓死活，反而把赋敛转加到贫民身上，以致蜀夔人民怨恨已极，有的就铤而走险，逼上梁山。因而指出：绿林"寇盗"难道是小患吗？等它扩大了势力，威胁到统治地位，成为肘腋之患时，那就噬脐莫及了！面对着回纥、吐蕃的入侵，应该卧薪尝胆，励精图治，否则单靠郤雍之流去防盗，能防得了吗？

"尝胆"，这个典故，从来用在洗雪国耻的意义上，郭老却说成"对老百姓卧薪尝胆地加以警惕"，我看没有这个用法。"察眉"，郭老引了出处，问题是这个故事不是肯定郤雍察眉的。要是把出处引全，就可以知道《列子》作者正是反对察眉的，郤雍不是很快就被盗所杀吗？这故事的本意不正是告诫为人上者不可如此防盗，而应清盗之源，也就是不要逼老百姓为盗吗？这正和杜甫"不过行俭德，盗贼本王臣"的思想相符。

对杜甫的作品当然要批判接受，但我以为只能历史唯物主义地考察它，一定要通观全篇，实事求是。郭老举的两例并不能得出他那样的结论。

（2）关于《三吏》和《三别》

郭老用白话译了《新婚别》一通之后，特别指出杜甫

"有时以地主生活的习惯来写'贫家女'"，认为"真正的'贫家女'是不能脱离生产劳动的，何至于'父母养我时，日夜令我藏'"？从而得出结论："这显然是诗人的阶级意识在说话。"

对这么一篇作品，尽可以从主要之点去分析，就是批判，也应该抓要点，找这么两句话来证明杜甫的阶级意识，未免小题大做吧？何况这两句也并不像郭老所分析的，而应连接下二句来解。"父母养我时，日夜令我藏，生女有所归，鸡狗亦得将。"按封建礼教，女子没有独立人格："在家从父，出嫁从夫，夫死从子。"所以，这里是说这位新嫁娘在出嫁前，天天在父母身边，一切依赖大人。按理，出嫁后，就是嫁鸡也可以跟鸡飞，嫁狗也可以跟狗跑，一切依赖丈夫。这四句正是反衬出新婚一夜即别离之惨绝人寰。然而尽管如此，这位新嫁娘却能以国事为重而不顾个人幸福。像这样塑造英雄人物，怎么能说杜甫歪曲了人民形象呢？又怎么扯得上劳动问题呢？贫家女要外出劳动，杜甫再怎么过地主生活，他也是知道的。在《负薪行》中他不歌颂了夔州妇女的勤劳吗？

在对译《新安吏》后，郭老说："使人民受到这样的灾难到底是谁的责任？应该怎样才能解救这种灾难？"对这些，杜甫"讳莫如深，隐而不言，而只是怨天恨地"。郭老指出："他的怨天恨地，是在为祸国殃民者推卸责任。"

杜甫对人民所受军役的痛苦，不肯指出是谁的责任吗？

不见得。对侵略战争，他是能勇敢指出的。《兵车行》："边庭流血成海水，武皇开边意未已。"何曾"为祸国殃民者推卸责任"？至于《新安吏》，是"守王城"，是抵抗安庆绪、史思明的敌寇，正如《新婚别》中的新嫁娘一样，都是以民族国家为重。这样写，正表现了我国人民的深明大义，怎么谈得上杜甫在玩弄欺骗手段呢？

怪得很，《石壕吏》中的"老翁"，一定要译成"店老板"，"老妇"便变成了"老板娘"。难道一个村子里就非有招商小店不可吗？没有，过客就无处投宿吗？这样一译，读起来真不是味道。原诗里老翁老妇十分纯朴的劳动人民形象，被译成小资产阶级人物了。

更可怪的是郭老竟责怪杜甫"完全作为一个无言的旁观者"，认为"值得惊异"。意思是怪杜甫没有挺身而出，仗义执言，不准"吏"把"老妇"带走。请问，杜甫要是"完全作为一个无言的旁观者"，他又何必纸劳墨瘁，呕心沥血，写出这么一篇《石壕吏》呢？《石壕吏》正是煌煌大言，不仅在向当时的人控诉，也在向未来的人控诉这血淋淋的现实。何尝"旁观"？何须"惊异"？至于说什么差吏"没有惊动诗人""没有奈何媳妇儿"……这都是多余的话，无非提醒读者不要忘了杜甫是华州司功老爷——这是深文周纳！写诗不是写新闻报道，叙事诗是允许抓取典型的。

郭老译完了这六首诗，然后加以总评，说《三吏》《三别》塑造的是地主阶级、统治阶级所需要的"良民"（"绵羊"），六首诗的基本精神是不准造反。从而得出结论：把这样的诗说成是"为了人民"，人民是不能同意的。

好吧，我们就照郭老的意思来设想一下：《新婚别》那位新嫁娘拉住她的新郎反抗军役，不让他"守边赴河阳"；《垂老别》那位老翁也不"投杖出门去"，听任"烽火被冈峦，积尸草木腥，流血川原丹"；《无家别》那个"贱子"也不去"习鼓鞞"；《新安吏》的"肥男""瘦男"也不去从军；《石壕吏》的人民也不"赴河阳役"；潼关的士卒也不修关备胡，而是大家都上山去打游击，组织人民政权，推翻李唐皇朝的统治，行吗？历史唯物主义允许我们这样设想吗？特别是在外患当头、民族危机严重的情况下，人民应该这样吗？

说这六首诗具有一定的"人民性"，是指它们反映了当时人民的痛苦和希望，或表达了当时人民的力量和品质。这种反映，尽管作者本意是为了"使下人（民）之病苦闻于上"，以求"裨补时阙"（白居易《与元九书》），但客观效果却使读者认识到封建社会的黑暗和腐朽，对统治者充满愤恨，对人民无比同情。这样评价杜甫和他这一类的诗篇，怎么算是"过分夸大"？

至于说杜甫有意识地有时骂骂"小吏"，而为"大吏"大帮其忙，这也是对杜甫的歪曲。郭老举《遣遇》的"奈何黜吏徒，渔夺成逋逃"两句，证明杜甫把人民"逋逃"的责任推在"吏徒"身上，而为"大吏"开脱。我很惊讶，郭老何以忘了上面的"贵人岂不仁，视汝若莠蒿"？（我在前面已引了此诗有关的十二句，读者可以参看。）杜甫骂了"小吏"，更没有放过"大吏"呀！他岂但骂"大吏"，在《赴奉先县咏怀》里他写"彤庭所分帛，本自寒女出，鞭挞其夫家，聚敛贡城阙"，笔锋还指向最高统治者呢！"不过行俭德，盗贼本王臣"，不更明显地指出是皇帝逼民为盗吗？"唐尧真自圣，野老复何知？"（《秦州杂诗》）这不说明杜甫后来对皇帝也不再存幻想了吗？

（3）关于《茅屋为秋风所破歌》

郭老认为杜甫的"茅屋"，"比起瓦屋来还要讲究"。似乎是说杜甫能住茅屋，胜过住高楼大厦，至少不应有贫困之感。这真是奇谈！杜甫的茅屋"讲究"吗？怎么秋风一刮，就把它的三重茅都卷跑了呢？一下大雨，就弄得"床头屋漏无干处""长夜沾湿"，躺在床上挨不到天明，这能说是"讲究"吗？

郭老又指责杜甫不该"骂贫穷的孩子们为'盗贼'"，认为这简直"使人吃惊"。我看任何一个读者从全诗去吟味，对这几句绝对不会义愤填膺。如果杜甫真是倚官仗势，横行乡里，那南村群童敢欺他老无力，公然当面抢走他的茅草吗？就算他们敢，杜甫不可以像南霸天、周扒皮那样叫奴仆们去夺回来，并且把他们揍一顿吗？何至于"唇焦口燥呼不得，

归来倚杖自叹息"呢？更何至于让茅草被抢走，而自己甘愿
"长夜沾湿"，不能成寐呢？诗中的"我"这一形象，会使读
者认为他是恶霸官僚地主吗？他骂南村群童为"盗贼"，只
是因为自己屋破又遭连夜雨，所以嗔怪这班小家伙太调皮了。
但也并不想认真计较，否则尽可以去找他们的父母理论，收
回所有的茅草来。因此，从字里行间，我们只感到诗人一种
无可奈何的口吻，根本体会不出他是在恶狠狠地撒威风。至
于说"贫穷人的孩子被骂为'盗贼'，自己的孩子却是'娇
儿'"，这是又一次企图证明诗人赤裸裸地表示着他的阶级立
场和阶级感情。其实"娇儿"者，不过是说这孩子睡没个睡
相，把用了多年的布衾踏破了，这全怪自己平时娇惯了他。
这也是在嗔怪孩子，当然，也是一种无可奈何的口吻。从这
里哪能见得出杜甫的鲜明的阶级感情呢？有句俗话，"娇儿不
孝，娇狗上灶"，可见"娇"字并非美称。我真不明白，郭老
为什么只抓住一两个字就无限上纲上线，而不通观全句或全
诗？

　　是的，杜甫希望得到千万间广厦，庇护的是"寒士"而
非劳动人民。这是由于他本身是"士"，正住在破茅屋里遭到
风吹雨打，所以他推己及人，很自然地联想到"天下寒士"。
只想到"寒士"而没想到劳动人民，这确实表现了他的思想
局限性。但要说杜甫只希望"士"能"风雨不动安如山"，人
民疾苦却无动于衷，这也不合事实。他不是一直"穷年忧黎

元，叹息肠内热"（《赴奉先县咏怀》）吗？对"无食无儿一妇人"不是任她"堂前扑枣"（《又呈吴郎》）吗？他不是要求"万役但平均"（《送陵州路使君赴任》）吗？至于说民胞物与、饥溺犹己只是士大夫们的主观臆想，意思是说杜甫广厦之愿并不足贵，不值得称道。那么，像杨朱那样一心为我，不肯拔一毛而利天下，倒是值得赞美吗？民胞物与即使是空想，也是一种比较可贵的空想吧？由空想到科学，事物本来是这样发展过来的啊！

（4）关于《遭田父泥饮美严中丞》

诗里的老农是不是一个富裕农民呢？反映他的物质生活的是"开大瓶""索果栗""问升斗"。酒是自酿的，果栗是自产的，似乎显示不出如何富裕。反过来，他要依靠大男回来营农，才能"辛苦救衰朽"，可见是雇不起工的。这样看来，算得上什么"富裕农民"呢？郭老所以要特别提出这一点，不过是说杜甫即使和农民接近，也只是接近"富裕农民"而已。

杜甫和这个老农，界限自然是有界限，一个是"拾遗"，一个是"田翁"，怎么会毫无界限呢？但要说"阶级的界限，十分森严"，也不见得。杜甫如果放不下官架子，农民眼里如果认为他"有威而可畏"，会"欲起时被肘"吗？会"指挥过无礼"吗？《唐书·文苑传》说他"与田夫野老相狎荡，无拘检"，倒真是得其实。郭老又说"他是却不过人情，才勉强受着招待"的。试问"自卯将及酉",从清早到月出,这么长的时间,还算是"勉强受着招待"吗?他自己都说"久客惜人情",哪里有一丝一毫的勉强呢?郭老又说杜甫嫌老农太不讲礼貌、粗鄙,可是他不明明说"未觉村野丑"吗?

不错,他是要借老农的口来赞美严武,问题是这赞美对不对。老农赞美的只是严武把他的大儿子"放营农""辛苦救衰朽"。严武这件事对农民有好处,为什么不可以赞美呢?赞美,正是为了希望他此后多做些这样有益于民的事。从另一面说,正因为严武使"蜀方固里以征敛殆至匮竭",所以杜甫才特意写这么一首诗,讽劝他不要"穷极奢靡",加重差科,弄得农民"举家走"。诗中从侧面写,这正是主文而谲谏。可以看出杜甫的苦心。这怎么叫作"使用曲笔"呢?"一言而赏至百万",杜甫的这首诗,不知道要得到多少报酬了?贰臣吴梅村都能不受吴三桂的厚贿而改动"冲冠一怒为红颜"之句,杜甫就这样当文丐吗?他要真是那样善于逢迎,那早已腰缠万贯,面团团作富家翁,何至于贫困潦倒,以"席为门"(《敝庐遣兴奉寄严公》)?他要真是善于逢迎,怎么会见武"或时不巾""褊躁傲诞",以至几乎被严武所杀?

在中国历史上,真正称道杜甫的是白居易,他根据的是"文章合为时而著,歌诗合为事而作"。他抑李,为的是"索其风雅比兴,十无一焉"。他扬杜,为的是他写了《三吏》等诗和"朱门酒肉臭,路有冻死骨"之句。王安石也是抑李的,原因是："李白识见卑下，诗词十句九句言妇人、酒耳！"陆游是扬杜的，认为"后世但作诗人看，使我抚几空嗟咨"。看不起杜甫的是杨大年，这位北宋台阁体的大作家，骂杜甫是"村夫子"。明朝的杨慎、谭元春，也是以攻杜为快者。还有清朝的王士禛，这位有富贵气的神韵派大诗人，他也不爱杜诗，时有微词。看来中国诗史上的现实主义精神与反现实主义创作精神，在对杜甫的评价上表示得十分清楚。郭老的扬李抑杜，自然和杨大年等有本质的不同，他是为了批判近时的专家们对杜甫的美化与拔高。在这一点上，我是完全赞成的。但在具体的评论上，我却觉得他矫枉过正以至失实了。这对今后的古典文学研究是不利的。因此，我提出自己的一些看法，和大家商榷。

另外，有几个小问题也顺便提一下。

（1）关于"划迭嶂"和"划却君山"

杜甫在《剑门》诗里，反对军阀利用四川天险割据一方，因而"意欲铲迭嶂"。郭老认为这是更多地为朝廷着想。试问，统一的中国不比军阀割据更有利于人民，更有利于社会生产力的发展吗？

至于李白："划却君山好，平铺湘水流，巴陵无限酒，醉杀洞庭秋。"照郭老那样解释，令人有穿凿附会之感。这首五绝，无论谁看，也不会想到这是李白在关心农业生产，希望更加扩大耕地面积。诗中用"秋"，只是因为在秋天作，哪里扯得上秋收？《田园言怀》一诗，更不足以证明李白重视农业。这诗是说贾谊谪居长沙，班超远征西域，都不如巢父、许由的隐居。这是李白政治上失意后的牢骚话，也是一般封建社会知识分子失意时的思想感情，和真正的农事毫无关系。郭老还解释"巴陵无限酒"，二句为"让所有的巴陵人来醉"，仿佛巴陵的劳动人民不怕冻饿，只要有酒喝就行了。其实，"醉杀洞庭秋"，只有李白这类富贵闲人兼墨客，才有这种闲情逸致，左手持杯，右手持螯，尽情欣赏洞庭秋色，劳动人民是没有这份清福的。总之，这四句诗只说明了这位"谪仙人"夜郎归来，愁如天大，希望以酒消愁，因而唱出了这样的狂想曲。

（2）关于"欲折月中桂"与"斫却月中桂"

李白的"欲折月中桂，持为寒者薪"，不能像郭老这样解释。折桂表示登科，"自唐以来用之"。(《避暑录话》)《战国策·楚策》又云："楚国之食贵于玉，薪贵于桂……今令臣食玉炊桂。"李白这两句诗合用这两个典故，还是表达寒士希望登科来谋求富贵的愿望，哪里是要为穷苦的劳动者添柴烧？劳动人民愁的是没吃没穿，要是有米，还会怕没柴烧吗？从古到今，也没听过哪个劳动人民受剥削以至于没柴烧，相反，倒是稻子被地主收租收光了，为了生活，打柴去卖，再去买米吃。

杜甫的"斫却月中桂，清光应更多"，的确谈不上"为人"，但他这种"个人的感情"却反映了当时一般遭受战祸的人的感情。寒食而不在家，自然下思乡之泪。一边望月下泪，一边却痴想：家中的妻子一定也在对月怀人，"清辉玉臂寒"，如果月色更皎洁些多好呀，于是产生了"斫却月中桂"的奇想。"清光"不就是"清辉"吗？

这样一评比，我倒看不出"那对例证对于杜甫却是十分不利的"。

（3）关于"太白世家"

从旧时的酒店在灯笼上或酒帘上写出"太白世家"或"太白遗风"等字样，就认为这是对于李白的自发性的纪念，而且用以和杜甫对比，认为这表现了人民的喜爱和士大夫不同。真是这样吗？旧社会的劳动人民即使爱喝几盅，他们也想不到引李白为同调，更不懂什么叫"世家""遗风"。所谓"世家"，所谓"遗风"，正是士大夫们题署的。谭延闿不就给一家酒馆题过"推潭仆远"这种极其典雅的成语吗？没有人题"少陵遗风"，这正说明杜甫在后世士大夫们心目中不是"酒鬼"（或者"酒仙"）。

（4）补写杜诗二句的问题

在《杜甫与苏涣》一章中，郭老引了杜甫的《苏大侍御访江浦赋八韵纪异有序》全诗，说它题为八韵，只有七韵，因而补写两句："殷殷金石声，滚滚雷霆思。"这是从原诗题序"忆其涌思雷出，书篓几杖之外，殷殷留金石声"化出的，内容上没有问题，但从音韵上说，"思"这样用绝对不行。"雷霆思"的"思"是名词，和"金石声"的"声"相偶，应读仄声，北京音为 sì（去声）。即以杜诗为例，《枯楠》"白鹄遂不来，天鸡为愁思"，押真韵；《题衡山县文宣王庙新学堂呈陆宰》"故国延归望，衰颜减愁思"，亦押真韵。《苏大侍御访江浦……》一诗用四支韵，郭老补句却用了四真韵，错了。

1972 年 9 月 13 日初稿

1979 年 8 月 10 日重写

轻薄为文哂未休

——读《近日不闻秋鹤泪，乱蝉无数噪斜阳
——话说文坛名家与大家》

恕我孤陋寡闻，过去对陈传席先生毫无了解，还是从这篇"话说"文章（见《文论报》1995 年 7 月 1 日），才知道他"是一位严肃的学者"。应该说，此文很多看法，确实表现了陈先生的严肃，但对钱钟书的评论，却显得信口雌黄，毫不严肃。另外，在谈郭沫若个别问题时，有的说法，我亦未敢苟同。至于题目所引戴复古的两句诗，误"秋鹤唳"为"秋鹤泪"，以致诗意欠通（泪如何能闻），那是记者根据谈话录音整理的，弄错了，不能要陈先生负责。

"钱钟书热的兴起，正是时代特征的显露，文坛上现在正是阴盛阳衰的时期，缺少阳刚大气。""小巧精致必为向往小康的时代标准。""钱钟书的学问可以用一句话概括：小巧精致。"

立论是新颖的，但也是奇怪的。国内外学术界一直认为钱钟书的学问博大精深，陈先生却称之为"小巧精致"。据他说，《管锥编》《谈艺录》《旧文四篇》《宋诗选》（世南按：应为《宋诗选注》），他都读过了，得到的印象是："在读一堆卡片。"从这句话，就可见陈先生没有认真读，因而也就没有读懂钱书。所以，他的所谓"小巧精致"，只是想当然耳。

所谓"一堆卡片"，就是说，钱氏全部学术著作，只是罗列了大量的古今中外的零星知识，而没有加以组织，作出应有的结论。

事实是这样的吗？敏泽早就指出："他（指钱氏）胸罗万卷，但又绝不是两脚书橱之类的学者，堆垛故实以夸其富，罗列典籍以显其博，但叩其所见，则除陈言外空无所有。钱氏完全与此不同，胸中自有炉锤，善于熔铸冶炼，钩玄提要，触类旁通，探微知著……一再用大量的生动的事实（世南按：包含在陈先生所谓'一堆卡片'中），指出真理和谬误、祸与福、美与丑并非绝对对立，非此即彼的……这样就使他的著作真正做到了融汪洋博赡之学与精审卓绝之识于一体。"

陈先生感到读钱书如读"一堆卡片"，又正是敏泽所说的，是由于"征引繁富，论述深微，颇有不得要领之叹"的

缘故。(以上见《管锥编研究论文集》序)

陈先生还提出了一个论点:"凡是学习内容太多,基础铺得太广的人,成就都不会太高。""据我知道,凡是精通十几国、二十国语言的人,成就都不太高。"

郑朝宗先生介绍过:"钱钟书早在青年时期就已立下志愿,要把文艺批评上升到科学的地位。""他深感古今中外这方面的名家都只是凭主观创立学说",因而他"独辟蹊径……把主要精力用在研读具体作品,试图从其中概括出攻不破、推不倒的艺术规律"。郑氏特别指出:"但要给文艺订立普遍规律",西方学者虽早有此心,却无此本领,"因为他们对东方特别是中国文艺所知有限",而"我国老一辈的硕学鸿儒对西方文艺也是十分陌生"。因而"最有资格从事文艺批评科学化工作的人,钱钟书应该是其中之一"。钱氏奋斗几十年,"一片散沙似的偶然发生的文艺现象,经过(他)精心的探索,却被归纳成为一条条铜打铁造的艺术规律了"。陈先生不了解这种情形,竟说什么精通多种外文的人,成就不会太高,一个严肃的学者,是不应该这样无知妄说的。

什么"阴盛阳衰"!要说"阳刚正气,磅礴大气",在钱氏的学术著作和其生平行谊中,倒是表现得很充分的。

郑朝宗指出过:"他(钱氏)思想解放,不盲目崇拜任何权威。"如黑格尔诬蔑我国语文不宜思辨,钱氏即举出许多例子证明黑格尔是信口开河。对于我国过去著名的大师如顾炎武、戴震、章学诚、章炳麟，只要他们的言论违背事理，钱氏就一一给予矫正；对屈原和李白，也不参加他们的"大小佞臣"行列，而敢于把他们作品中的瑕疵坦白地指摘出来。（以上见《研究古代文艺批评方法论上的一种范例——读〈管锥编〉与〈旧文四篇〉》）

在平生行谊方面，单举两件事：

（1）英国女王访华，国宴陪客名单上点名请他，他竟称病推辞。事后，外交部熟人私下询及，他说："不是一路人，没有什么可说的。"

（2）法国有人在巴黎《世界报》上为文，极言中国有资格获得诺贝尔文学奖殊荣的，非钱莫属。钱氏即在《光明日报》上发表笔谈式文章，历数"诺贝尔奖委"的历次误评、错评与漏评，并且断言：诺贝尔发明炸药的危害性还不如诺贝尔文学奖的危害性大。

（以上见张建术《魔镜里的钱钟书》，刊于《传记文学》1995年第1期）

从学术到行谊，钱氏表现了一种什么样的骨气？难道还不是"阳刚正气，磅礴大气"吗？

然而正是在这"骨气"问题上，陈先生却别有会心。他在谈郭沫若的部分，说道"现代很多人，尤其是大学生和港台文化人"，"说郭沫若没有骨气，揣摩他人的意思在写文章"。他承认，郭老"晚年确实根据毛泽东的意思写文章"，

"但从中正能看出他的为人"。

　　看出郭老什么样的为人呢？陈先生告诉我们："毛泽东一直对郭沫若十分友好，甚至很尊重。当这位伟大的领袖被人捧为神时，人们见之要三呼万岁，而毛泽东却和郭沫若称兄道弟，甚至经常趋车（世南按：应为驱车。）去郭沫若家中拜访。据有人回忆，毛泽东多次去郭家谈诗论词，每次皆尽兴而归。后来郭沫若后悔没请毛泽东给他留下一幅字，不久，毛泽东又去郭家，便给郭沫若写了一首自己的诗。毛泽东写的三十七首诗词中，就有两首是'和郭沫若'的。一个国家元首，政党主席，处于极其崇高地位的毛泽东如此厚待他，他能不为之感动？他要报答知遇之恩，怎么办呢？'秀才人情纸半张'，于是他顺着毛泽东的意思写文，以证实毛的见解高明正确。"

　　看到这样的叙述，我想一般读者都会摇头，认为郭老这种思想和行事是不正确的。可陈先生相反，他提出了一种全新的看法："郭沫若这样做，也许对不起学术，却对得起他自己的良心，他并非阿谀逢迎，而是报知遇之恩。"他还说："对于郭沫若来说，学术是他的生命，但在学术和报恩二者面前，他选择了'报恩'，'士为知己者死，女为悦己者容'。郭沫若其实是牺牲了自己。从中正可看出他人品中真赤的部分。"

　　真是奇妙的逻辑！"对不起学术"，却"对得起自己的良心"。为了"报恩",可以牺牲学术。

孟子说过:"长君之恶其罪小,逢君之恶其罪大。"(《告子下》)逢君,就是迎合君主的错误。学术为天下公器,它是真理的具现。"吾爱吾师,吾尤爱真理"。中外古今多少伟大的学者,为了维护学术的尊严,宁可牺牲性命,也决不违背良心说假话。西方的哥白尼、伽利略,中国的桓谭,都是光辉的例子,因为学术和良心从来就是一致的。如果郭沫若真要报毛泽东的知遇之恩,他应该像魏徵对待唐太宗那样,那才是"君子之爱人也以德"。

其实郭老在"迎合毛泽东之意"写文章时,内心是很痛苦的,并不像陈先生所描述的那样恬然,那样心安理得。有一本陈明远写的书,记这青年人和郭老经常来往。在私底下谈话时,郭老多次表示做违心事、说违心话的苦恼。郭老在这点上是可爱的,因为他明白:理不得则心不安。所以,陈先生所描述的报恩观,其实只是陈先生的内心自白。看,他不是说:"如果是我陈传席,大概也会这样做。"对此,我们只好借用汉文帝惋惜李广那句话:"惜乎子不遇时!"

陈先生不是极为时代的"阴盛阳衰"而苦恼,大力呼唤"阳刚大气"吗?我以为,首先还是辨别清楚"阴""阳"的实际含义,再来呼唤吧。否则以"秋鹤泪"为"乱蝉噪",岂不令人哑然失笑?

1995 年 7 月 20 日

　　另外一篇引起社会更大反响的，是《关于宋诗的评价问题》。这篇文章是由毛泽东《给陈毅同志谈诗的一封信》引起来的。此文发于《江西师范学院学报》1981 年第 1 期。发表之前，我寄给了南京大学的程千帆先生看。他回信说：

世南先生：

　　惠书及尊著诗文，并已拜读。我因多病，已无精力细为推敲，只能提出下列一点意见，请考虑。

　　（1）不必提及致陈信。

　　（2）将致陈信发表后学术界有关此问题文章都看一下，然后分别是非，加以讨论。据我所知《武大学报》有苏者聪文，上海《学术月刊》有杨廷福文，张志岳《诗词论析续编》（黑龙江人民出版社近刊）有论宋诗文，《陕西师大学报》有霍松林文等。如此，可深入而不重复。

　　（3）写成后，似可考虑寄给吉林《社会科学战线》，听说他们想组织一组研究宋代文学的文章。

　　（4）一切引文，最好详细核对，逐一注明出处、书名、卷数，或页数，不要用"XXX 语"之类，以表明确系原始材料，并非展转引录。

　　尊稿谨奉还，敬希原谅。石帚先生久归道山。知注并闻。

　　即颂

著安！　　　　　　　　　　　　程千帆顿首

　　　　　　　　　　　　　　　　12 月 8 日

　　但我并没有全部照他的话去做，仍然一开头就提出毛泽东那封信，然后分四方面去辩论。程先生的意见，反映了一般文化人的心态，即使到了 1980 年，离开"文革"的结束已有四年，仍然心有余悸。

　　此文发表后，程先生还来过一封信：

世南先生：

　　十一月赐书及放歌数章收到已久，弟自去秋即患中气不足，血压波动，时感昏眩，故于殷勤下问缺然久未报。嘱寄亡室遗词，年老昏忘，亦不知已寄奉否？如尚未收到，乞示知，以便奉呈请教。

　　先生所论宋诗各点，极有理致，阅报，似已为文刊于某杂志，甚盼见赐，以便诵习也。

　　微波辞是亡室少作。石帚先生已去世多年，顷承齿及，不胜怆恻。

　　尊诗苍劲斩截，似翁石洲，可喜也。

　　不能多写，乞谅。专颂

著安！

　　　　　　　　　　　　　　　　程千帆顿首

1980 年 1 月 16 日

我把此文复印了一份寄给程先生。

此文发表后，人大复印资料复印了；《文史知识》（1983 年第 9 期）刘乃昌《关于宋诗评价问题的讨论综述》，杭州大学《语文导报》（1985 年第 12 期）尚清《宋诗研究的最新发展》，都对我文加以评介。可怪的是，台湾宋晞编《宋史研究论文与书籍目录》（增订本）P138 也把此文收进去了。《中国文艺年鉴》（1982 年）《值得注意的新说》栏特别指出："作者明确地说毛泽东同志《给陈毅同志谈诗的一封信》对宋诗的否定是不符合事实的，而那些在《信》影响下随声附和的，也是'一叶障目'。"

为什么我对毛泽东否定宋诗的看法敢于提出不同意见呢？这自然跟时代风气有关。如果仍然是过去大搞个人崇拜的时代，或者以文字罪人的时代，我必定也是噤若寒蝉的。到了 1980 年，知识界思想更自由了，因而对毛的错误论点，大家不仅腹诽，也敢议论，也敢形诸文字来批评。我当时这样想，这又不是持不同政见，而是学术争鸣，完全可以平等发言。所以，看到《中国文艺年鉴》那样说我，我倒不解：难道毛自己提出的百家争鸣，不包括他在内吗？

现在（2001 年到 2002 年）写此时，看到吴江的《文史杂论》，在 P266 和 P53 中，都提到恩格斯批评李卜克内西的话："党——需要社会主义科学，而这种科学没有发展的自由是不能存在的。"第二年，他又写信给倍倍尔，提议创办一个"不隶属于党的领导人"的刊物，这个刊物可以在党的纲领的范围内以及不违反党的道德的范围内自由地讨论问题，进行自由批评，等等。（《马克思恩格斯全集》第38卷P88、517—518）可见革命导师早就不主张"为尊者讳"，更不主张"曾经圣人手，议论安敢到"。（韩愈《荐士》）

现将此文录存如下：

关于宋诗的评价问题

毛泽东同志在《给陈毅同志谈诗的一封信》中说："宋人多数不懂诗是要用形象思维的，一反唐人规律，所以味同嚼蜡。"这个看法对不对，我以为解决了下述四点就知道了。

（1）能不能按朝代来分唐、宋诗？是不是唐人都懂得形象思维，也就是说都掌握了诗歌创作的艺术规律，而宋人则相反（虽然比较委婉地说只是"多数"）？

（2）形象思维是否只包括"比兴"而不包括"赋"？

（3）评断诗歌的优劣，即是否"味同嚼蜡"，能不能只根据它能否用形象思维？

（4）宋诗是否"味同嚼蜡"？

本文拟就这四个问题提出自己的一些看法，而重点放在第四个问题上。

历来议论唐、宋诗的人，大多数是按两个朝代来区分两种诗歌的特点。但也有些人指出，这两种诗歌的特点应该按它们的体态、性分来区别，约言之，即唐诗敷腴，宋诗瘦硬。因此，唐人中如杜甫、韩愈、白居易、孟郊的诗已开宋调，而宋人中如林逋、张耒、姜夔、潘柽、叶适、潘阆、魏野、九僧（宋初诗僧惠崇等）、四灵（徐玑、徐照、翁卷、赵师秀）、刘克庄、严羽等，是宋人之有唐音者。钱钟书先生《谈艺录》开章明义就提出了这种看法，我是完全同意的。《信》是按朝代区分的。它之所以断然肯定"宋人多数不懂形象思维"，大概是根据邵雍的《伊川击壤集》、游九言的《默斋遗稿》、陈傅良的《止斋先生文集》、魏了翁的《鹤山先生大全集》以及《濂洛风雅》一类的诗歌。这些道学诗，确实是"语录讲义之押韵者"（刘克庄语），但它们在宋人诗歌中所占的比重有多大呢？再说，衡量一种诗歌的成就，不能单看数量，主要应从质量看，那么，真正能代表宋诗成就的，显然不是这种道学诗。正如我们谈到唐代诗歌的成就时，不会根据《寒山子诗集》和《丰干拾得诗》来断定一样。当然，由于道学的盛行，宋代即使是大作家也不免受到它的影响，黄庭坚、陆游、辛弃疾等的确写过一些"语录讲义之押韵者"，但是谁会把这类诗篇作为这些诗人的代表作呢？

为了进一步弄清楚这个问题，我们应该明确"形象思维"

的含义。在《信》看来，似乎形象思维只包括"比兴"，而"赋不在内"。"赋也可以用"，但必须"其中亦有比兴"，否则就是"如散文那样直说"，就不是形象思维了。我以为事实并不是这样。《诗经》的《七月》，完全是"赋"，其中并无"比兴"，它的形象不是非常鲜明吗？就是其用了"比兴"的，也都离不开"赋"。诗篇的底子就是"赋"，在"赋"这底子上，才或用"兴"来开头，以引起下文，或在篇中运用"比"的手法以加强形象的鲜明性、生动性，很少通篇用"比"来写。（程千帆先生《韩愈以文为诗说》对这点讲得很清楚，见《古代文学理论研究丛刊》第 1 辑。）可见古人把"赋、比兴"看成作诗的方法，是非常正确的。从常理说，"赋"是"铺陈其事"，怎么不是形象思维呢？

另外，评断诗歌的优劣，是否只看它用没用形象思维呢？这也不能一概而论。形象思维究竟是手段，是一种艺术创作方法，方法不能保证作品的质量。判断一首诗的优劣，主要看它的思想性是否强，艺术性是否高，两者是否统一。世界上有思想反动而艺术性很高的诗，难道我们能说这种作品因为用了形象思维，就不但不"味如嚼蜡"，而且"津津有味"吗？

再让我们来看看宋诗是否"味如嚼蜡"吧。

历史上尊唐薄宋的人，给宋诗列举的罪状，不外乎严羽的三条："以文字为诗，以议论为诗，以才学为诗。""以文字为诗"，就是《信》中说的"以文为诗"。《信》举了韩愈为例，说明"以文为诗"是"完全不知诗"。其实，"以文为诗"，是根据诗歌中某一种体裁的需要而形成的，具体地说，就是五、七言古风，尤其是七言长诗所需要而形成的。它并非创自韩愈，而是起于杜甫，后来白居易发展了这一倾向，韩愈则使这种特色更加突出。无论是杜甫、白居易还是韩愈，他们都是由于五、七言长诗的内容所包者广，需要突破原先诗律的范围，采取古文的手法，使这种恣肆的笔调更能充分地表现广阔而复杂的内容。另外，正如叶燮在《原诗》中所说，韩愈要"以文为诗"，是因为"开、宝之诗……递至大历、贞元、元和之间，沿其影响字句者且百年，此百余年之诗……想其时陈言之为祸，必有出于目不忍见、耳不堪闻者，使天下人之心思智慧，日腐烂埋没于陈言中"，所以，韩愈要力起而矫之。在这个问题上，我们有的同志一方面承认"其散文化倾向对于韩诗宏伟奇崛风格的形成是有帮助的"，一方面却以《嗟哉董生行》为例，认为它"非文非诗，怪诞奇险"，是"形式主义的恶札"。（王水照《宋代诗歌的艺术特点和教训》，收入《文艺论丛》第5辑，下同）让我们也以《嗟哉董生行》为例看看这个问题。韩愈在这首长诗里歌颂了"隐居行义"的董召南。这人"刺史不能荐，天子不闻名声，爵禄不及门，门外唯有吏，日来征租更索钱"，"朝出耕，夜归读古人书，尽日不得息，或山而樵，或水而渔"。他虽然贫困，却孝养父母，家庭和睦。韩愈慨叹说："时之人，夫妻相虐，兄弟为仇，食君之禄，而令父母愁。"以此和董生对比，更显出"董生无与俦"。这样的思想内容，即使在今天，也有一定的认识意义，这种气势磅礴笔调也恰切地反映了内容，即使我们不能誉为"集中寡二少双"（《唐宋诗醇》评语），又怎能谥之为"形式主义的恶札"？当然，这首诗里也有糟粕，如"人不识，唯有天翁知，生祥下瑞无时期"，底下以"狗乳出求食，鸡来哺其儿"为证，是天人感应的谬论。然而这在全诗中并不占主要地位，充其量不过表现出韩愈的时代局限性而已。把这样的作品，称为"非文非诗，怪诞奇险"，作为创作失败的教训，未免太不公平了。

顺便说一句，诗歌的形式总是发展的，唐、宋诗人的五、七言绝句没有"以文为诗"的，后代却还出现了。如龚自珍的《己亥杂诗》都是七绝，其中很多就是"以文为诗"，如："勇于自信故英绝，胜彼优孟俯仰为"；"科以人重科益重，人以科传人可知。本朝七十九科矣，搜辑科名意在斯"；"网罗文献吾倦矣，选色谈空结习存。江淮狂生知我者，绿笺百字铭其言"；"公子有德宜置诸，有德公子毋忘诸"；"我兹怦然谋乃心，君已恝然脱诸口"；"乃敢斋祓告孔子"；"议则不敢腰膝在"；"天意若曰汝毋北"；"多识前言畜其德"。真是不胜枚举。龚自珍这样"以文为诗"，不能就一首七绝来看，而要放在整个这一组诗里来看，这样就更显得形式多样，极变化之能事。应该说，这是对韩愈为代表的诗人们这一手法的发展。当然，"以文为诗"这种特点，在梅尧臣、苏东坡、王安石、黄庭坚这些宋代名诗人的古风里比较突出。一般来说，他们对这种手法都是运用得比较成功的，并不违背形象思维的规律。有的同志举梅尧臣五古《书窜》为例，说它是宋人"以文为诗"的失败证据："缺乏形象，缺乏诗味，与《北征》相比，就显出艺术上的高下了。"如果我们看了梅尧臣的《书窜》全诗，又熟悉杜甫的《北征》，一定会和朱东润先生一样得出客观的结论："尧臣这一首诗，反映当时的政治情况，极为具体……倘使我们把论诗的尺度放宽，不单单要求流连光景，而且也要反映政治，批判现实，那么这首诗的价值是不容否定的。"（《梅尧臣传》）实际上，即使从艺术性上来说，这首诗也可以和《北征》比美。"曰'朝有巨奸……臣身宁自恤'"！这四十四句，是唐介奏章的诗化，梅尧臣正是通过这种议论来塑造唐介形象。难道只有描写外貌和抒发感情，才能塑造出形象来？这诗如果只有"介也容甚闲，猛士胆为粟"以及"英州五千里，瘦马行駃駃，毒蛇喷晓雾，昼与岚气没。妻孥不同途，风浪过蛟窟，存亡未可知，雨馆愁伤骨。饥仆时后先，随猿拾橡栗，越林多蔽天，黄甘杂丹橘"。而没有那四十四句议论，还有多大意义？正因为这番议论最充分地反映了唐介的"忠义愤激，虽鼎镬不避"的满腔忠愤，加上后面被窜逐时的景物描写，才使这首诗成为比美《北征》的杰作。就在议论部分，也是运用形象思维方法，使诗句富有文采，从而迥异于唐介的奏章。如"银珰插左貂，穷腊使驰驺。邦媛将夸侈，中金贵十镒，为我寄使君，奇纹织纤密。遂倾西蜀巧，日夜急鞭捶，红经纬金缕，排科斗八七。比比双莲花，篝灯戴心出，几日成几端，持行如鬼疾"。这十四句是从唐介奏章"（文彦博）知益州日，作间金奇锦，因中人入献宫掖"这几句化出，能说"弹章的分行押韵的复制品"吗？

关于诗中用语助词的问题，有的同志列举了王安石的"男儿独患无名耳，将相谁云有种哉"！和苏轼、黄庭坚的类似句子；还说"有的宋诗，还用语助词构成对联，对之嗜痂若癖了"。又举了黄庭坚的"日边置论诚深矣，圣处时中乃得之"为例，说是"诗歌语言中充满了之、乎、者、也、哉、耳之类的语助词，确实不足为训"。按照这种说法，这又是宋诗的独有的缺点。但是清人温序在《病余掌记》卷一里说到"诗用语助字"时，却先举出杜甫的"古人称逝矣，吾道卜终焉"和"去矣英雄事，荒哉割据心"两联，再举黄庭坚的"且然聊尔耳，得也自知之"一联，称为"皆佳句也"。这样看来，似乎不好单独归罪于宋人。何况这样浑脱自然地运用语助词，能使诗句更加古朴别致，偶一为之，又有何不可呢？

认为"以文为诗"是"完全不知诗"的人，脑子里先有一个框框：诗，必定要像唐人。照这样说，那明代的前后七子是最懂作诗了。鲁迅先生说过："我以为一切好诗，到唐已被作完，此后倘非能翻出如来掌心之齐天大圣，大可不必再动手。"（《鲁迅书简·给杨霁云的信》）这话是明达的。他承认唐诗是高峰，但并不是不可逾越的顶峰，如来掌心是可以翻出的。他虽然没有明白指出"齐天大圣"是谁，但从文学史看，很显然，只有宋诗才配得上这个称号。叶燮说得好："譬之生木然，'三百篇'则其根，苏李诗则其萌芽由蘖，建安诗则生长至于拱把，六朝诗则有枝叶，唐诗则枝叶垂荫，宋诗则能开花，而木之能事方毕。自宋以后之诗，不过花开而谢，花谢而复开。"宋诗开拓了诗的领域，具有新的境界。这正是宋诗之所以为宋诗。如果它亦步亦趋，走唐人已走的路，那不过在明七子之前成为一批假古董而已。习惯势力确实是可怕的，以李清照这样的识解卓越，她的词论却那么保守，坚持正统观点，以为"花间""尊前"才是词之正声，凡是不符合这个框框的，一概贬之为变调。但是，她的词论并不能束缚住词向多样化的发展，辛弃疾沿着苏轼开拓的道路，放开心手，使词的创作更向豪放的方向发展，以至后来的刘熙载竟认为："后世论词者，转以东坡为变调，不知晚唐、五代乃变调也，"（《艺概》卷四）这是对正统派词论的一个有力的讽刺。"若无新变，不能代雄。"萧子显这两句话实在是至理名言。宋诗之所以能和唐诗并峙，正因为它继承了唐诗的优良传统，而又有所发展、创造。严羽尊唐薄宋，徒然说明他的保守，无怪叶燮直斥他"何其谬戾而意且矛盾"。(《原诗·外篇·十二》)

宋诗的另一条罪状，是"以议论为诗"。贬宋诗者认为这也是违反形象思维的。他们只承认诗歌的抒情功能，而不同意可以说理，仿佛说理只能是"文"的职能。这显然也是和文学史上的事实不符的。我们先看叶燮这一段话："从来论诗者，大约伸唐而绌宋。有谓唐人以诗为诗，主性情，于'三百篇'为近；宋人以文为诗，主议论，于'三百篇'为远。是何言之谬也！唐人诗有议论者，杜甫是也。杜五言古议论尤多，长篇如《赴奉先县咏怀》《北征》及《八哀》等作，何首无议论？……且'三百篇'中，二'雅'为议论者，正自不少。彼先不知'三百篇'，安能知后人之诗也！……为此言者，不但未见宋诗，并未见唐诗。"

说理诗，宋代有"不识庐山真面目，只缘身在此山中"，唐代也有"欲穷千里目，更上一层楼"。这样形象地说理，大家没有异议。而有的同志，为了证实"宋诗议论化是一时的风尚，为诗人们所偏爱"，便从吕本中《童蒙诗训》中找出根据，说"黄庭坚的'桃李春风一杯酒，江湖夜雨十年灯'(《寄黄几复》)不失为富有形象和情韵的名联，但他自己却以为'砌合'，反而喜爱议论化的《题竹石牧牛》：'石吾甚爱之，勿使牛砺角；牛砺角尚可，牛斗残我竹。'可以窥见议论诗在他们心目中的地位"。

　　黄庭坚这首《题竹石牧牛》也是通过形象来说理的，还不是径直议论，而有的同志已经觉得不顺眼，认为这是宋人的偏爱。但是这种"议论诗"是不是宋人首创呢？请看《诗人玉屑》卷八所引的范季随的《室中语》："一日，因坐客论鲁直诗体致新巧，自作格辙，次客举鲁直题子瞻、伯时画竹石牛图诗云：'石吾甚爱之，勿使牛砺角；牛砺角尚可，牛斗残我竹。'如此体制甚新。公（按：指韩驹）徐曰：'独漉水中泥，水浊不见月；不见月尚可，水深行人没。'盖是李白《独漉篇》也。"原来黄庭坚是模仿李白的。吴景旭还给李白找出了原型，《历代诗话》卷五十九说："陵阳（按：即韩驹）谓其（按：指黄庭坚）袭太白《独漉篇》法，然按宋元嘉中语云：'宁作五年徒，不逐王玄谟；玄谟犹尚可，宗越更杀我。'则太白之前，早有此等语句矣。"陈衍更从说理的角度进行评论，《石遗室诗话》卷十七说："理之不足，名大家常有之。山谷题画诗云：'石吾甚爱之，勿使牛砺角；牛砺角尚可，牛斗残我竹。'此用太白'独漉水中泥，水浊不见月；不见月尚可，水深行人没'调也。然不见月，虽以譬在上者被人蒙蔽，而就字面说，月之不见固无大碍，以较行人之没于水，自觉其尚可；若其石既为吾所甚爱，唯恐牛之砺角，损坏吾石矣，乃以较牛斗之伤竹，而曰砺角尚可，何其厚于竹而薄于石耶？于理似说不去。"我们现在不必研究李、黄二诗的说理充足与否，反正可以肯定：两诗都是"议论诗"。贬宋者必尊唐，某些人尤其欣赏李白，如果知道这一段因缘，恐怕不会拿黄庭坚这首诗来证明自己贬宋的论点。但事实很明白：黄庭坚这首诗和李白那首诗，都是"以议论为诗"。李白作之于前，无人加以指责；黄庭坚继之于后，便被人指为"偏爱"。这样评诗，恐怕有点偏心吧？李义山也是某些人所喜欢的，而他就有"历览前贤国与家，成由勤俭败由奢"这样的句子。他的《行次西郊作一百韵》，夹叙夹议，直承杜甫的《北征》，可能由于他是唐人，似乎没有谁举以为例，说明议论不可入诗。

其实那种不假形象，径直以议论为诗，也是古风的需要，一般律、绝是不多见的。像黄庭坚的《次韵杨明叔四首》"吉凶终我在，忧乐与生俱。决定不是物，方名大丈夫"之类概念化的近体诗，在他的诗集中为数甚微。

议论为诗，不自宋人始。《诗经》《离骚》早已存在，汉魏以至隋唐，迄未中断。我们不赞成赵壹那种"且各守尔分，勿复空驰驱。哀哉复哀哉，此是命也夫"的干巴巴地说教，但不反对甚至赞成《离骚》那样在叙事、抒情中加上议论。宋人的古风往往夹叙夹议，即使议论成分占得比重较大，也是用议论来加强形象（如前举梅尧臣的《书窜》），有什么不可呢？

宋诗的第三大罪状，是"以才学为诗"。具体地说，就是大量用典和模拟前人或时人佳句，力求"无一字无来历"。有的同志说："用典必须活用创新，决不能堆砌排比，而这恰恰是宋诗的普遍情形。"他以宋初西昆体作家的几首《泪》诗为例，说"俨然是泪典的辑录"。又以苏轼《贺陈述古弟章生子》和《张子野年八十五尚闻买妾述古令作诗》为例，说都是"用典重叠，连篇累牍"。我同意这种指责，不过，我以为始作俑者是李义山，账要算到他头上。请看他的《泪》诗："永巷长年怨绮罗，离情终日思风波。湘江竹上痕无限，岘首碑前洒几多。人去紫台秋入塞，兵残楚帐夜闻歌。朝来灞水桥边问，未抵青袍送玉珂。"前六句分别用了六个泪典，各不相关，杨亿之流以及苏轼、陆游不过是仿作而已。有人认为这是唐人的赋得体，用前六个泪典来烘托青袍送玉珂之悲。如果是这样，那又何必责怪宋人的仿作呢？

"用典必须活用创新"，这句话倒是说中了宋诗的优点，虽然有的同志相反，认为这是宋诗所缺乏的。我以为宋诗，尤其是那些大家、名家的诗，在用典方面是力求活用创新的。钱钟书先生曾举宋人史尧弼《湖上》七绝为例："浪汹涛翻忽渺漫，须臾风定见平宽；此间有句无人得，赤手长蛇试捕看。"钱先生认为第三句来自苏轼《郭熙秋山平远》的"此间有句无人识"，第四句来自孙樵《与王霖秀才书》的"读之如赤手捕长蛇，不施控骑生马，急不得暇，莫不捉搦"。而孙樵又来自韩愈《送无本师归范阳》的"蛟龙弄角牙，造次欲手揽"和柳宗元《读韩愈所著〈毛颖传〉后题》的"索而读之，若捕龙蛇，搏虎豹，急与之角，而力不得暇"。于是得出结论："孙樵和史尧弼都在那里旧货翻新，把巧妙的裁改拆补来代替艰苦的创造，都没有向'自然形态的东西'里去发掘原料。"（《宋诗选注·序》）

史尧弼是宋人，孙樵是唐人，要说这叫作"旧货翻新"，是"撇下了'唯一的源泉'，把'继承和借鉴'去'替代自己的创造'"，那么，唐、宋诗人都是一样。其实何止唐、宋诗人，元、明、清诗人又何尝不然。再追溯上去，连陶渊明的诗，看来十分自然，也用了很多典实和成语，并不全是"自己的创造"。反对用典的人，总喜欢引用沈约《宋书·谢灵运传论》所说的"子建'函京'之作，仲宣'灞岸'之篇，子荆'零雨'之章，正长'朔风'之句，并直举胸情，非傍诗史"，和钟嵘《诗品》所说的"至于吟咏情性，亦何贵用事！'思君如流水'，即是即目，'高台多悲风'，亦惟所见，'清晨登陇首'，羌无故实，'明月照积雪'，讵出经史！纵观古今胜语，多非补假，皆由直寻。"其实文人写作和民歌的创作不同。民歌作者即景生情，唱出歌来，除了直接感受周围的景物与人事外，不可能有所依傍，因为既无师承，也无切磋。文人则不然，在进行写作之前，先要进行长时间的书本学习，然后进行写作。除了命题习作，一般是有感而作诗。这感，自然是外界事物对诗人的影响，使之产生喜怒哀乐的感情。在有所感触从而产生写诗的欲望时，例如望月怀乡时，不会像民歌作者那样空诸依傍，矢口成章，而是脑海里很自然地浮起自己熟记的前人某些切合此情此景的佳句，于是在进行思维时，自然而然会受到这些佳句的影响，写出来的诗句往往反映出这种影响。甚至"诗家老手，体制纵横，便直取古语，如孟德之'呦呦鹿鸣'，渊明之'犬吠深巷中'，老杜之'使君自有妇''而无车马喧'"。（吴景旭《历代诗话》卷五十九）久而久之，竟至形成一种习惯，一种不成文法：只有这样的诗才称得上"典雅"，才有书卷气，才不俗。这所谓"俗"，最初是和一般民歌区别。（当古代的民歌如《国风》，汉、魏、晋、南北朝乐府，以及《孔雀东南飞》《木兰辞》等已经成为文人的诗歌教材后，也变成后代诗人的典故仓库里的存货，经常被引用了。）后来发展到韩愈、李贺，到梅尧臣、黄庭坚等，其所谓"避熟避俗"的熟、俗，则是指一切文人诗中的滥调，如西方所谓第二个第三个把花比作美女的低能比喻，于是，黄庭坚的《酴醿》诗"露湿何郎试汤饼，日烘荀令炷炉香"，以美男子来比花。但即使是喜欢用事的黄庭坚，某些写景诗，未必全是模仿、剽窃前人的，如《太湖僧寺》的"松竹不见天，蟠空作秋声。谷鸟与溪濑，合弦琵琶筝"；《观音院》的"谷底一墟落，地形如盎盆"；《刀坑口》的"群山黛新染，蒙气寒郁郁"；《宿宝石寺》的"钟磬秋山静，炉香沈水寒。晴风荡潆雨，云物尚盘桓"；《皖口道中》的"寒花委乱草，耐冻鸣风叶。江形篆平沙，分派回劲笔"；《贵池》的"横云初抹漆，烂漫南纪黑，不见九华峰，如与亲友隔"；《别李端叔》的"我观江南山，如目不受垢"；《晓放汴舟》的"又持三十口，去作江南梦"。这些写景或抒情的诗句，都为清人延君寿所称赏："写景能字字精到，不肯著一模棱语，此山谷独得。""（抒情）皆夏夏生新，不肯一语犹人，笔力精能，实出宋人诸家之上"。（《老生常谈》）当然，这些诗句所用的词汇和句式，可能都有来历，但决不是生硬的模仿，而是根据自己对事物的现实感，通过形象思维创造出来的。正如黄庭坚自己所说："诗文不可凿空强作，待境而生，便自工耳。"（《王直方诗话》）最能说明这点的，是宋人叶梦得所记这段话："外祖晁君诚善诗……黄鲁直常诵其'小雨愔愔人不寐，卧听赢马龁残刍'，爱赏不已。他日得句云：'马龁枯萁喧午梦，误惊风雨浪翻江。'自以为工。以语舅氏无咎曰：'吾诗实发于乃翁前联。'余始闻舅氏言此，不解'风雨翻江'之意，一日憩于逆旅，闻傍舍有澎湃鞭鞳之声，如风浪之厉船者。起视之，乃马食于槽，水与草龃龉于槽间而为此声，方悟鲁直之好奇，然此亦非可以意索，适相遇而得之也。"（《石林诗话》卷上）可见，黄庭坚能写出那两句诗，固然是由于晁君诚那两句诗的启发，而主要还是"（与境）相遇而得之"，"非可以意索"，决不至于像钱先生说的"虽然接触到事物，心目间并没有事物的印象，只浮动着'古人'的好词佳句"。所以，现在回到史尧弼那首七绝上，"赤手长蛇"只是说自己要写出别人还没写过的景色（即第一、二句），而这种景色变幻极速，因而在捕捉形象时，有"急不得暇"之感。如此而已。这样古为今用，非常恰切地表达了自己要表达的意思，正是一种成功的用典，也可说运典入化，谈不上"造成了对现实事物的盲点"。钱先生是否误会了，以为"赤手长蛇"是对第一、二句景色变幻的形象描绘呢？

关于"无一字无来历"，这本来是唐人刘禹锡的看法。他曾因六经无"糕"字，重九日题诗不敢用"糕"字。到了宋代，孙莘老便说杜诗韩文无一字无来历，而黄庭坚不过"拈以示人"。可见这种写作态度，唐宋人皆然。其所以如此，上文已分析过，就是由于文人们形成了一种观念：诗文都要显示出作者渊博的书本知识。其所以会这样，就因为他们的诗文本来不是作给劳动人民看，而是作给统治者和一般士人看的。我们今天可以不同意甚至指责这种观念，但从历史唯物主义来考察，却不能不承认这种观念的产生是有它的必然性的。

任何一种艺术形式，它的末流总会滋生许多弊端。正如白居易在《与元九书》中所说："唐兴二百年，其间诗人不可胜数……索其风雅比兴，十无一焉。"中唐已如此，晚唐的诗，其风格形式更日益向华丽纤巧的形式主义发展。宋诗的发展情况也一样。例如江西诗派的末流，把诗写成"押韵的文件，学问的展览，和典故成语的把戏"（钱先生语），或"每有所作，必使声韵拗捩，词语艰涩，曰江西格也"（陈岩肖《庚溪诗话》卷下），而使读者摇头。但不能因此而否定宋诗的代表作家。正如元好问在《论诗绝句》中说的："论诗宁下涪翁拜，未作江西社里人。"

总之，无论宋诗或其他时代的诗，要评判其优劣，应看它的内容有无人民性，艺术上有无独创性。而艺术上的独创性，应该允许百花齐放，使春兰秋菊，各臻其胜。我们不能以春兰为唯一标准而否定秋菊，同样，也不能以唐诗为唯一标准而否定宋诗。一定要了解宋诗是如何继承唐诗而又发展了唐诗，独具面目。对于宋代诗人在文字狱和党争的压力下逃避现实而写出某些谈空说法的诗，我们应当批判，而不是根据它是否运用了形象思维。因此，《信》对宋诗的否定是不符合事实的，而那些在《信》的影响下随声附和的，也是"一叶障目"。

（原载于《江西师院学报》1982 第 1 期）

再一件事是，1987 年，我看了复旦大学章培恒的《关于魏晋南北朝文学的评价》一文，不同意他的观点，便写了一篇《究竟怎样评价魏晋南北朝文学》，发在《复旦学报》1988 年第 1 期。人大复印于同年第 5 期。章氏写了反批评文章《再论魏晋南北朝文学的评价问题——兼答刘世南君》，见《复旦学报》1988年第2期。我又写了《二论魏晋六朝文学评价问题》，发在《江西师大学报》1989年第1期。人大复印于同年第7期。章氏不愿再辩，这场讨论便停止了。就我有限见闻，似乎没有人再对这问题进行讨论。

但不同意章氏新观点的仍大有人在。尤其是他和骆玉明主编的《中国文学史》1996年出版后，由于强调"文学发展过程与人性发展过程同步"，引起了不少人的异议。如陈辽就写了《"文学发展过程与人性发展过程同步"吗?》（《陈辽文存》第1册）

现在，事过十二三年，我仍坚持自己的观点。问题只有两个：一是超阶级的人性问题，另一是宫体诗对唐人的格律诗的影响问题。

关于前一问题，陈辽指出，即使是魏晋南北朝时期，也并无"人本位"的思想，直到"五四"，在外来人性论的影响下，才强调以人性为本体，强调个性解放。此前则一直是重群体，轻个人；重大我，轻小我。所以，他的结论是：中国古代文学的发展过程，完全不像西方文学那样重视写以个性为本位的人性。他还指出，复旦《中国文学史》的编写者，多数没有接受章氏的观点，因为从中国古代文学的实际出发，是不可能那样写的。另外，吴江在《陈寅恪与中国传统史学的由旧入新——兼谈陈寅恪的不宗奉马列主义说》一文中，特别赞美陈寅恪的卓绝处，就在于他认为史学与政治不可分。

他认为魏晋玄学清谈之风，早植根于东汉末年由摧残名士的党锢之祸引起的动荡险恶的政局，然后由魏晋两朝的政争所催发。吴江指出："讨论魏晋清谈之风之人、之书可谓多矣，但像陈寅恪这样直接指出其政治背景的殊不多见。"吴江此文曾发于《文汇读书周报》1999 年 2 月 13 日，后收入 2000 年 6 月出版的《文史杂谈》一书中。

我过去和章培恒两次讨论中所持观点，和陈辽、吴江两位的完全相同，这是我很高兴的。

关于后一问题，我认为台静农《论唐代士风与文学》（收在《龙坡论学集》中）一文，分析梁、陈宫体诗对唐代士风的恶劣影响，十分透彻。据他说，唐代文士不重操守，初因承六朝宫体诗风，也像六朝诗人那样只图享乐，每多无行，易向权势低头。而文士既以利禄为生活目的，势必依附权贵，甘为羽翼，故唐代文士，往往皆有朋党关系。作者引北宋范祖禹的话："汉之党尚风节，故政乱于上，而俗清于下，及其亡也，人犹畏义而有不为，唐之党趋势利，势穷利尽而止，故其衰季，士无操行。"（《唐鉴》卷十九）又引南宋末王应麟的话："汉党锢以节义，群而不党之君子也。唐朋党以权利，比而不周之小人也。"（《困学纪闻》卷十四）而推原祸始，完全是六朝宫廷诗人——宫体诗造成的恶劣影响。这样看来，我们大陆的文学史家、文论史家只着眼于宫体诗对初唐沈佺期、宋之问格律诗的形成有功，未免只见其小者。何况沈、宋律体的定型，主要由于宫廷应制诗的写作。应制诗主要是君臣唱和，通过一定景物或事件来歌功颂德，这和宫体诗的吟咏艳情甚至色情是两个不同的概念。我反对宫体，是反对它的内容。宫体诗人把美人看成玩物，这种心态决不反映普通的正常的人性。至于宫体的形式，我一直认为它也是永明格律论的产物。唐人格律诗的形成与成熟，自然离不开六朝诗人的影响，但是就是格律诗写得少的李白，他也"一生低首谢宣城（谢朓）"，"清新"如庾信，"俊逸"似鲍照；而擅长律诗的杜甫，更是"颇学阴（铿）何（逊）苦用心"的。他们何尝受宫体的教益？就是沈、宋，前人也没谁说过他们"裁成六律，彰施五色，使言之而中伦，歌之而成声，缘情绮靡之功，至是乃备"（独孤及《唐故左补阙安定皇甫公集序》），是由于宫体诗的哺育。可是，现在大陆很多人都肯定宫体诗对唐代格律诗形成的贡献，远不如在台湾的台静农，他倒宏观地抓住了事物的本质。而两宋的范祖禹、王应麟所作的结论，也实在发人深省。我看，研究唐代士风所受宫廷诗人的影响，实在值得学术界特别下功夫。最近看到许福芦为舒芜记录口述自传，居然说："只要去翻一翻当时的《人民日报》《文艺报》就会清楚明白，那时往胡风脑袋上丢石子的人，岂止一个舒芜？许多大名鼎鼎、备受尊敬的文坛大老，以至于有些后来的受害者，还不一样地在那里一本正经说昏话。是不得已而为之？是出于自保、迫于压力？其实，多数都不是。

最初的情况下，胡风的问题没有定性，没有谁强迫什么，可许多人就是要积极表现，不是'求荣'，不是落井下石，还能怎么解释……再不客气地说一句，假如时光倒转，难保今日里那些振振有词的道德君子们不重蹈过去'舒芜'们的覆辙，而且会表演得毫不逊色。"看到这些话，我很自然地想起唐初裴行俭评论四杰时说的一句话："士先器识而后文艺。"又想起宋朝刘挚戒子弟："士当以器识为先，一命为文人，无足观矣。"今天的文风浇薄到什么程度，难道还不值得深刻反思吗？美女小说云云，不是宫体诗的遗风吗？难道我们现在还要煽风扬波？

据支持章培恒新观念的熟人私下对我说，他们那种提法，其实是为了反对过去甚嚣尘上的"文艺为政治服务"说。我以为，而且一直到现在还是这样看：即使苏东剧变，我仍然坚持历史唯物主义，把它作为治学的原则。我坚信：文学是人学，必须为人民，必须面对现实，必须考虑到社会效果。

附录与章培恒商榷的两文于下。

究竟应该怎样评价魏晋南北朝文学
——与章培恒同志商榷

章培恒同志在《关于魏晋南北朝文学的评价》一文中，反对新中国成立以来用"现实主义"作为评价魏晋南北朝文学的标准，认为那是儒家文学观，不是真正的马克思主义观点。他说，真正的马克思主义观点应该是：

第一，即使"作品没有以真实的形式直接描绘社会的矛盾斗争，仅仅表现了人的某种感情或情绪（甚至采取了虚幻、荒诞的形式），但只要表现得深刻，而且这种感情或情绪在那个社会里具有相当的普遍性或体现了社会的某种进展，仍应视为社会生活的正确、深刻的反映"。

第二，魏晋南北朝的文人"勇敢地冲破旧的束缚，力图按照自己的认识、评价和感情来写作"，"给后来的文学开辟了新的道路"，"在文学史上仍应给予高的评价"。

第三，魏晋南北朝文学"创造出新的美"，"在审美意识上有较大的更新"，"仍应给以热情的肯定"。

他确定了这三条标准以后，根据魏晋南北朝文学的实际，认为它有两大特点，即对个性的尊重和对个人欲望的肯定。而这又形成最值得注目的一点，即自我意识的加强和对个人价值的新认识。

然后，他分析说，由于自我意识的加强，魏晋南北朝文学形成了新特色：

第一，是文学与哲理的结合；

第二，是关于美的创造；

第三，是在创作中强化作家的主观能动作用。

问题的关键在哪里呢？我认为主要就是抽掉了人的政治

性亦即阶级性。

首先，所谓"人的某种感情或情绪"，指的是什么"人"呢？既然是谈魏晋南北朝文学，那么，它所反映的"人"自然是文人。可那时的文人也还有士族与庶族之分、在朝在野之别，这两种文人的感情或情绪是绝不一样的。他们写出的作品可能都把自己的感情或情绪表现得很深刻，也可能"这种感情或情绪在那个社会里具有相当的普遍性"，但怎么能同时"体现了社会的某种进展"呢？失意文人的抗议或呻吟，如左思、鲍照反对门阀制度的诗篇，如果是"体现了社会的某种进展"，那么，谢灵运高唱"市廛无厄室，世族有高闱"，从而强调"长夜恣酣饮，穷年弄音徽"（《君子有所思行》），就显然是士族腐朽人生观的反映，这必然体现了社会的某种保守或倒退。陶渊明的"人生归有道，衣食固其端，孰是都不营，而以求自安"（《庚戌岁九月中于西田获早稻》），如果是一种进步的劳动观点，比起孔子骂学稼学圃的樊迟为小人，确实"体现了社会的某种进展"，那么谢灵运的"既笑沮溺苦，又哂子云阁，执戟亦以疲，耕稼岂云乐"（《斋中读书诗》），就反映了失意的士族文人的"达生"（其实是混世）观点，显然不能体现社会的进展。怎么能说这两者都是"对社会生活的正确、深刻的反映"呢？

其次，是所谓"勇敢地冲破旧的束缚"。什么是"旧的束缚"呢？章文说，就是"为习惯所崇奉的、走向衰亡的秩序"，也就是名教。章文举了好多例子，如嵇康、陶潜，"尊重个性已被作为一种重要的原则来强调"。谢灵运、谢惠连、何逊等"尽管还没有达到如此的高度"，也"都在不同程度上显示出对个性的尊重"。章文认为，"提出这一要求，实从这时期的文学开始"。

我觉得章培恒同志这样说，似乎只记得儒家文化，而忘掉了道家文化。试问，嵇康用"性有所不堪，真不可强"来拒绝山涛的荐举，和庄周拒绝楚威王使者迎聘时说的"宁游戏污渎之中自快，无为有国者所羁，终身不仕以快吾志焉"（《史记》庄周传、《庄子·秋水》意同）有何区别？嵇康所谓"人之相知，贵识其天性，因而济之"，也来源于庄周学派一则寓言："舜以天下让善卷。善卷曰：'余立于宇宙之中……逍遥于天地之间而心意自得，吾何以天下为哉？悲夫！子之不知余也。'遂不受。"（《庄子·让王》）嵇康自己明明说过："老子、庄周，吾之师也。""又读《庄》《老》，重增其放，故使荣进之心日颓，任实之情转笃"。所谓"任实"，就是"放任本性"。在《幽愤诗》里也说："托好庄、老，贱物贵身；志在守朴，养素全真。"很明显，嵇康这种思想是道家思想的承传，而不是魏晋时代的新产品。陶渊明的"禀气寡所谐""违己讵非迷"，"禀气"是指个性，"违己"是指违背自己的天性。这种新自然说的要旨在委运任化，仍然自道家的自然说演进而来。（陈寅恪《陶渊明之思想与清谈之关系》，

见《金明馆丛稿初编》）

　　但是问题的关键是嵇、陶这种思想究竟是怎样产生的。章文说，是儒家文化到东汉末期开始失去了统治地位，因而人的自我意识才加强了，才产生了嵇、陶这种尊重个性的思想。所以章文说，在嵇、陶以前的文学，许多都重在政教。言外之意，当然是说嵇、陶这种强调尊重个性的思想，和当时的现实政治无关。但事实怎么样呢？《晋书·嵇康传》先点出他"与魏宗室婚，拜中散大夫"，然后写他拒绝山涛的荐举。山涛是司马氏集团的人，企图拉拢嵇康，嵇康却断然拒绝，宣称"绝交"。这"绝交"实际是针对司马氏政权的，所以"大将军（指司马昭）闻而怒焉"。（《三国志·魏书·王卫二刘传》裴注引《魏氏春秋》）传文最后写司马氏另一亲信钟会向司马昭说："嵇康，卧龙也，不可起。（即不可能拉拢来为司马氏服务。）公无忧天下，顾以康为虑耳。"并说"康欲助毌丘俭"。这不是诬枉嵇康，《世语》说："毌丘俭反，康有力，且欲起兵应之。"（同上书裴注引）于是司马昭杀害了嵇康。史实彰彰，可见嵇康强调个性，不过用以拒绝司马氏政权的拉拢，怎么能搬开这个"现实性"，撇开当时的"政治"呢？陶渊明的决心归隐，也不是纯粹由于"不慕荣利"，否则他又何必几次出仕，其所以最后说出"富贵非吾愿"，乃是因为"世与我而相遗"，富贵反蹈危机，不如贫贱之肆志。这仍然是庄、老思想，但也正是时代现实的产物。陈寅恪说：

"故渊明之主张自然，无论其为前人旧说或己身新解，俱与当日实际政治有关，不仅是抽象玄理无疑也。"（同前引文）鲁迅也指出："据我的意思，即使是从前的人，那诗文完全超出政治的所谓'田园诗人''山水诗人'，是没有的。完全超出于人间世的，也是没有的。"（《魏晋风度及文章与药及酒之关系》）章培恒同志是尊重这两位前辈学者的，文中也引过他们的话，为什么独独在这"现实主义"原则问题上和他们唱反调呢？当然，我不是说，他们的意见不可以反驳，问题是章文的说法是违背事实的。试想，陶渊明的时代是隐逸成风的，并不是他一人有此避世思想，如果不是政治极端黑暗，怎么会产生这么一股隐逸风呢？

至于谢灵运的"适己物可忽"，谢惠连的"且从性所玩"，何逊的"为宴得快性，安闲聊鼓腹""誓将收饮啄，得得任心神"，都是庄、老思想的反映，"鼓腹""饮啄"还是《庄子》的词语。而他们所以会唱出这样的高调，全是由于现实政治的刺激。

谢灵运的《游赤石进帆海》，写自己首夏时泛舟海上，虽然风平浪静，可是心潮起伏，并未遗世。因为这样浮于海，很像"仲连轻齐组"而去到海上，虽然愉快，可怕人家说他轻视朝廷，赶快表白，说自己是"子牟眷魏阙"。最后说："请附任公言，终然谢天伐。"这是用《庄子·山木》一则寓言：孔子围于陈蔡之间，大公任往吊之，曰："直木先伐，甘井先竭。子其意者饰知以惊愚，修身以明污，昭昭乎如揭日月而行，故不免也……孰能去功与名而还与众人……是故无责于人，人亦无责焉。"孔子曰："善哉！"于是辞其交游，去其弟子，逃于大泽。最后竟能做到"入兽不乱群，入鸟不乱行"。《山木》作者赞叹说："鸟兽不恶，而况人乎？"通观全诗，简直可以听到这位谢客为求摆脱政治迫害，宁愿回到混沌世界的呼声，何尝仅仅"显示出对个性的尊重"？

谢惠连的《秋怀》，现实政治意味更明显。他说自己"少小婴忧患"，以致秋夜不能成寐（"耿介繁虑积，展转长宵半"），虑的是"夷险难豫谋，倚伏昧前算"，就是说，吉凶难卜，祸福不明，也不知什么时候会祸从天外来。既然如此，干脆"且从性所玩"，饮酒赋诗，游山玩水，并要求亲友都来及时行乐。这既类似《诗·唐风·蟋蟀》的"今我不乐，日月其除"，《山有枢》的"且以喜乐，且以永日。宛其死矣，他人入室"；又反映了失意士族文人的震恐心情。

至于何逊的两首诗，章文也指出了它们和出仕的关系。

总之，这些都是当时政治的产物，不是超现实、超政治的"自我意识的加强"，"对个人的价值的新的认识"。

章文还谈到李白的"安能摧眉折腰事权贵，使我不得开心颜"，是魏晋南北朝文学里尊重个性的倾向的合乎逻辑的发展。这也不见得合乎事实。李白深受道家思想影响，这是尽人皆知的。他这两句诗所反映的思想感情，与其说是受到魏晋南北朝文学的影响，不如说是受到战国时代颜斶、鲁仲连一类士人的影响，但这也谈不上"对封建秩序的不可驯服的轻视"。颜斶说的"士贵耳，王者不贵"（《战国策·齐策四》），孟子说的"民为贵，社稷次之，君为轻"（《孟子·尽心下》），都不是对封建秩序的轻视，李白又何能例外？封建秩序的贵贱尊卑他轻视了吗？

通过以上分析，可见所谓"尊重个性"是一种"颇有影响的倾向"，而这种倾向的形成，是"魏晋南北朝文学在文学史上的重大贡献"，这个结论并不准确。

章培恒同志竭力要摆脱"现实主义"和"政、教"，结果背离了存在决定意识的原则，并不能解释事实的真相，很难说这是作马克思主义式的探求。

以上是谈对个性的尊重，现在再看对个人欲望的肯定。

章文认为魏晋南北朝文学另一特点，"是在一定程度上对于违背'礼'——传统道德观念——的个人欲望的肯定"。作者同样不提道家文化对这一时期文学的影响。

我们知道，汉以名教治天下，阳儒阴法，所谓"汉家自有制度，本以霸王道杂之"，而不"纯任德教，用周政"。（《汉书·元帝纪》）魏则以名法为治，崇尚名家与法家。晋又回到儒学，表面说儒、道同，实则宣扬名教思想，以礼法为治。嵇康、阮籍为了反对司马氏，便破坏名教，主张达生任性。这是用道家思想冲击儒家思想。所以，嵇康"以六经为

芜秽，以仁义为臭腐"。(《难张辽叔自然好学论》)阮籍直斥
"汝君子之礼法，诚天下残贼、乱危、死亡之术耳"!(《大人
先生传》)阮籍公然宣称："礼岂为我设耶?"(《晋书·阮籍
传》)司马氏亲信何曾也指责阮籍："卿纵情背礼，败俗之人。"
(《晋书·何曾传》)陶侃对于当时这股名士放达之风，曾这样
指责说："老、庄浮华! 非先王之法言，不可行也。君子当
正其衣冠，摄其威仪，何有乱头养望，自谓宏达耶?"(《晋
书·陶侃传》)这就指出了这股风气及其对立面的思想根源：
一边是"道"，一边是"儒"。庄、老是最蔑弃儒家的礼法的，
尤其是庄周及其后学。魏晋南北朝文人的违背礼法，没有一
个比得上他们，为什么不提出他们对个人欲望的肯定呢?

　　章文为了证明魏晋南北朝文学"在欲望与道德的关系上
的新的态度"，举了王浑妇钟氏的例子，以为当时的人，包
括《世说新语》作者，"都承认了欲望对于人的不可抗拒的赞
扬"，"有不少是跟玄言无关的"。作者之意是否认道家思想
的影响。其实，不从社会现实去研究，那是永远说不清的。

　　如所周知，嵇康从《庄子·养生主》受到启发而作《养
生论》，向秀则作《难养生论》，主张纵欲自肆。这正适应士
族的需要，于是放荡恣情成为社会风气。《抱朴子·疾谬》指
出："不闻清谈讲道之言，专以丑辞嘲弄为先。以如此者为
高远，以不尔者为骙野""嘲戏之谈，或上及祖考，或下逮
妇女""而今俗妇女（指士族的）……寻道褒谑""然而俗

习行惯，皆曰：此乃京城上国公子王孙贵人所共为也"。在
《刺骄》篇里，葛洪又指出："若夫贵门子孙，及在位之士，
不惜典刑，而皆科头袒体，踞见宾客。既辱天官，又移染庸
民……于是俗人莫不委此而就彼矣。"这就是说，京洛的公子
王孙都染上清谈之风，以放纵背礼相高。不但士大夫，连闺
门之内也口说玄远。岂但王浑妇钟氏会说："若使新妇得配参
军，生儿故可不啻如此。"谢道韫也会在叔父谢安面前表示对
丈夫的极端不满："不意天壤之中，乃有王郎！"以不得配阿
大、中郎或封、胡、遏、末为大恨。(《世说新语·贤媛》)

当时的士族为什么要这样？不少学者已经指出：这纯粹
由于当时的民族矛盾、阶级矛盾和统治阶级内部矛盾交错纠
结，使士族的人产生世纪末的彷徨痛苦，于是以此求得精神
上的安慰。正如干宝《晋纪·总论》所说："学者以庄、老为
宗而黜六经……行身者以放浊为通而狭节信。"可见这种违背
礼法的风气完全和玄学有关，也完全是社会的产物。至于说
"成为后代进一步肯定欲望的文学的先声"，这当然不错。但
这并不妨碍我们从"现实主义"角度去评析这段文学史。就
是唐、明的主情说不也是当时现实的产物吗？

第三，是"创造出新的美"，"审美意识上有较大的更新"。
章文以萧纲《咏内人昼眠》为例，说它"真切地写出一个青
年女性的睡态的美"，"比较真切地传达了一种美的印象，因
而是一种进步"。作者觉得很奇怪：李商隐的"小怜玉体横陈

夜"，"是相当露骨的描写"，何以现代研究者都不斥为黄色，而独苛责萧纲此诗的"色情成分"？作者表示：所谓色情成分，"实在很难感觉到"。

"小怜玉体横陈夜"，见于李商隐的《北齐二首》的第一首。全诗如下："一笑相倾国便亡，何劳荆棘始堪伤？小怜玉体横陈夜，已报周师入晋阳。"

这是一首咏史诗，题旨在一二句：君王只要耽溺女色，他的国家便一定会灭亡，不必亡国以后才令人兴荆棘铜驼之感。三四句作为论据，证明题旨。小怜是北齐后主冯淑妃之名。"后主惑之，坐则同席，出则并马，愿得生死一处"。（《北史·冯淑妃传》）正如冯浩所说："北齐以晋阳为根本地，晋阳破则齐亡矣。诗言淑妃进御之夕，齐之亡征已定，不必事至始知也。"（《玉溪生诗集笺注》卷三）"玉体横陈"语出宋玉《讽赋》及《楞严经》，前人也不否认它是"极亵昵语"，但评论说："故用极亵昵语，末句接下乃有力。"（《李义山诗集》朱鹤龄评语，《玉溪生诗集笺注》钱评同）可见李商隐写这一句，目的正是极力反衬这一真理：最荒淫的生活必然导致最痛苦的亡国之祸。"亵昵语"不是目的，而是手段。

再来看萧纲那首《咏内人昼眠》："北窗聊就枕，南檐日未斜。攀钩落绮障，插捩举琵琶。梦笑开娇靥，眠鬟压落花。簟文生玉腕，香汗浸红纱。夫婿恒相伴，莫误是倡家。"

"玉体横陈"确实"亵昵"，但形象并不鲜明生动，用章文的话来说，"不可能给读者以亲切感，从而也就不可能造成美的印象"。《咏内人昼眠》恰好是对"玉体横陈"四字的具体化。你看它写得多么"真切"，真是活色生香，香艳已极。但正如闻一多所痛斥的"人人眼角里是淫荡""根本没有羞耻了"！这种"逐步的鲜明化"只是"一种文字的裎裸狂"。（《宫体诗的自赎》）然而章培恒同志却说："至于所谓色情的成分，实在很难感觉到。"连萧纲自己在描绘了一番"内人昼眠"的形象以后，都连忙声明："莫误是倡家。"可见在世人眼中，这位"青年女性"的一切，和"倡家"完全一样，所不同者，只是她有"夫婿恒相伴"而已。"倡家"文学而没有色情成分，这倒真是奇谈。

萧纲为写"横陈"而写"横陈"，所以格外真切，十分香艳；李商隐为写"女色祸水"（这当然是荒谬的历史观）而写"横陈"，所以不"真切"，不可能造成美的印象。章文责怪"现代研究者"宽于李商隐而"苛责"萧纲，只能使我们叹息：偏见比无知使人离真理更远。

"致力于美的创造，这比起以前的文学之强调功利性，实是一种进步"。而这种进步的内涵就是"由于自我意识加强，文学的社会使命感减弱了。文学的创作首先不是为了满足社会的需要——政治、教化的需要，而是为了满足自己，满足心理上的快感"。这是章文对六朝唯美文学的高度赞扬，也是结合当代新观念——自我表现——所作的结论。研究古代文学史是为了今天和明天。难怪这几年来诗歌、小说的创作总是强调远离现实，表现自我；文艺理论界也大力强调文学主体性，反对现实主义，把马克思主义的文艺观点一概谥之为庸俗社会学。文学创作既然不是为了满足社会的需要，那"为社会主义服务""为人民服务"，自然也就是不必要的了。

除以上三点外，我还要谈谈"文学和哲理的结合"这个问题。

章文认为，以个人为本位，就会产生悲观的哲学思想。例如阮籍在其《咏怀诗》之六十四中，"只是为自己的生命即将结束而悲哀"。

但是，为什么阮籍会以个人为本位从而产生这种悲观思想呢？作者却避而不谈。因为一谈就不免沾上"某些社会现象"，而成为"饥者歌其食，劳者歌其事"了。

但是，"高行伤微身，曲直何所为"两句，能引出"除了自己以外，一切都是没有意义的，而自己又是转瞬就要消灭的，于是不得不感到彻底的虚无"这么一种理解吗？

对《咏怀诗》，颜延年早已指出："阮籍在晋代常虑祸患，故发此咏耳。"李善也指出："嗣宗身仕乱朝，常恐罹谤遇祸，因兹发咏，故每有忧生之嗟。"又说他作《咏怀诗》"志在讥刺"。（俱见《文选》卷二十三《咏怀诗》）鲁迅也指出过，阮籍沉湎于酒，原因"不独在于他的思想，大半倒在环境"。这实在是说，阮籍以酒自晦的思想，是由于"属魏晋之际，天下多故，名士少有全者"这么一种环境。所以他又说：司马氏不杀阮籍，"是因为阮籍的饮酒，与时局的关系少些的缘故"。天天沉醉，逃避现实，不致危害司马氏的统治，自然不至遭嫉。然而这种行为不正是现实的产物吗？鲁迅还说，阮籍的"诗文虽然也慷慨激昂，但许多意思都是隐而不显的"。所谓"隐而不显"，即"志在讥刺而文多隐蔽"。可见《咏怀诗》并不是一般的嗟叹人生短暂。如果只是这么一个主题，他尽可以像《古诗十九首》唱出"人生不满百，常怀千岁忧。昼短苦夜长，何不秉烛游"？也可以唱出"浩浩阴阳移，年命如朝露。人生忽如寄，寿无金石固"。何至于"百代之下，难以情测"？另外，如果只是个人生命"感到彻底虚无"，连"追求神仙"也觉得"只是一种虚幻的安慰"，那《十九首》里也说过"服食求神仙，多为药所误；不如饮美酒，被服纨与素"；"为乐当及时，何能待来兹……仙人王子乔，难可与等期"。怎么能说"在我国文学史上，这种倾向就是从魏晋南北朝文学开始的"？

总之，不管是颜延年、李善，还是鲁迅，都是从现实政治角度去评析《咏怀诗》的。具体到《一日复一朝》这一首，临觞哀楚，思我故人，何尝是只考虑自己的生命？愿耕东皋阳，谁与守其真？更是感叹不能如沮、溺耦耕，正反映出对宦海风波的忧惧。由于"高行"会伤害本身的安全，于是要求自己与时委蛇，和光同尘，如龙蛇之藏身。阮籍处在魏晋之交，对司马氏正是抱着这种委曲求全的态度，才没有像嵇康那样招致杀身之祸。结合前一首《一日复一夕》就更看得清楚。其诗云："一日复一夕，一夕复一朝，颜色改平常，精神自损消。胸中怀汤火，变化故相招。万事无穷极，知谋苦不饶。但恐须臾间，魂气随风飘。终身履薄冰，谁知我心焦！"前四句和后一首的相同，可见是同时所作，而后面就说得格外明显了：胸中所以如怀汤火，是因为不测之祸随时飞来，而这种意外灾难根本不是自己的智谋所能应付的，真怕突然之间就被抓去砍了脑袋！就这么一辈子战战兢兢过日子，有谁知道我内心的焦灼？试问，这是"除了自己以外，一切都是没有意义的。而自己又是转瞬就要消灭的（指正常的个人生命短促），于是不得不感到彻底的虚无"吗？至于说"曲直何所为？龙蛇为我邻"是"属于解脱的部分"，"由于这类解脱其实只能从哲学中获得的，文学与哲学也就很自然地结合起来了"。而这种哲学则是悲观的哲学，而且只是"在正始时期开始了这样的结合"。事实是否这样呢？对这两句，曾国藩这样解释："《扬雄传》云：'君子得时则大行，不得时则龙蛇。'龙蛇者，一曲一直，一伸一屈。如危行，伸也；言孙（同逊），屈也。此诗畏高行之见伤，必言孙以自屈，龙蛇之道也。"（《求阙斋读书录》卷六）黄节（晦闻）除引用曾说外，另注："《周易》曰'尺蠖之屈，以求信（同伸）也；龙蛇之蛰，以存身也'。曲直，犹屈申也……蒋师爚曰：此言酸辛之怀，有蛰以存身而已，亦不能俯仰而从人也。"(《阮步兵咏怀诗注》)我认为这些旧注是符合阮籍诗原意的。果尔，则这种处世哲学来源于儒。("邦无道，危行言孙"，见《论语·宪问》。)而儒家思想，据章文说，是"绝不悲观的"，因为"在儒家思想指导或控制下的文学，同样不会染上悲观色彩"。章文引以为例，岂不自相矛盾？

章文还举了谢灵运的《石壁精舍还湖中作》，说明"顺应个人的意愿就是至理，而个体的短促的生命则应从自然界获得最终的寄托"。正因为作者尽量避免从政治现实的角度去进行分析，完全抽掉了作者的政治性和阶级性，所以得出这么个结论来。我还是赞成鲁迅的意见："倘要论文，最好还是顾及全篇，并且顾及作者的全人，以及他所处的社会状态，这才较为确凿。"(《题未定草》之七)据我看，谢灵运并不是只为个体的短促的生命获得最终的寄托，才大写其山水诗的。白居易说得好："吾闻达士道，穷通顺冥数。通乃朝廷来，穷即江湖去。谢公才廓落，与世不相遇。壮志郁不用，须有所泄处。泄为山水诗，逸韵谐奇趣。大必笼天海，细不遗草树。岂惟玩景物，亦欲摅心素。往往即事中，未能忘兴谕。因知康乐作，不独在章句。"(《白氏长庆集》卷七《读谢灵运诗》)可见谢灵运并非恬淡虚静的哲人，他既不虑澹，更不轻物。他所以要在山水诗里写些"玄理"，自命清高，正如王通所斥责的"谢灵运，小人哉！其文傲"。(《文中子·事君篇》)傲什么？傲刘宋的皇帝及其重臣。据《宋书·谢灵运传》："灵运为性褊激，多愆礼度。朝廷唯以文义处之，不以应实相许。自谓才能宜参权要，既不见知，常怀愤愤……出守既不得志，遂肆意游遨……所至辄为诗咏，以致其意焉。"所谓致意，就是傲然表示：你们不让我掌权，我才不在乎呢！你们手上的功名利禄，不过是鸱所衔的腐鼠，我这鹓鶵根本不屑一顾——这就是谢灵运写山水诗的实质。所以顾炎武根本不承认他是隐逸之人，说"宋氏革命，不能与徐广、陶潜为林泉之侣"；还写道："古来以文辞欺人者，莫若谢灵运。"（《日知录》卷十九《文辞欺人》）这样的人，这样的诗，章文的结论不太远于事实吗？这不但因为作者是"就诗论诗"（如鲁迅所批评的），更主要的是他建立了一个新观念，硬说当时的文人都是以个人为本位，自我意识的加强使他们都要求个体自己的价值，因而从哲学中求解脱。这么一来，就把谢灵运及其山水诗弄得面目全非了。

更令人惊异的是章文对陶渊明哲理诗的分析。作者说："陶渊明同样（世南按：即同作者心目中的阮籍、谢灵运一样）深感生命短促的悲哀"，证据是《形赠影》中的："适见在世中，奄去靡归期。奚觉无一人，亲识岂相思？但余平生物，举目情凄洏。"

我不相信作者竟会粗心到这种地步！

首先，《形影神》的序一开头就说："贵贱贤愚，莫不营营以惜生，斯甚惑焉。"可见陶渊明自己是不"惜生"，亦即不"深感生命的短促的悲哀"的。

其次，章文所引《形影神·形赠影》中的这六句，是旧自然说者的人生观，为陶渊明所批判，怎能说成他自己的思想？

最后，陶渊明的人生观是《形影神·神释》诗所表达的。他以"三皇大圣人，今复在何处？彭祖爱永年，欲留不得住。老少同一死，贤愚无复数。日醉或能忘，将非促龄具"？批评旧自然说者服药求长生和借酒浇愁的做法；又以"立善常所欣，谁当为汝誉"批评主张名教者；然后亮出自己的观点："甚念伤吾生，正宜委运去。纵浪大化中，不喜亦不惧。应尽便须尽，无复独多虑。"这还不清楚吗？陶渊明自己明明说，他对个人的生死是"不喜亦不惧"的，即既不喜生，亦不惧死。而章文硬说他是"甚念伤吾生"，即"深感生命短促的悲哀"，这不太滑稽吗？

章文最后对"自我意识""个性""个人欲望"作的补充说明，也使我感到奇怪。马克思和恩格斯当然重视"每个人的自由发展"，但那是指在新社会里，即不再存在着阶级和阶级对立的共产主义社会里，《神圣家族》所说的"使人在其中能认识和领会真正合乎个性的东西，使他能认识到自己是人……"都是指的新社会，这和魏晋南北朝的士族、庶族文人有何关系？这些文人在那个社会里怎样"认识和领会真正合乎个性的东西"？那时候有超阶级的个性吗？游山玩水合乎个性，谢灵运当然是这样看，广大的"奴僮""义故门生"和被惊扰的"百姓"呢？这些被"驱课公役，无复期度""凿山浚湖，功役无已"的奴隶和准奴隶，"能认识自己是人"，是和谢灵运一样的人吗？他们能要求谢灵运"使个别人的私人利益符合于全人类的利益"吗？如果这些问题只能得到否定的答案，那马、恩对个性、自我意识和个人欲望的态度怎么能成为章文论述这些问题的出发点呢？据说"文学的灵魂是人道主义精神，而不是什么现实主义精神"，所以不应谈阶级关系，只能谈个性、自我意识和个人欲望。但在谢灵运和他所驱课的人面前而谈人道主义精神，我总百思不解，不知怎样去领悟这种"文学的灵魂"。

　　章文所以出现这一连串的错误，是作者硬要"使文学脱离简单的'饥者歌其食，劳者歌其事'或就事论事地反映某些社会现象的传统，引导读者在更高一个层次上进行思考"的结果。主张这种新观念的人总是鄙薄"现实主义"，把生活与文学的对应及其因果律称为庸俗社会化，公然宣称：文学的审美的本性不是为了提供人们解决现实社会问题的意识和方案，不是为了激发人们的世俗激情，而是提供一种超越世俗功利原则的更高的精神境界，促使人们在理性的层次上领略人生的真谛和世界的意义，激发人们对自身完善的追求。艺术功能的本质就是让人们摆脱现实关系和现实意识的束缚，进入艺术的境界而获得一种心理的补偿和情感的解放。章文正是按照这种新观念来评析魏晋南北朝文学的，企图甩掉"现实主义"，引导读者登到理性层次上进行思考。这也正是作者误入歧途的主要原因。

二论魏晋六朝文学评价问题
——答章培恒君

章培恒君在《复旦学报》（1988 年第 2 期）发表的《再论魏晋南北朝文学的评价问题——兼答刘世南君》一文，首先根据我的"……抽掉了人的政治性亦即阶级性"这半句话，说我把二者等同，重复了杜林的谬论。其实我的"商榷"一文 P96 第二段第二行有如下一句："完全抽掉了作者与作品的政治性和阶级性"，明明在二者之间用了连接词"和"，何尝说"人的政治性亦即阶级性"？章君是误解了我那句话。我说"我认为主要就是抽掉了人的政治性亦即阶级性"，说完全，应该是"我认为主要就是抽掉了人的政治性，亦即抽掉了人的阶级性"。我为什么这样说？因为章君"评价"一文一开头就表示不同意如下观点："文学必须'富有现实性'。而所谓现实性，显然又是指反映民生疾苦，揭露政治黑暗之类。"而我以为在阶级社会里，现实性主要表现为政治性，而政治是阶级斗争，所以，我又进一层提出阶级性。我们"第一分歧"实质如此。

"第二分歧"：怎样看待文学与政治的关系。

章君引述恩格斯如下一段话："在我们不得不生活于其中的、以阶级对立和阶级统治为基础的社会里，同他人交往时表现纯粹人类感情的可能性，今天已经被破坏得差不多了。我们没有理由把这种感情尊崇为宗教，从而更多地破坏这种可能性。"从而论定"少数场合"存在着超阶级的纯粹人类感情，并推论出"即使在阶级社会里，文学也并不都具有政治性，优秀的作品也并不都是政治状态（政治现实）的反映"。

我以为恩格斯这段话不能像章君这样理解。恩格斯这段话主要是批评费尔巴哈的唯心主义。因为费尔巴哈出版了《基督教的本质》，"主要靠'爱'来实现人类的解放，而不主张用经济上改革生产的办法来实现无产阶级的解放"，所以恩格斯批评他。章君所引这段话，实在是说，在阶级社会里，企图用宗教形式来推行超阶级的"爱"，只会更加破坏它。

我并不认为在阶级社会里，只有阶级性，没有人性。男女之爱，亲子之谊，手足之情，并不都只是阶级感情，它们可以是阶级性之外的人性，亦即阶级感情之外的纯粹人类感情。但在阶级社会里，它们又必然受到阶级性的影响和制约，因而都不可能是超阶级的。其所以如此，就是因为男女之爱，亲子之谊，手足之情，都是生物性的，当然和阶级性无关。但作为人，不可能只是生物性的，而必然是社会性的，因而人的生物性又必然受到社会性的制约。文学作品当然是表现人的社会性的，这就跟阶级性、跟政治性密不可分了。章君竭力要证明优秀的文学作品并不都是政治状态（政治现实）的反映，我看实在困难了。因为他在"评价"文中所举嵇、阮、陶、谢等，经过我在"商榷"文中论证，他们的作品（无论优秀与否）都是政治现实的产物，都是彼时政治状态（政治现实）或直接或间接，或正面或反面，或明显或隐晦的反映。

再谈第三个问题：文学的社会使命感。

对这问题的阐述，最充分地反映了章君对历史唯物主义的无视。他认为，"在封建社会里"，"文学的社会使命感其实不过是要使文学服从封建统治阶级的利益，为封建制度服务"，因而是要不得的。他还这样指责："当封建社会中的文学家从文学的社会使命感出发而为人民说话的时候，他们实际上依然是在维护封建秩序，与封建统治阶级的利益相一致。"这样看问题，真是"左"得出奇。试问：

（1）照此推论，漫长的中国封建社会中，杜甫、白居易直到龚自珍、黄遵宪，他们的诗作都是应该否定的了，因为他们确实"是在维护封建秩序"，只想改良，而不想推翻它。但是，能要求封建社会中的文学家创作反封建的民主革命文学作品吗？而如果不能，就要求他们减弱以至取消文学的社会使命感，不去"反映民生疾苦揭露政治的黑暗"吗？

（2）章君对这一问题的理解，是否太简单，太片面了？你看，他竟这样说："文学的社会使命感也就必然使文学只能表现作'一定的狭隘人群的附属物'的人的思想感情，而不能表现与此相矛盾的、在现实生活中的个人的真实思想感情。"杜甫，他确实是"一定的狭隘人群的附属物"，他自我表白："葵藿倾太阳，物性固难夺。"然而，他就"不能表现与此相矛盾的、在现实生活中的个人的真实思想感情"？"朱门酒肉臭，路有冻死骨"，难道不曾表现出与"朱门"（封建统治阶级）相矛盾的感情？难道这种感情不是产生于彼时"现实生活中的"？难道这种感情不"真实"？

又如屈原，他当然更是"一定的狭隘人群的附属物"，一篇《惜诵》证明他对楚王室是如何的忠诚。但是，他的《离骚》不同样表现出与"暗君""党人"相矛盾的感情？而这种感情不同样是当时"现实生活中的个人的真实思想感情"？

杜甫和屈原的作品，会由于"文学的社会使命感"而"失掉了激情，从而也就失掉了生命力"吗？究竟是他们的作品传诵千古，激励人心，还是风云月露之什和宫体诗更为脍炙人口，使人奋发呢？

回过头来看，被章君誉为"自我意识加强"的嵇、阮、陶、谢等，他们就不是"一定的狭隘人群的附属物"吗？他们不"维护封建秩序，与封建统治阶级的利益相一致"吗？嵇、阮对于魏晋的嬗代，陶、谢对于东晋与刘宋的嬗代，能置身事外，无动于衷吗？我所以在"商榷"一文中论证他们的作品都是现实政治的产物，用意就在说明他们并非无视民生疾苦，政治黑暗，而是采取另外一种方式（间接的，隐晦的，反面的）来反映，来揭露的。我不认为他们没有"文学的社会使命感"。鲁迅早已指出嵇康的"非周孔而薄汤武"，就是反对晋以禅让之名行篡夺之实以及所谓以名教治天下。那么，嵇康不正通过他的诗文服从曹魏的封建统治阶级的利益，为曹魏的封建制度服务吗？陶渊明写《桃花源记》及诗，不正是从反面讽刺现实政治的黑暗，叹息民生的疾苦吗？

（3）妙就妙在章君居然就引屈原与杜甫为例，来说明"自我意识加强"的问题。他说，《离骚》和《赴奉先咏怀》"绝不是纯粹的所谓文学的社会使命感的产物"，而是"洋溢着激情"的。这种激情就是"基于自我意识——有时甚至是相当强的自我意识"的。

请问，章君不是说魏晋六朝文学"最值得注意的一点，是自我意识加强"，而"在这以前的文学，许多都重在政教"，"提出（尊重个性）这一要求，实从这时期的文学开始"吗？怎么现在屈原也是"尊重个性""自我意识加强"了？另外，"魏晋南北朝文学里的自我意识的加强所导致的文学的历史（世南按：不知何以又变'社会'为'历史'？）使命感的减弱，在我国文学史上也正是一种进步的现象"，那后此的杜甫、白居易等那样加强文学的社会使命感，岂不成为文学史上的倒退现象？这些问题如何解释？我看章君无法自圆其说。

再说，"纯粹从所谓文学的社会使命感出发的作品，例如元结的某些诗，绝不是文学史上的上乘之作"，其原因就是没有"基于自我意识的激情"吗？我看不见得，至少《舂陵行》和《贼退示官吏》就表现了作者的激情。"供给岂不忧，征敛又可悲""听彼道路言，怨伤谁复知"？这种忧悲怨伤的感情，有元结本身的，也有道州人民的。特别是"朝餐是草根，暮食仍木皮，出言气欲绝，意速行步迟"这四句，描写饥民连说话的气力都没有，路也走不动，多么深刻。不是对生活真有体验，不是具有极深厚的同情心，不是充满"自我意识的激情"，是写不出来的。为了"静以安人"，他愿"获罪戾"而"蒙责"，这种自我牺牲、为民请命的精神，能说不是"基于自我意识的激情"吗？《贼退示官吏》痛斥"今彼征敛者，迫之如火煎""使臣将王命，岂不如贼焉"？这又是什么样的激情？正因为元结如此"忧黎庶"，两诗又是"微婉顿挫之诗"，内容充满生命力，艺术充满魅力，杜甫才深深感动，赞美为"两章对秋月，一字偕华星"，而且写出《同元使君舂陵行》，表示支持和响应。即使晚唐有唯美倾向的李商隐，也称颂"次山之作，以自然为祖，以元气为根"。北宋婉约派词人秦观，也赞美元结的诗是"字偕华星章对月，漏泄元气烦挥毫"。能说这样的诗平庸吗？元结的诗，只用五古一体，语言质朴，近似散文。这也是一种风格，以后由韩愈到宋人，发展成以文为诗的一种艺术特色，何可厚非？当然，由于他强调诗美刺说，反对"拘限声病，喜尚形似"之作，从而否定声律辞藻，以致有一部分诗，形象不够鲜明，有的甚至近于枯燥的说教。但这种艺术上的失败，和文学的社会使命感并无必然关系。强调文学的社会使命感的杜甫，他那些"诗史"之作，把规讽与缘情二者合而为一，"他虽然多用赋的手法，叙述时事，间发议论，但是这一切都是在感情激发的情况下进行的，写生民疾苦与发议论，都和浓烈深厚的感情抒发自然地融为一体"。（罗宗强《隋唐五代文学思想史》P134—135）杜甫的成功正说明章君这种理论的破产。章君还说白居易的《秦中吟》显然不如《琵琶行》，原因也是由于前者是"纯粹从所谓文学的社会使命感出发"。对这问题，苏者聪君说得很好：白居易的新乐府中不乏名篇佳作，如《新丰折臂翁》《卖炭翁》等。这说明艺术的成败不决定于作家是否把文艺看作工具，而在于他是否认识到并掌握了文艺的美学特征，使之更好地达到服务的目的。有人以《长恨歌》《琵琶行》为例，说不为政治服务的作品才优秀，"其实，这些作品又何尝不寄寓作者讽喻之情？他自己说：'一篇长恨有风情'，这风人之情，不就是美刺之情吗？不正是讥唐明皇迷色误国而不悟吗？而《琵琶行》中'同是天涯沦落人'的喟叹，恰又是借题发挥，抒发他被贬江州的愤慨，只不过在遭受政治打击后，变得收敛含蓄些罢了"。(《白居易的新乐府不能一概否定》，《人大复印资料》1987 年第 2 期)

研究古典文学，本是为了我们的今天和明天，而中国的古典文学长河中，最值得我们继承的就是关心国计民生的"现实主义精神"。如果根本否定它，认为那些作家尽管批判现实，终极目的却是为封建制度服务，因而该全部扫除，值得继承的只是"魏晋南北朝文学里的自我意识的加强所导致的文学的历史使命感的减弱"的作品，那么我们继承的当然只能是远离现实、讴歌自己的作品了。

而章君却由此提出了一条规律："对封建社会的文学家来说，正因为文学的社会使命感——实际是要使文学为封建制度服务——减弱了，他才有可能（不是必然）去触及和反映封建制度的利益所不容触及、反映的社会现实，作品也才更具有真实性。"对这一规律我真是百思莫解。魏晋六朝哪位作家的哪篇作品，比杜甫、白居易等人的更触及和反映了封建制度的利益所不容触及、反映的社会现实，因而更具有真实性呢？章君能举例以明之吗？不错，你说这只是"可能"，而非"必然"，但如毫无事实根据，你又何以看出这种"可能"？

现在谈第四个问题：是否只在魏晋六朝文学中才存在自我意识的加强？

首先，章君因为鲁迅说过"文学的自觉时代"，便想到"自我意识的加强"，从而把两者混为一谈。其实鲁迅说得很清楚，"文学的自觉"即近代的"为艺术而艺术"，是和"为人生而艺术"即"重在政教"相对立的。不能说主张"为艺术而艺术"的才有"自我意识的加强"，而主张"为人生而艺术"即"重在政教"的就没有自我意识，尽是群体意识。这一点，章君自己就说过，屈原的《离骚》，杜甫的《赴奉先咏怀》都充满着自我意识的激情。我也论证了元结某些"重在政教"的诗同样洋溢着激情。（激情自然是自我意识所产生的，元结不理"诸使征求符牒"，宁愿贬削，这和屈原"独清""独醒"，不同样是"尊重个性"，肯定个人欲望？）因此，不能说，只在魏晋六朝文学中才出现了"自我意识的加强"。我在"商榷"一文中，也论证了从庄周到《古诗十九首》的作者都存在着"自我意识"，不是魏晋六朝才有。

其次，谈谈章君所举两个例证。

一个是嵇康的"强调个性"。章君说，"嵇康平时本就'强调个性'，认为他"性有所不堪，真不可强"，是天性就不愿做官，而不是以此为借口去拒绝司马氏政权的拉拢。我只问，他要真是天性"不堪"官职，何以要"与魏宗室婚，拜中散大夫"？

另一个是陶渊明。章君说我在"商榷"文中"丝毫都未证明陶渊明的'违己讵非迷'的思想是当时政治的产物"。据他看，陶的归隐，"从主观上来说则是由于其尊重个性的思想"。可以看出，章君把"违己诅非迷"的"己"字，完全理解为个性，而这"个性"又是先天生成的"清高性格"。其实这种理解是不正确的。这个"己"字指自己的心愿，"违己"即"违背自己心愿"。（逯钦立校注《陶渊明集》P92）陶本有济世志，因刘宋代晋，政治更黑暗，出仕不能达到济世目的，反要折腰事上，殊违初愿，所以说"违己诅非迷"。更使我惊诧的是章君对鲁迅这句话的解释。鲁迅说："诗文完全超于政治的所谓'田园诗人'是没有的。"章君竟说："如果有人主张陶渊明诗文的绝大部分是'超于政治'的，也并没有与鲁迅先生这个论断相抵触（因为那并不是'完全超于政治'）。"鲁迅所谓"完全"云云，是说任何诗文总是或多或少与政治有关的，他是就程度而言。章君却变为就范围而言，似乎鲁迅是说，诗文百分之百超政治的人是没有的，可以是百分之一的作品与政治有关，其余百分之九十九的作品都是超政治的。鲁迅是这个意思吗？

再谈庄子与嵇康的区别。章君说，嵇康拒聘是"强调个性"，庄子拒聘则是"为了保存自己生命"，因为"庄子还没有认识到尊重个性的重要性"，"尊重个性并不是老庄思想所原有的东西，而正是魏晋时代的新产品"。另外，"从他们（指老庄）的思想中"也"很难引出对于个人欲望的肯定"。

庄子主张人应获得天性上的最大自由，如"泽雉"的

"不蕲畜乎樊中"。他拒聘时说，"我宁游戏污渎之中自快"，"终身不仕以快吾志焉"。这"自快""快吾志"，不都是自我意识？不都是对个人欲望的肯定？庄子此事又见于《秋水》，则以神龟为喻，认为与其"死为留骨而贵"，不如"生而曳尾于涂中"，用意仍在说明富贵反蹈危机，不如贫贱之肆志。完全强调个性自由，怎么谈得上只是怕死呢？庄子是"齐生死"的，"不知说（悦）生，不知恶死"，章君却说他拒聘是怕死而非尊重个性，还不如唐代的成玄英。成玄英在"吾将曳尾于涂中"句下疏云："庄子保高尚之遐志，贵山海之逸心。""遐志""逸心"，不是个性？"保""贵"，不是尊重？这种"吾宁曳尾于涂中"的行为，不是对个人欲望的肯定？

另外，章君承认屈原已有"相当强的自我意识"，却把和屈原同时的南方哲人庄子说成连尊重个性的认识都没有，说尊重个性是魏晋时代的新产品，何其自相矛盾乃尔！

章君对"吾丧我"的理解也是错误的。庄子看透了人间世的是非之争，认为它是万罪之原，人要"逍遥游"，只有摆脱人事的是非观，做到"有人之形，无人之情"，亦即以人的自然性来取代其社会性，所以，南郭子綦说的"吾丧我"，是说自己虽然"有人之形"，却已"无人之情"了，怎么可以像章君那样理解为没有个性呢？要知道，庄子这样强调"无人之情"，就是为了做到"是非不得于身"，从而"不以好恶内伤其身"。尽管这是一种主观空想，但他这样坚决不以己徇人，其尊重个性、肯定人的欲望是极其明显的，对嵇康等人的影响也是直接的。正是庄子的自然天道观与人生观唤醒了人性自然的觉醒，人才对自己生命的意义、人生的价值，有了新的发现、思考和追求。嵇康等正因此才以老、庄为师。

最后，谈谈所谓"几项批判"。

（1）章君认为，魏晋六朝文学"致力于美的创造，这比起以前的文学之强调功利性，实是一种进步"。据说这一观点和鲁迅说的"'为艺术而艺术'在发生时，是对于一种社会的成规的革命"完全一样。

我以为在西方，"为艺术而艺术"与唯美主义，当十九世纪末叶资本主义开始没落时，作为一种资产阶级文艺思潮，它的产生，是为了反对当时功利主义的社会哲学，以及工业时代的丑恶和市侩作风，当然是一种进步。在中国，五四时期也出现了这一现象，则是以此作为思想武器，向主张"文以载道"的封建文学进攻，带有摧毁旧传统的反抗性，因而具有一定的积极意义的作品，也大都带有强烈的反帝反封建色彩，这自然也是一种进步。而魏晋六朝的唯美文学，却不可与上述二者相提并论。对此，宋效永君分析得很精确："吟咏性情"成了齐梁文学的创作主张和批评标准，但它抛弃了《毛诗大序》"国史明乎得失之迹，伤人伦之废，哀刑政之苛"的条件，于是由萧纲开始的"吟咏性情"的消极面，与宫廷贵族的享乐观念相结合，把前此萧统继承的文学的政教——

讽谏传统也抛弃了。萧纲为了反对裴子野，便大力号召人们写宫体文学、"放荡"文章。这种享乐主义文学到陈代发展到极端，走上了绝路。正如别林斯基指出的："取消艺术为社会服务的权利，这是贬低艺术，而不是提高它，因为这意味着剥夺它最活跃的力量，亦即思想，使成为消闲享乐的东西，成为无所事事的懒人的玩物。"(《一八四七年俄国文学一瞥》)因而宋文得出如下三个结论：第一，文学脱离不了本身应起的社会作用。封建社会文学脱离了儒家政教方面的要求，必然走上邪路。第二，文学是艺术家从审美理想的观点去反映现实，他所反映的应该是人对现实的审美关系，所表现的应该是作家个人思想感情与社会现实审美属性的统一。因此，抛开社会现实，退入作家内心自审经验，单纯表现一己情感的观点都是错误的，势必导致文学的绝路。第三，作家要创作出价值较高的作品，必须有高尚人格、崇高的精神境界。(《略论齐梁文学之风的形成》，见《江淮论坛》1987年第4期)我以为这三个结论完全可以作为评价魏晋六朝文学的准则。其中第三个结论，对我们评价以萧纲为代表的宫体诗作者及其作品，有足够的启发。

现在，我们正好谈谈萧纲的《咏内人昼眠》。章君要我"具体说明一下这位青年女性哪些地方像倡家？为什么像倡家"？这首诗，关键是"梦笑开娇靥，眠鬟压落花。簟文生玉腕，香汗浸红纱"。这是萧纲眼中所见的"内人昼眠"。因为章君在"评价"文中说很难感觉到它的色情成分，所以我在"商榷"文中借用原诗"倡家"二字说明它是写色情，是色情文学。什么叫色情？它和爱情不同。爱情虽然由爱慕对方的外貌入手，却不停留在外貌上，而是深入内心，即相互的思想感情上。如宝钗，人皆谓其外貌美于黛玉，宝玉也曾爱慕其美貌，但后来却和她"生分"了，而执着地爱恋黛玉，死生以之，原因就是黛玉是他的知己，有一致的思想感情。所以，爱情爱的是"神"，色情则不然，爱的只是"形"——外貌之美，如薛蟠之于香菱，贾琏之于多姑娘。所以，古典诗词中真正优秀的作品，必定是写爱情的，绝不是写色情的。即使有外貌描写，如杜甫的"香雾云鬟湿，清辉玉臂寒"，诗人的视觉焦点并不集在"云鬟"和"玉臂"，而是通过这两句写妻子望月怀远、耿耿不眠的情景。而《咏内人昼眠》呢，作者只注视着娇靥的梦中微笑，鬟花的被压落，玉腕因睡久而印上了簟纹，被香汗浸透了的红纱小衣。这四句当然写出了作者对这个"内人"（宫女）的爱，但这爱是色情的，因为它完全附丽于美艳的外貌和娇媚的体态上。从这四句，不，从全诗，绝看不出真正的爱情。（如贾、林的思想的一致，如杜甫与其妻的相依为命的深情。）

（2）对《形影神》的理解

章君说我对《形影神》诗的序一开头就没有读懂，理由是"陶渊明如果不'惜生'，那又何必反对'甚念伤吾生'

呢"？下面还重复这一说法："陶渊明反对'甚念伤吾生'，绝不意味着他从来没有'深感生命短促的悲哀'；由于深感此种悲哀而寻求解脱，从而觉悟到不应'甚念伤吾生'，不是完全合乎逻辑的吗？"

是的，我和章君的论争实质就在这里。章君认为陶渊明也"惜生"，以"形"之言为证。我则认为"形"这样"惜生"是陶渊明所批判的，不能据此以证陶亦"惜生"。这本是《形影神》诗的实际情况，无须再辩。现在章君仍说自己没引错，说陶正因为曾经"甚念伤吾生"，所以才求解脱。对此，我谈三点：

第一，请问章君，你何以知道陶渊明过去曾经"甚念伤吾生"（过分惜生，反致伤生，如"服药求神仙，多为药所误"），因而幡然醒悟？难道某事被我反对，它就一定原先是我主张的？譬如说，我反对偷窃，难道就因为我过去是小偷？庄子视人间富贵为腐鼠，难道他过去就曾热衷于功名利禄？如若不一定这样，那陶不可以由于旁观有悟而反对"甚念伤吾生"吗？

第二，章君本谈文学与哲理的结合，因而引《形影神》诗为证，论析时自应就诗论诗。在此诗中，陶以"神释"批判形、影的"惜生"，主张"不喜亦不惧"，末句特别强调"无复独多虑"。"多虑"即"甚念"，陶的赞成与反对不是明明白白的吗？

第三，"不喜亦不惧"，是说"惜生"者喜生惧死，为了"惜生"，或求长生不死，或求声名不朽。陶一概反对，认为应该委运任化，做到"乐生"，所谓"聊乘化以归尽，乐夫天命复奚疑"。（《归去来兮辞》）陶是"乐生派"，他这种哲理植根于"乐生"观，并非由于"深感生命短促的悲哀"而写的。

逐条驳正了章君的论点以后，我想引用如下一段话以结束本文："有的在创作方面，远离今天时代，冷淡生活现实，厌倦政治、改革；有的在评论方面，津津乐道某些作品的什么'禅理'，什么'空灵'，什么'超脱'，什么'永久的人性'……凡此种种，都是在强调着文艺的审美特性，追求'永恒'的审美价值和艺术欣赏价值的偏执下发生的；表现了他们的为艺术而艺术的倾向，也表现了他们文艺与政治无关，把文艺的审美特性看作文艺的全部本质的认识上的偏颇。"（唐鸿棣《值得警惕的思想倾斜——评一种文学观念》，《西北大学学报》1988年第1期）它讲的是当代文学的创作与评论中的一种"思想倾斜"，我以为也适合我们对古典文学的评论。

六　怎样培养中国古典文学的研究人才

请先看四封信。按时间顺序，第一封是写给《中国典籍与文化》杂志的杨忠先生的。

杨忠先生：

写完《谈〈小仓山房文集〉正续编的标点问题》后，我在贵刊和《中华读书报》《文汇读书周报》三者之间，究竟投寄哪家，犹豫了好几天。原因是，贵刊是江苏古籍出版社出版的，而《袁枚全集》也是该社出版的，是否在发表方面会有障碍？但考虑到《袁枚全集》是全国高校古籍整理研究项目，批评文章寄给贵刊最合适，所以还是毅然寄出了。我已77岁，没有条件用电脑，全靠手写，很不容易。因此，如果不用，务请寄回，已附退稿邮资。

我还要向先生建议：古籍整理研究是一项极其艰难的工作，最足以见学力。而现在高校中遇到标点古籍的事，大家都以为轻而易举，随便谁都动手。结果搞出像《明诗话全编》

那样的书，标点得一塌糊涂，惨不忍睹。这样劳民伤财又糟蹋古籍，贻误读者的事，何苦做呢？

王英志先生曾致函东北师大《古籍整理研究学刊》编辑部，说《清人绝句五十家撷英》是 1982 年的少作，"连中级职称都没有"，似乎虽错尚情有可原。其实一书既出，就成天下公器，必须注意社会效果，必须对千千万万的读者负责，决不可掉以轻心。王先生说 1992 年才评到编审（等于教授），而《袁枚全集》出版于 1993 年，已非少作。而如拙文中所列举的种种错误，足见职称虽已为编审，而学力仍未见长进，远不足以做好标点古籍的工作。我写此文，而且力求公之于世，决非与王先生个人过不去，而是希望引起学术界注意，不要轻视标点古籍这项工作。江西师大中文系有个怪现象：古籍的标点或注释，和其他学术论文与专著比起来，奖金方面差距颇大。决策人不了解，"俭腹高谈"的人，论著可以倚马千言，其实大多"著书而不立说"，要他动手标点古籍，马脚便露出来了。这种事还少吗？

专此，并颂
编安！

刘世南上
2000 年 10 月 19 日晨 4 时

第二封信是写给东北师大《古籍整理研究学刊》副主编

侯占虎先生的。因为杨忠先生 2001 年把拙稿转给了《学刊》，
该刊函告我排在次年发表。但 2002 年元月侯先生来信：

刘世南先生：

　　您好！

　　《谈〈小仓山房文集〉正续编的标点问题》一文，早经杨
忠先生转来。本刊本想采用，后经再次研究，考虑与同仁关
系问题还是放弃为宜，实在抱歉。刘先生以后有别的文章，
请再寄来。

　　致
礼

　　　　　　　　　　　　　　　　　　侯占虎顿首

　　　　　　　　　　　　　　　　　　2002 年 1 月 18 日

　　我的回信是：

侯占虎先生：

　　元月 18 日函，我于 22 日收到。我们虽未曾谋面，而十
多年来，承蒙多次刊用拙文，具见识鉴之精，不胜感荷！我
今年已入 79 岁虚龄，差幸顽躯尚健。去年 6 月间，得浙大朱
则杰教授一函，转来复印件一份，乃徐州师大教授张仲谋博
士所作《二十世纪清诗研究的历史回顾》，对拙著《清诗流派

史》（台北文津出版公司 1995 年出版）评价甚高，誉为九种"经典性成果"之一，与汪辟疆、钱仲联、钱钟书等先生之有关清诗论著并列。我感慨之余，6 月 23 日枕上口占七律一首："颓龄可制亦何求？剩付骨灰逐水流。刊谬难穷时有作，赏音既获愿终酬。人心纵比山川险，老我已无进退忧。差幸穷途多剪拂，书成或不化浮沤。"第三句"刊谬"，指唐人颜师古《匡谬正俗》一书，宋人避太祖讳，改匡为刊，见《四库全书提要》。此句表示，我已年老，不再撰写专著了，但平时阅览所及，发现谬误颇多。学术为天下公器，为后学计，殊不能已于言，因而不时要写出一些刊谬的文章。我这样做，决无恶意，更非人身攻击。只要看《巢经巢诗钞笺注》摘瑕一文在贵刊发表，就可知我的用心。《笺注》作者白敦仁教授是屈守元教授特地介绍给我的。我们通了几十次信，对他的博雅我是极为尊仰的。但考虑到其书既出，读者如不知其误，岂不受害？于是我不但写了摘瑕之文，而且在贵刊发表后，立即寄一本给白老。他看了，不但不以为忤，而且以后书信往来更为频繁，称我为"诤友""益友"。古之所谓益者三友，"直"居其首。我不但愿为白老益友，更愿为天下后世读者的益友。北大季镇淮教授著书有误，我为文纠正，在我校学报发表后，立即复印一份寄北大有关校长。无他，不过使转告北大出版社慎重将事耳。君子之爱人以德不当如是耶？美籍华裔史学家杨联升教授，生前写过很多纠谬文字，海外学人称为 Watching Dog，视为畏友。（王元化《九十年代反思录》P36）去年除了评王英志先生书一文外，我还写了评《明诗话全编》一长文。因南开大学罗宗强教授亦参加此工作，且亦出现错误，故我即寄此文给他，并请他代寄读者面广的刊物发表。他回信说明已所点者致误之由：一为责编乱改，一为手民误植。并告我已将我长文寄《书品》沈锡麟先生。但直到隔年的今天仍未刊出。函询则一个劲抱歉，说是稿太挤，容后安排。今得先生函，估计沈先生也有难言之隐：那些被我批评的一定不少是他的知交，使他为难。对您和沈先生，我完全能理解。不过我近年担任《豫章丛书》点校工作的首席学术顾问（实际就是最后定稿以便付印），深知江西各高校文科教师研读未断句的线装书的能力，更感到对全国一盘棋标点古籍工作有大声疾呼的必要。《中国青年报》2002 年 1 月 21 日一文，评论北大王铭铭教授剽窃事。我看了，既觉得北大校方这样处理十分难得，又对一些北大研究生为王铭铭抱不平深为忧虑：现在中青年学人怎么这样浮躁，这样急功近利？做学问的目的是什么？弄虚作假如果都可以不受谴责，那是学术道德的彻底堕落，太可悲了！现在这社会，要文凭不要水平，要学历不要能力。如果中国还有救，那这种现状一定得改变。侯先生，我们的文学因缘结了十几年了，顺便告诉您：我平时爱看的刊物是《随笔》《文学自由谈》《博览群书》《战略与管理》《学术界》等。作者则爱李慎之、王元化、李锐、严秀、蓝英年、何满子、秦晖、刘军宁、胡鞍钢等。这样自我介绍，为的是朋友应相见以诚。古人云："知古而不知今，谓之陆沉。"我不是陆沉者，我的知古正是为了知今。

　　敬颂
新年如意！

刘世南

2002 年 1 月 22 日中午

　　第三封信是写给国家新闻出版总署杨牧之副署长的：

杨副署长：

　　您很重视古籍整理研究工作，但现在这工作碰上了危机。几乎一般大学都有古籍所，而标点、注释古籍的合格人手却很难找到。2000 年我写了两篇文章，一篇谈《明诗话全编》的标点错误，另一篇谈《小仓山房文集》正续编的标点错误。前者寄给了南开大学罗宗强教授，因为他也参加了编写，也出现了几处错误。我信上说，请他看后，代送读者面广的刊物发表。他回信说明自己那几篇出错，是由于责编乱改、手民误植。并说《宋诗话汇编》也是这样标点得一塌糊涂。最后他说已将我文寄给《书品》的沈锡麟先生了。一直拖到现在 2002 年了，仍未刊出。中间来过信，说是来稿太挤，容后安排。但怎么会拖到两年还安排不下呢？后者我寄给了《中国典籍与文化》的杨忠先生。他拖了好久，转给了东北师大的《古籍整理研究学刊》。该刊 2001 年来信说，安排在 2002 年发表。然而今年 1 月 18 日，该刊侯占虎先生忽来一信，说又不能发表。现附上致杨忠函、王英志致侯占虎函以及侯致我函，请您看看。由此我倒悟出《书品》一拖两年，一定也是"考虑与同仁关系问题"。杨署长呀！请看看我评王英志一文吧。清人说："明人好刻书而书亡。"现在这样标点古籍，才真是以其昏昏，使人昭昭，误导后学啊！还请您找出王英志那本《掇英》的书，和我在侯占虎《学刊》上的有关文章，看看王先生的注释荒谬到什么程度。特别是《明诗话全编》的标点，那是多少博导、教授、副教授、博士、硕士点的呀？看到那么多错误，谁要是还认为这样整理古籍完全可以，那他简直是毫无责任感！请您让沈锡麟先生把我那篇文章送您一看，也请您看后再找北京的专家通人看看，议一议，这样标点古籍，对不对得起当前的青年和后世的子孙？但是，话说回来，我们不能只怪这些标点者，他们读了几本古书？有几个能顺畅地阅读未曾断句的线装书？前些年，复旦朱东润先生对我说过：他们系里很多中青年教师只是捧着一部中国文学史和他主编的作品选去教课。听说复旦现在强调读经史子集了（一位在复旦读博士的女教师告诉我）。这是对的。教古典文学的怎能不读四部之书呢？与写这信的同时，我写了一信给教育部陈至立部长，谈现在的大学中文系，无论本科或硕士、博士研究生，都培养不出合格的整理研究古籍的人才。建议采取另外一种方法。我已 79 岁了，江西省高校正在校点《豫章丛书》，聘我为首席学术顾问，其实就是把关，审定了的稿才能付印。参加这工作的都是全省高校文科的教师。我审稿的感受是，这样审稿，还不如我自己标点干脆！这当然是无可奈何的话。我在几次大会上都大声疾呼：你们要搞好古书的标点，请你们熟悉经、史、子、集，至少得通读过最主要的部分。举个例子您看：一次，一位文科副教授问我"閽汤"怎么解。我要他拿原书来，一看，原来是四库全书《弇州四部稿》一文中的"閽汤"。这位副教授竟把"汤"看成简化字"汤"。他竟不想想，四库馆的誊录员，写的都是繁体字，怎么会把"湯"简化为"汤"呢？就这么一种水平！克罗齐说得好："你要理解但丁，就要达到但丁的水平。"中国古代文人都是饱读诗书的，你连看都没看过他们熟读的书，就想去标点、注释他们的诗文，行吗？

　　致
敬礼！

刘世南

2002 年 1 月 24 日上午

　　建议办一个刊物，专门发表古籍标点、注释的匡谬文章。

这可以使点校注释者不敢掉以轻心，也可以有益于一般读者及点校者。

可惜纠正《明诗话全编》标点错误的那篇文章淹没在沈锡麟先生的抽屉里（或字纸篓里）。我不但指出了种种错误，而且说明了正确的点断法，以及有关的出处。例如中华书局版的《水东日记》（明人叶盛所著），把"苏文生，食菜羹"的"苏文生"误加人名号。《明诗话全编》某先生承其误，也以为"苏文生"是一个人。我除了纠正外，还指出此语出于陆游《老学庵笔记》某卷某条。

第四封信是写给教育部陈至立部长：

陈部长：

刚给新闻出版总署副署长杨牧之同志（他负责全国古籍整理工作）写了一封信，告诉他现在各高校都有古籍所，但从我所见的《明诗话全编》《小仓山房文集》的标点来看，错误不但多，而且很严重，硬伤累累。原因是这些标点者都没有读过经史子集中最主要的书。中国古代文人，都是饱读诗书的，你没读过他们熟读的书，特别是最重要的经、史、子，怎么能标点好他们的诗文呢？克罗齐说："你要理解但丁，就要达到但丁的水平。"现在这些标点者，正如朱东润先生前些年对我说的，只是依靠一部中国文学史，和他主编的作品

选，去上讲台的。以这样的水平，绝不可能标点好古籍。我
附上几份资料给您看，您可以找专家、通人看看，便知吾言
不谬。现在，从报上看到，有些地方的中小学生都在读经，
这我完全反对。我今年79岁，自小随先父学习古书，背诵
了十二年的线装书。以后在中学、大学任教，每天手不释卷，
对四部之书略窥涯涘。作为一个古典文学研究者，我当然该
博览群书。但这究竟是极少数人的事，广大中小学生读这些，
没有必要。我赞同中山大学哲学系袁伟时教授在《中国现代
思想散论》一书所反复说明的，中国当务之急是现代化，传
统文化并不能使中国富强。广大青少年应该多读新书。他们
长大后有兴趣，或工作有需要，再接受一些传统文化。这类
为人民所吸收的，是专家整理过的古籍即传统文化中的精华。
但是，从培养一支整理研究传统文化的人才来说，现在大学
中文系是培养不出来的。冯天瑜在《月华集》有个构想："可
在少数重点学校（最好从高小开始）开设少量班级，除普通
课程外，增设古典课，使学生对文化元典熟读成诵，再辅之
以现代知识和科学思维训练，从中或许可以涌现出杰出文史
学者。"我赞成这意见，认为大有可行。另外，我提个建议：
全国各高校中文系的古典文学教师（尤其是年轻的，不管是
得了硕士、博士学位的都一样），都必须能背诵《论语》《孟
子》《书经》《诗经》《左传》《礼记》《老子》《庄子》《荀子》。
以上是背诵的。其他经、子要全部阅读，并作读书笔记，由

教研室主任、系主任检查。另外，前四史、《文选》、《文心雕龙》都要作读书笔记，保证阅读质量。有了这样的功底，他们就有兴趣去读未曾断句的线装书了。这样长期坚持下去，不但教学水平可以提高，而且标点、注释古籍的工作也可以做了。龚自珍有诗云："俭腹高谈我用忧，肯肩朴学胜封侯。"现在一般大学教师为了评职称，天天著书，却又不能刻苦打根柢，自然只能浮光掠影，东拼西凑，名曰著作，实是泡沫。

刘世南

2002 年 1 月 24 日

以上这 4 封信，一封写于 2000 年 10 月，3 封写于 2002 年 1 月。事隔了 8 个月后，《中国青年报》（2002 年 9 月 7 日）第 3 版刊出一篇报道，题为《古籍整理已呈盛世危局》。看了后，有 3 点引起我的注意：

（1）官方也承认现在是古籍整理出现"危局"的时候，这与我给杨副署长的信中说的"危机"不约而同，可见举国上下都认识到问题的严重性。遗憾的是最后并没有提出切实可行的解决问题的办法，"危局"仍然是"危局"。

（2）我本来以为只是江西师大中文系不够重视古籍点注工作，现在看了这份报道，才知道南开大学根本不把点校古典文献算作学术成果。我校我系竟还略胜一筹，呜呼！

（3）新中国成立前的北大文科能评上教授的有三种人，

我看，要搁在现在，第一种"述而不作"的，讲的课再"才气纵横"，再"深受学生喜爱"，也是白搭，根本不可能评上教授。第二种"著书立说，学术成果出众"的，也未必能拼得过现在的"著书而不立说"，东拼西凑，只以数量取胜的。第三种，今天已经明摆着，校、系各级领导有多少真知道"古典文献整理最见功力"？总之，现在据说某些总务处长、人事处长也能评上教授，尽管他们从来没上过一节课，没有真正的论文和专著。难怪北大的季羡林不让别人叫他"季教授"呢！

话说回来，看了以上 4 封信，大概就知道我对培养古典文学研究人才的主要意见了。现在，再具体地分成 7 个步骤加以说明。

（1）精读打好根柢的书

一个研究中国古典文学的人，"十三经"必须全部阅读，真正读懂。这懂，是指在现有各种注解的基础上弄明白书义。不能以王国维"于《书》所不能解者殆十之五，于《诗》亦十之一二"（《观堂集林》卷二《与友人论〈诗〉〈书〉中成语书》）来自我解嘲。不但通读，还要熟读其中的《论》《孟》《易》《书》《诗》《礼记》与《左传》。因为自两汉以迄明清，中国的文人，无不从小就熟读这些经典，你要研究他们所作诗、文，怎能不了解他们读过的主要书籍？

清代乾隆年间的戴震，把"十三经"的注、疏都熟读成诵。（段玉裁《戴东原先生年谱》）他是经学家，所以下这么大的苦功。我们读"十三经"，是从研究古典文学出发，当然不必像他那样。但他那种刻苦精神是值得我们学习的。

清末民初的李详（审言），就把线装书《文选》拆散，按顺序贴一页在桌面上，反复诵读，直到这一页摸烂了，再换下一页。他就是这样成为《文选》专家的。

北齐的邢邵说："读书百遍，其义自见。"打根柢的书确应熟读。

有人会说：你这是老八股！

那好，请看今年（2002年）第2期《读书》杂志上的《关于学术定量化的讨论》，黄平就谈及，贺麟曾带一个研究生，读黑格尔的《小逻辑》，当时没有中译本，那学生说读不懂，贺说读不懂再读。再读还是不懂，贺仍说再读。如此来回不知读了多少遍，后来成了研究黑格尔的高手！要成为一个古典文学研究人才，对打根柢的书决不能怕下苦功。黄侃（季刚）这位国学大师，据其弟子程千帆介绍，他也只有八部书最精熟，即《说文》《尔雅》《广韵》《诗经》《周礼》《汉书》《文选》《文心雕龙》。（《文史哲》1981年第3期《詹詹录》）我曾在书旁空白处写道："黄君用清儒之法治学，故其次第如此。今日治文学者，《诗》《左》《史》《汉》《选》《龙》为根柢，再博涉历代诗文，斯可矣。而新文学及外国文学尚须旁求。"

《红楼梦》是大家熟悉的，但它所深含的传统文化内涵，一般读者未必能理解。第六十一回，柳家的说贾母的菜牌，开列天下所有的菜肴，每天轮流着吃，到月底再结账。我们知道，贾府上下吃的都是分（fèn）菜，只有贾母例外。原来《周礼·春官·膳夫》云："岁终则会（kuài），唯王及后、世子之膳不会。"贾母的特权来源于此。宋代奸臣蔡京日以《易经》丰、亨、豫、大之说引诱徽宗穷奢极欲，以致亡国。曹雪芹这样写，正表现一种隐痛。所以，对经、史的学习可以增进我们对文学名著的深刻理解。

邓广铭是宋史专家，但标点古书也会偶然出错。（不像手民误植，责编更不敢乱改。）《邓广铭治史丛稿》P202，标点《二程遗书》卷四一《李寺丞志》，其铭词标点如下：

二气交运兮五行顺施，刚柔杂揉兮美恶不齐。禀生之类兮偏驳其宜，有钟粹美兮会元之期。圣虽可学兮所贵者资，便儇皎厉兮去道远而展矣。仲通兮赋材特奇，进复甚勇兮其造可知。德何完兮命何亏，秀而不实圣所悲，孰能使我无愧辞，后欲考者观铭诗。

此铭词用骚体，有韵，本不难点，何以会点成"……远而展矣"？这是由于不知"远而"出自《论语·子罕》引佚诗："岂不尔思？室是远而。"而"展矣"则出自《诗·邶·雄雉》：“展矣君子，实劳我心。”不管是邓先生还是责编，其所以出错，全由经书不熟。

所以，我特别强调，古典文学研究者，必须熟悉经书。

（2）博览群书

尽管你研究的是中国古典文学，但中外古今的文、史、哲，以至政治、经济，都应有所涉猎。以我写《清诗流派史》为例，我论断顾炎武所说的“亡国”与“亡天下”，并非他独创，而是当时一种社会意识。我的根据就是《南社丛选·文选》卷三的李才所作《明处士玉泫卢先生墓表》。又如我写“神韵诗派”，说康熙时文网渐密，社会上形成“喜读闲书，畏闻庄论”的风气，却是从李渔的《闲情偶寄·凡例》中发现的。还有王士禛（渔洋山人）的谈艺四言：典、远、谐、则，我认为它们是针对公安、七子、竟陵，甚或清初宗宋派的。我引以为据的是《赖古堂名贤尺牍新钞》卷四张九征的《与王阮亭书》。《南社丛选》《闲情偶寄》《名贤尺牍》这类书都是平时随便翻的，却可遇到合用的材料。

近来，蒋寅、李泽厚都认为有了电脑，不必再像钱钟书那样博闻强识了。这里我说一件真实的事情：我在1996年第3期《古籍整理研究学刊》上，发表了一篇《读书志疑——兼与黄维樑先生商榷》，谈到《六一诗话》所引“县古槐根出，官清马骨高”不知究为何人诗句。《佩文韵府》下平声四豪的“高”部，有“骨高”一词，下注：“杜甫诗：县古槐根出，官清马骨高。"但我反复查阅各种杜甫诗集,都渺不可得。又查《杜诗引得》的"县""官""马""骨""高",都没有这两句。那么,《佩文韵府》编者何所据而云然?浙江杭州师院汪少华教授是有心人,见我文后,搜索了六年,终于通过电脑,把所有引用这两句的都找出来,其中有四库全书的《陕西通志》卷九十八(P556—702)一条:"杜子美驻车同官有县古槐根出官清马骨高之句留置壁间同官志"(原文无标点符号)。汪君一时失察,以为"同官"是同僚。(《左传·文公七年》:"同官为寮。"寮同僚。)于是断定这两句是杜甫一位同僚写的,已失主名,只能称无名氏,从而断定《佩文韵府》把著作权归于杜甫是错了。他把意见函告我,我立即回信,感谢他为我释多年之疑。但告诉他:同官,旧县名,即今陕西铜川市。并标点原文如下:"杜子美驻车同官,有'县古槐根出,官清马骨高'之句留置壁间。《同官志》。"于是汪君很高兴地确定了杜甫对这两句的著作权,并来信说,可见电脑究竟不能代替博闻强识。

从事研究工作者一定要博览群书。仍以侯外庐为例。《中国早期启蒙思想史》论述汪中部分,P477引《述学》内篇一《女子许嫁而婿死,从死及守志议》:"以中所见,钱塘袁庶吉士之妹,幼许嫁于高秀水,郑赞善之婢幼许嫁于郭。"侯氏以"秀水"为高之名,纯属臆测。袁庶吉士指袁枚,钱塘人,乾隆四年成进士,改翰林院庶吉士。妹指其三妹袁机,字素文。

袁枚有《女弟素文传》，只写她的夫婿是"高氏子"，不提他的名与字，以示鄙弃，犹如昔人之称"夫己氏"（《左传·文公十四年》）。所以，"秀水"二字应属于下文"郑赞善"。郑赞善指郑虎文，浙江秀水人，乾隆七年进士，改翰林院庶吉士，散馆授编修，迁赞善——像这几句浅显的古文都会点错，可见侯氏文史功底不够。以这样的文史水平，即使电脑列出了全部资料，他也不能正确理解和运用。

因此，不管电脑如何发达，它也只能起工具书的作用，仅供查考，决不能代替博闻强识。倒是博闻强识基础上利用电脑，那才如虎添翼，事半功倍。

知识面的广与狭，还牵涉到知识程度的深与浅。

这里谈谈学问深浅问题。

①上文提到程千帆介绍其师黄侃最精熟八部书：《说文》《尔雅》《广韵》《诗经》《周礼》《汉书》《文选》《文心雕龙》。一般人看了，不过知道有这回事而已，知其然而不知其所以然。而有国学修养的学人则知道，顾炎武《文集》卷四《答李子德书》："读九经自考文始，考文自知音始。"其后张之洞《书目答问》总结清儒治学途径，说："由小学入经者，其经学可信。由经学入史学者，其史学可信……以经学、史学兼词章者，其词章有用。"明乎此，然后知黄侃前三部为小学，四、五为经学，六为史学，七、八为词章（即古典文学）。其次第井然，毫不凌躐。

②"诸葛亮在荆州，以建安初，与颍川石广元、徐元直，汝南孟公威等俱游学，三人务于精熟，而亮独观其大略"。（《三国志·蜀志·诸葛亮传》裴松之注引《魏略》）另外，陶渊明《五柳先生传》："好读书，不求甚解。"（《晋书·隐逸·陶潜传》）后人对两位先贤每多误会，读书粗疏者甚且援以自解。其实，诸葛亮生于东汉末，两汉经学博士及其门徒，解说经义，日益烦琐。正如《汉书·艺文志·六艺略》所说："博学者又不思多闻缺疑之义，而务碎义逃难，便辞巧说，破坏形体，说五字之文，至于二三万言。"《汉书·儒林传》："张山拊事小夏侯建，为博士，论石渠，授信都秦恭延君，恭增师法至百万言。"桓谭《新论》："秦延君但说'粤若稽古'，即三万言。"《文心雕龙·论说》总结说："若秦延君之注《尧典》，十余万字；朱普之解《尚书》，三十万言。所以通人恶烦，羞学章句。"故自西汉末之扬雄，至东汉之班固、桓谭、王充、荀淑、卢植、梁鸿，皆不为章句。（詹锳《文心雕龙·论说篇》）诸葛亮不过是其中之一而已。陶渊明生于东晋末、刘宋初，他的"不求甚解"，不过是不搞两汉经师的烦琐哲学而已。

③我早年看过一部清代印的《古文观止》，有一老儒在王勃《滕王阁序》"落霞与孤鹜齐飞，秋水共长天一色"两句上加上眉批道："'落霞孤鹜齐飞，秋水长天一色'足矣，何必'与''共'？"一看就知此老儒是三家村里的塾师，除高头讲

章外，没看过几本书。他不知道王勃这两句是套用庾信《华林园马射赋》的"落花与芝盖齐飞，杨柳共春旗一色"。宋代王观国《学林》卷七《滕王阁序》云："欧阳文忠公《集古录》跋德州长寿寺舍利碑曰：'余屡叹文章至陈、隋不胜其弊，而唐家致治之盛，不能遽革其弊。及读斯碑，有云："浮云共岭松张盖，明月与岩桂分丛。"乃知王勃云："落霞与孤鹜齐飞，秋水共长天一色。"当时士无贤愚，以为警绝，岂非其余习乎？'观国按：庾子山《马射赋》曰'落花与芝盖齐飞，杨柳共春旗一色'，王勃正仿此联，非摹长寿碑句也。长寿寺碑亦仿《马射赋》而句格又弱者也。"《野客丛书》卷十三《王勃等语》云："王勃云：'落霞与孤鹜齐飞，秋水共长天一色。'当时以为工。仆观骆宾王集亦曰：'断云将野鹤俱飞，竹响共雨声相乱。'曰：'金飚将玉露俱清，柳黛与荷绸渐歇。'曰：'缁衣将素履同归，廊庙与江湖齐致。'此类不一，则知当时文人皆为此等语。且勃此语不独见于《滕王阁序》，如《山亭记》亦曰：'长江与斜汉争流，白云将红尘并落。'欧公《集古录》载德州长寿寺碑，与《西清诗话》如此等语不一。仆因观《文选》及晋、宋间集，如刘孝标、王仲宝、陆士衡、任彦昇、沈休文、江文通之流，往往有此语，信知唐人句格皆有自也。李商隐曰：'青天与白水环流，红日共长安俱远。'陈子昂曰：'残霞将落日交晖，远树与孤烟共色。'曰：'新交与旧识俱欢，林壑共烟霞对赏。'"周寿昌《思益堂日札》卷五《落霞孤鹜》条："王子安'落霞、孤鹜'句，不独蓝本开府'落花、芝盖'也。《宋书·谢灵运传》'文德与武功并震，霜威共素风俱举'；《良吏传》'冰心与贪流争激，霜情与晚节并茂'；《隐逸传》'荣华与饥寒俱落，岩泽与琴书共远'。盖当时习调，不足为异，但视其工整否耳。"我还可以补充一例，《文心雕龙·丽辞》："丽句与深采并流，偶意共逸韵俱发。"通过上述诸例，可破老儒"何必'与''共'"之谬说。这主要是他不懂骈文的句格，虽说对偶，但要避免板重，故偶中有奇。形式既有变化，音节亦遂纡宛。此理不但体现在骈文句格，即古文亦然。欧阳修《昼锦堂记》"仕宦而至将相，富贵而归故乡"两句，如照原稿省去"而"字，就丧失了欧公纡徐为妍的风格了。

（3）确定主题，力求搜齐资料

在精读和博览的过程中，自然会萌生心得、体会，这就可以明确科研主题，围绕这主题来搜集材料。凡有关作者、作品和古今中外的评论，必须力求把这些资料搜罗齐备，以免撞车。例如德国哲学家康德，他曾写《论对活力的正确评价》，企图解决测量动能的争论，却不知道，六年前，达兰贝已经解决了这个问题。（阿尔森·古留加《康德传》P16）

但是，也有暗合前人的，这就是刘勰在《文心雕龙·序志》所说："及其品列成文，有同乎旧谈者，非雷同也，势自不可异也；有异乎前论者，非苟异也，理自不可同也。"这是暗合，并非剽窃。我曾写《论选举》一文，引《三国志·魏志·董昭传》，昭于明帝太和六年上疏陈末流之弊。我据此说明曹操求才三令并未变易东汉之俗。但对这一论证还不十分自信。后来偶然翻阅吕思勉的《燕石札记》（收入"民国丛书"第3编）P133："董昭太和之疏，乃东汉末世之俗，不徒非魏武所造，并非文帝所为也。"为之大喜。因为和这位史学家的暗合，使我产生"莫逆于心，相视而笑"之感。

顾炎武对暗合前人的态度更值得注意。他在《日知录》目录前说："愚自少读书，有所得辄记之……或古人先我而有者，则遂削之。"这是由于此书为子部杂考之属，著书目的在于"明道救世"，自然不可抄袭陈言，每一条都必须是自己的创见。

（4）观点要由资料中提炼出来

没有观点，只是罗列一大堆资料，那不算学术著作。学术界出现过一种歪风，叫作"著书而不立说"。前引的《读书》（2002年第2期）上《关于学术定量化的讨论》一文，黄平举过一个例子：有一个朋友在国外学习，为确定选题，和导师反复商量。导师总不断要求他读书，而不替他定题目，要培养他自己发现问题的能力。以后用了三年多时间才定下选题。这朋友终于成才。

黄平还谈到当年冯友兰、金岳霖两先生经常告诫：年轻人读书期间要多读、多听、多想，少写、少发表（甚至不发表）。我以为这非常正确。只有这样，才能有自己的新见解。"磨刀不误砍柴工"，否则"欲速则不达"，反而吃了大亏了。

（5）著作必古所未有，后不可无

顾炎武《日知录》卷十九《著书之难》："其必古人之所未及就、后世之所不可无而后为之，庶乎其传也与！"我这小标题就取他这意思。

这句话看起来简单，做起来却非常艰难。首先，你怎么知道"古所未有"？那非博览群书不可。不知道其他高校如何，我所在的江西师大却有一个奇怪的现象，即校图书馆的样本书库中的读者，只有一部分文科的研究生，中青年教师不大来。样库不但经常进新书，而且"四库全书""四库全书存目丛书""续修四库全书"全部排列架上，任你研读。奇怪的是，在编教师每学期都有科研任务，每学期也有科研成果（或论文，或专著）。我真不解，他们是怎样搞科研的呢？靠借，能借几本（时间仅限一个月，可以续借）？靠买，又能买多少？哪个做学问的人不是长年累月坐图书馆的？我写这事，决无菲薄同事之意。估计这种情况也非我校独有。我只是希望高校教师不要成为教书匠，而要成为前进不已的学人。

"后不可无"，为什么？似乎是很少人考虑这个问题，顾炎武倒是举例说明了这个问题。他说：司马光的《资治通鉴》，马端临的《文献通考》就是"后世不可无之书"。

我以十五年的岁月撰写《清诗流派史》，目的有两个：一是探索清代士大夫民主意识的觉醒历程，二是填补清诗史的空白，也就是"前所未有，后不可无"。第一个前面已经谈过，这里只谈第二个。

清诗作为一个历史上的文学现象，是应该加以总结的，但是汪辟疆、钱仲联、钱钟书这些前辈学人，他们虽然完全有条件做好这一总结性工作，却由于各种原因"未及就"。我常常为此扼腕叹息：以他们的学问、识力，清人诗文集及其他有关资料又掌握得很丰富，如果由他们编写一部高质量的清诗史，那对中国以至世界的文化宝库该是多么巨大的贡献啊！现在这个缺憾由我们这一辈人来弥补，真是差距太大了！我一直感到做这件事，是"克于先大夫无能为役"。(《左传·成公二年》，晋帅郤克语。翻成白话是：我郤克比起城濮之战时的先轸、狐偃、栾枝等先大夫来，简直连做他们的仆役都不够格。)这里提出一件事，就可以看出我力求缩短差距的思想。《清诗流派史》是1995年在台北文津出版的，鉴于大陆不少学人希望看这本书，我决定在大陆出简体字版。原书限于资料(我找不到沈曾植的诗文集，郑孝胥的也不全)，同光体部分没有写这两人。现在将重版，我就邀请苏州大学涂小马博士来补写。涂博士和我素未谋面，但他读过我的书，在他的论文中曾加评论，所以一经邀约，欣然同意。我为什么请他呢？就因为他是钱仲联先生的高足，我和他合作，正是企望分享教泽，从而沾溉后学。

（6）要学会写古文、骈文、旧诗和词

在我印象里，长我一两辈的学者，不但博极群书，而且都能写作古文、骈文、旧诗和词。就我所曾披览的，如刘师培、吴梅、黄节、王国维、黄侃、汪东、汪辟疆、胡小石、陈寅恪、吴宓、游国恩、萧涤非、朱自清、闻一多、王统照、程千帆、沈祖棻、缪钺、王仲荦、钱仲联、钱钟书、庞石帚、屈守元、白敦仁、徐震堮。随便翻翻他们的诗文，尤其是诗，哪一篇不是清韵出尘，置之古人集中而无愧？大概比我小一二十岁的人，就只会"研究"，不会"创作"了。钱仲联、程千帆在改革开放后，都曾在谈治学的文章中说过：研究古典文学的，不会创作，其分析评论古人作品和理论，往往隔靴搔痒，不能鞭辟入里，所作只是一些模糊影响之谈。前些时候，偶然看到日本汉学家清水茂的《清诗研究在日本》一文（收在《汉学研究的回顾与前瞻——文学语言卷》，中华书局 1995 年版）P281："吉川老师说：'王渔洋诗，有古典性而新鲜。'古典性，比较容易晓得。不过'新鲜'性，时代愈下愈微妙。这个微妙，非自己作诗不了解。"他又说："江户时代末年到明治、大正时代，日本汉诗人很喜欢读清诗，因为他们自己作诗，所以把它作模范。""而现在日本作汉诗的人越来越少"，所以，"日本的汉诗研究者对于清诗的微妙、细腻的新鲜性，好像不大了解"。我以为这话是非常精彩、十分深刻的，很值得研究古典文学者认真思考，改变现状。

为什么长我一两辈的学人都会作古文旧诗,而比我小一二十岁的就不会呢?原因是前者都从小读古书,受过作古文旧诗的严格训练。这段读写时间一般在十年以上。到我这一辈,这样受国学训练的就少了。我的小学、中学同学中,绝大部分都没有读过古书,更不用说练习写作文言文。

所以,敏泽为《清诗流派史》作序,特别提到我"旧诗写作有较高造诣"。我以为,几十年的旧诗写作对我分析评断清诗各派的特色,是有不可估量的作用的。

(7)不受名利诱惑

清代乾隆年间,出现了一位杰出的学者汪中,他是扬州学派的代表人物之一。但正如黄侃在《吊汪容甫文》中所说:其"奇才博学""罕见其俦"。而一生"遭遇屯邅""独罹厄困",使后人为之"愤懑难平"。

我是 1989 年 3 月 1 日,67 岁时退休的。眼看高校教师对高级职称的追求,愈来愈急促,形形色色的现象,很多超出常人想象之外,便越来越想起《旧唐书·杨绾传》所条奏的贡举之弊:"祖习既深,奔竞为务。矜能者曾无愧色,勇进者但欲凌人,以毁谤为常谈,以向背为己任。投刺干谒,驱驰于要津;露才扬己,喧腾于当代。古之贤良方正,岂有如此者乎?朝之公卿,以此待士;家之长老,以此垂训。欲其返淳朴,怀礼让,守忠信,识廉隅,何可得也?"这一段话使我感叹,看来今天这种种不正之风,也是我国一种文化传统的承传啊！最有意思的是有些教授，研究的是陶渊明和《儒林外史》，而本人思想意趣恰恰相反，这不是《聊斋》所嘲讽的"打马奔赴京城，应不求闻达科"吗？真不知这些人讲课时怎样批判利禄熏心的龌龊行为。

正是有感而发，我写了一篇《哀汪生文》：

嗟夫容甫，聘辞飞辩，掉磬当时。同爱旌目之无依，至托于狐父之盗。而于祢生，尤慕其得死友于章陵，获赏音于黄祖。乃曰："苟吾生得一遇，报以死而何辞！"其言可悲，然所见何不达也。

夫毡裘之主，威福自专，喜怒从心。持功名为钓弋，以笼络天下之士。然趋而附之者，亦鸡鸣狗盗之雄耳，人材云乎哉！容甫不是之鄙，反自恨不遇，志亦小矣。

容甫幼罹穷罚，长亦无欢，以是恒不自得。然生际太平，衡门可闷，交流宿学，讲习多欣，又何慊焉？使其生于今日，则"文革"十年，识字多忧，读书为罪，十丐同列，泥涂自污，又将何以自处耶？四凶既殛，当宁（zhù）右文，于是鸿都填咽，举国奔波。北门学士，献赋自雄；南郭先生，滥竽不耻。士但求名，才非征实。士之自污，于今为烈。瓯北诗云："一骨才投犬共争。"职称之评，殆类于是，有心人孰能恝然置之？呜呼！其名能副实者有几人与！他科姑无论，古典文学教授云云，未辨群经，何言二酉。末学肤受，实繁有徒。为跻高第，争献浮文。草木虫鱼，竟编事类。多文为富，亥豕堪虞。徒以资循马齿，宁知陋比兔园。其未得之也，患得患失，形于颜色。侦知评委之名后，远则投柬，近且抠衣，以乞怜于暮夜。此前史之所羞，而今人恬不为怪。其奔竞名场也，僚友间视若仇雠。相夺之烈，互讦之厉，虽在旁视，犹为股栗。形奇状怪，盖禹鼎未由摹。呜呼！正高副高，无非缰锁，谢客所谓溟涨，故应掉以虚舟。而乃夸毗盈庭，迷不知返。滔滔者天下皆是，以此自溺。容甫面此，又将如何？

夫趋附功名之俗儒固无论已，而容甫自审亦迥非其伦。然博极群书而不闻道，系心于遇合，以不遇为恨，则容甫之于俗儒，亦五十步与百步比耳！盖求合于人，必先求知于人。而知人则哲，帝犹难之，矧求之于尸玩者乎？故人不知而不愠，乃可以为君子。容甫其犹有蓬之心也夫！以其不遇，终损天年，吾不暇责彼尸玩者，而惟容甫之哀也，作《哀汪生文》。

这篇文章是1993年4月2日写的，距今（2002年）整整9年了。奔竞之风，愈演愈烈。最近《南风窗》杂志（2002年4月1日出版，总第211期）赵德志的《学术也能"买断"？》一文，更使我惊心动魄。现摘抄如下："某些科研和教学单位向学术刊物购买版面，为某单位或某人制造虚假学术成果。某些人凭此成了教授、学科带头人，升了官，而杂志则得到了钱，但科学真实和学术尊严则完全地被践踏了。""某科研处长与某刊物签订合作协议，付该刊十万元，成了他们的合办单位，同时该项刊每年给我院七十个版面（合一四三〇元一个版面），供我院学术带头人发表文章，院级领导的文章优先发表，无须审稿。"

过去报刊上说：司法的腐败是根本的腐败。现在又听到人们说：学术的腐败是最后的腐败。那最后的腐败的最后又是什么呢？玩弄辩证法的一定会受到辩证法的惩罚！

2002年4月19日的《科技日报》载：中国社科院研究员、博导胡孚琛教授说：当前学术界存在着"逆向淘汰"现象，即将优秀的拔尖人才淘汰掉，一些有独立见解的精英人才被扼杀，反而使那些善于阿谀逢迎的庸人成为"适者"生存下去。现在评委对学术成果的评价，不仅同这些学术成果的本身价值不一致，而且与社会同行公认的评价也不一致。因为在许多情况下，大多数评委并非同行的权威，而是由行政安排的外行或是邻近专业的来评定的。这样，那些一人擅长的绝学或是个人的发明创造，反而被不精此学的专家压制住，得不到社会承认。

这就是贾谊在《吊屈原赋》中所说的"斡弃周鼎兮宝康瓠"。学术"买断"，"逆向淘汰"，其结果是学术垃圾充斥。这其实是以学术徇利禄的必然后果，然而真正的学术生命也就快被断送了。

我前引唐代杨绾条奏贡举之弊，实则以学术徇利禄是西汉开其端的。《汉书·儒林传·赞》："自武帝立'五经'博士，开弟子员，设科射策，劝以官禄，讫于元始，百有余年，传业者渐盛，支叶蕃滋，一经说至百余万言，大师众至千余人，盖禄利之路然也。"

王充《论衡·正说篇》云："儒者说'五经'，多失其实。前儒不见本末，空生虚说；后儒信前师之言，随旧述故，滑习辞语。苟名一师之学，趋为师教授，及时早仕。汲汲竞进，不暇留精用心，考核根核。故虚说传而不绝，实事没而不见，'五经'并失其实。"

在"及时早仕"这一动力的驱使下，这些"儒者"一味"汲汲竞进"，哪有心思研究，自然文化泡沫泛滥，终致"'五经'并失其实"。如果没有不徇利禄的郑玄诸人存在，尽让那些"前儒""后儒"糊弄下去，儒家学术非灭亡不可。后汉的桓荣，是研究《尚书》的专家，曾经皇帝钦定为"大师"。他把自己所得"特殊津贴"向广大门徒炫耀："今日所蒙，稽古之力也，可不勉哉！"但他的《尚书》经学著作在哪里呢？他在学术史上留下什么业绩呢？

南宋学者刘炎曾说："文坏于场屋之习，行蠹于科目之路。"（《迩言》，收在"四库全书"）场屋、科目，都是指科举考试，亦即利禄之路。而徇利禄之路，只会败坏知识分子的品格，妨碍学术领域的建设。

必须坚决拒绝一切非分的名利的诱惑，像萨特拒绝接受诺贝尔奖，像陈寅恪坚持"独立之人格，自由之思想"，否则绝做不到范文澜说的"板凳甘坐十年冷，文章不说一句空"。而我前面列举的六点，都是不可能做到的。

只有"淡泊以明志"，才能"宁静以致远"。浮躁，急功近利，必然会滋生剽窃、抄袭的恶果。

七 不能再轻视基础培养了！

——谈当代人文社会科学学术研究的一个关键问题

谭其骧先生是中国历史地理学的权威。据说"文革"前（1961—1962），中华书局上海编辑所曾邀请他作学术讲演，他对当时轻视基础培养的学术风气，"表示愤愤不然"。"他说现在的大学生看不懂古书，读文言文断不了句，这怎么可以！因此他主张出版社出古书，多出没有标点的影印本，即使排印也不要加标点，让学生自己去断句去标点，使他们得到锻炼的机会"。（钱伯城《问思集》P292）

谭先生这种"锻炼"方法，是治标而非治本，即使出版社真照他说的去做，也达不到"基础培养"的目的。只要看一看近年来整理古籍的现状，就可证明。仅以我所见《明诗话全编》和《袁枚文集》的标点，就可以看出谭先生的方法是不能奏效的。因为这些标点者，绝大多数正是选取没有标点的古书加以标点的，结果错误百出。而少数照抄别人标点的（如《明诗话全编》选叶盛《水东日记》一节，此书有中华书局标点本），也以讹传讹，跟着错。（中华标点"苏文生吃菜羹"为"苏文生吃菜羹"，不知此语出自陆游《老学庵笔记》卷八："苏文熟，吃羊肉；苏文生，吃菜羹。"苏，苏轼。）这些标点古书的人，由于没有扎实的国学基础，所以再怎么多次去标点古书，也仍然不可能提高。

但是，谭先生的"愤愤不然"，却可以看出有识之士早已对这种状况抱有深忧。奇怪的是，从 1962 年到现在（2003 年），四十年过去了，仍然没有看见学术界讨论和解决这一关键问题。我常奇怪，从电视上，可以看到体育界培养运动员、京剧界培养演员、琴师，都是从基本功抓起，苦学苦练，所谓"台上一分钟，台下十年功"，怎么人文社会科学界却对这种长期轻视基础培养漠然置之？

自 1979 年以来，一直到现在，我写过几十篇这方面的文字，希望引起学术界的注意，似乎应者寥寥。大概是教育体制关系，无可如何。

现在，我想再一次通过一个实例，来说明这个问题的严重性，然后提出我的解决方案，供大家参考、研究。

实例是某君近五十万字的专著《近代的初曙——18 世纪中国观念变迁与社会发展》。

由于作者对国学的经典著作不熟悉，以致引用古籍时，标点符号错了很多，而引用后偶一发挥，便成为郢书燕说。加上古书接触很少，更不明古文章法，所以断句多误。

现分为三项，举例说明。

（1）经典不明致误的

P26"有顾氏之书，然后三代之文可读，《雅》《颂》之音各得其所语声形者，自汉晋以来未之有也。"

按：应为："《雅》《颂》之音，各得其所。"此用《论语·子罕》："《雅》《颂》各得其所。"

P46"盖自列史、艺文、经籍志及七略七录、崇文总目诸书以来，"

按：列史指二十四史（从《史记》至《明史》），"艺文、经籍志"应标成《艺文》《经籍志》，是属于二十四史的，不能与"列史"并列。"七略七录"应标点为《七略》《七录》，"崇文总目"应标为《崇文总目》。

P108"孔子曰：'为此诗者，其知道乎！''故有物必有则，民之秉彝也，故好是懿德。'"

按：此见《孟子·告子上》，全是孔子的话，不能分为两部分。

P112"孟子辟杨、墨，曰'率禽兽食人，人将相食'，
语告子曰'率天下之人而祸仁义'，两称'圣人复起不易'，
吾言皆承。'生于其心，害于事，害于政'。"

按：应作："……两称'圣人复起，不易吾言'，皆承'生
于其心，害于事，害于政'。"此见《孟子·滕文公上》。有关
原文如下："杨、墨之道不息，孔子之道不著，是邪说诬民，
充塞仁义也。仁义充塞，则率兽食人，人将相食……作于其
心，害于其事；作于其事，害于其政。圣人复起，不易吾言
矣。"另外《孟子·公孙丑上》有云："生于其心，害于其政；
发于其政，害于其事。圣人复起，必从吾言矣。"作者未读
《孟子》，故点错。

P146"然后主亡国之君，矫揉造作，何足为典？要今人
每入花丛……"

按：《易·系辞下》："不可为典要。"典要：准则。作者
未读《易》，故点错。

P155"取性情者，发乎情，止乎礼，义而泽之以风骚，
汉魏唐宋大家俾情文相生，"

按：应为："取性情者，发乎情，止乎礼义，而泽之以《风》、《骚》，汉、魏、唐、宋大家，俾情文相生。"作者未看《诗·周南·关雎》毛传："故变风发乎情，止乎礼义。"故点错。下文点错，则因文义不明。

P164"传曰：好仁不好学，其蔽也。愚若二女者可谓愚矣。"

按："传"指《论语》，应标为《传》。《论语·阳货》："好仁不好学，其蔽也愚。"作者既未读《论语》，又昧于古文句法，以致乱点。

P167"针对孔子'父在观其行，父没观其志，三年无改于父之道可谓孝矣。'的著名论断，"

按：《论语·学而》："父在观其志，父没观其行。"不知作者何所据而如此颠倒？

P301"……验于感通之际曰恻隐，羞恶辞让是非不可褒，曰尊；"

按：应点为："验于感通之际曰恻隐、羞恶、辞让、是非，不可褒曰尊，"作者所以点错，是因为不知《孟子·公孙丑上》有"恻隐之心""羞恶之心""辞让之心""是非之心"。

P381"以慎重乎讥（稽）察非常之意"。括号内"稽"字为高君所加，盖疑原作者沈德潜用"讥"字有误。

按：《孟子·公孙丑上》："关讥而不征。""讥"即稽查、察问，沈氏并非误写。

P369"置四海之穷困不言，"

按：顾炎武原文为"困穷"，因"四海困穷"出自《论语·尧曰》："四海困穷，天禄永终。"作者不知出处，习见现代汉语"穷困"，以致颠倒。

P454作者谓孟子与齐宣王对话中，提出了君失职当去位的思想，而引证的是："（孟子）曰：'四境之内不治，则如之何？'王顾左右而言他。"这里何曾说到君失职当去位？其实应引用《孟子·万章下》第九章："（齐宣）王曰：'请问贵戚之卿。'（孟子）曰：'君有大过则谏，反覆之而不听，则易位。'"汉·赵岐注："君不听，则欲易君之位，更立亲戚之贤者。"

P478"天下之大，万民之众，欲使无一不得其所在，任相而已矣。"

按：后二句应作："欲使无一不得其所，在任相而已矣。"此自伪古文《尚书·说命》"一夫不获"化出，伊尹正是相汤的。

同页，"三者备而后可以格君之非，心可以知人，可以任人。"

按：应为："……格君之非心，"此出《孟子·离娄上》："惟大人为能格君心之非。""非心"即《大戴礼记·保傅第四十八》所谓"非僻之心"（"是以非僻之心无自入也"）。故伪古文《尚书·冏命》云："格其非心，俾克绍先烈。"

P521"荆公不揣其本弊，然以赊贷取赢，"

按：袁枚原文为"荆公不揣其本，弊弊然以赊贷取赢"，"弊弊然"见《庄子·逍遥游》："孰弊弊焉以天下为事！"弊弊，辛苦疲惫貌。作者既不知出处，抄后又漏字，如此乱点，可叹！

P562"《仲虺》之诰废，"

按：本为《仲虺之诰》，可见作者未读《尚书》。

P563"鬼知恋公，上亦百福之主"，

按：应作："鬼知恋公上，亦百幅之主也。"此出《南史》卷五十八《裴之横传》："之横字如岳，少好宾游，重气侠，不事产业。（其兄）之高以其纵诞，乃为狭被蔬食以激厉之。之横叹曰：'大丈夫富贵，必作百幅被。'遂与僮属数百人于苟陂大营田墅，遂致殷积……还除吴兴太守，乃作百幅被以成其志。"龚自珍《农宗》一文，是按宗法制，分大宗、小宗、群宗、闲民四等，前三等各以差授田，闲民则为佃。佃同姓不足，取诸异姓。陈奂（硕甫）批龚此文，有云："回部、蒙古世酉无析产之俗，令群支仰赖以活。"而"仰赖以活"，正如《农宗》所说："佃非仰食吾宗也，以为天下出谷。"裴之横的故事，正是《农宗》的一个例证。作者不明"百幅"出处，抄成"百福"，又未读懂《农宗》，遂致点错。

（2）不明古义致误的

P154（袁枚等人）仅仅局限于对男性情欲的满足，而对女性的"无旷"、"无怨"不予重视。

按:《孟子·梁惠王下》:"当是时也,内无怨女,外无旷夫。"达到婚龄而无偶之女子叫"怨女",同样的男子叫"旷夫",因此女性不能称"无旷"。

P165—P167 汪中《与剑潭书》有云:"凡州县察其寡妇之无依者(必良家谨愿者)……"作者不识"愿"字,以为是简化的"愿"字,于是把"谨愿"理解为"自愿"。你看他发挥说:"这里有三点值得特别注意:一是入苦贞堂者,需寡妇本人自愿,即'必良家谨愿者',这意味着苦贞堂不具有社会强迫性质,也就是说汪中不赞成强制寡妇守节。"后面还说:"有意思的是,汪中这里没有说明进入苦贞堂的寡妇,是否具有退出的自由。"

这完全歪曲了汪中的原意,也无端拔高了汪中的思想。其实"谨愿"一词见刘向《说苑·杂言》:"谨愿敦厚可事主。""愿"出《书·皋陶谟》:"愿而恭。"疏:"愿者,悫谨良善之名。"《左传·襄公三十一年》:"愿,吾爱之,不吾叛也。"杜注:"愿,谨善也。"汪中那信是说,能进苦贞堂的寡妇,必须是好人家出身而本人又谨慎善良的。作者不识繁体字的"愿",随意发挥,成为郢书燕说。

P222"故《中庸》'首揭以示人自道也者, 不可须臾
离也'。"

按: 作者如此引文, 如此断句, 读者必定不知所云。试
看陈廷敬《午亭文编》卷二十四《杂著·困学绪言》若干则,
第128条: "'天命之谓性, 率性之谓道, 修道之谓教。'……
此三句, 子思一生大本领, 圣学大源头, 故首揭以示人。自
'道也者, 不可须臾离也', 至'君子慎其独也', 是指点人下
手做工夫处。"原文如此, 怎能像作者这样引书, 有前无后,
残缺不全?

更令人不解的是, 作者紧接上述残缺引文后, 说: "在心
性论上, 陈廷敬首推率性, 表明他在治学上更加注重先儒经
典的本意, 而不是简单追随后人的学术阐发, 这一严谨态度,
即使不是体现, 至少也预示着清代学术变迁的新方向。"

事实并非如此。陈廷敬在上文"是指点人下手做工夫处"
一句后, 紧接着说: "既有此段工夫, 所以养成'喜怒哀乐未
发'之'中', '发而中节'之'和'。'和也者, 天下之大道',
便是'率性之谓道'。'致中和, 天地位焉, 万物育焉', 便是
'修道之谓教'。"

陈廷敬全文"性""道""教"三者并重, 何以作者说他
"首重率性"?

陈廷敬对《中庸》这段话的说明, 和《礼记注疏》的《中

庸》篇（汉·郑玄注，唐·孔颖达疏）以及南宋朱熹的《中庸章句集注》大体相同，不知作者从何处看出陈廷敬在治学上是"更加注重先儒（世南按：指子思）经典的本意，而不是简单追随后人（世南按：指郑玄、孔颖达、朱熹等及其他一切解说《中庸》的学者）的学术阐发？即以《困学绪言》而论，第八条："善乎二程子之遗书也，吾诵之得吾心焉，由是以求孔子之道不远矣。"另外，第七十七条、八十四条、八十九条、一百二十三条、一百三十条，都是引程、朱之言，其他提到处屈指难穷，陈廷敬何尝不追随后人的学术阐发？

我很怀疑，作者既未看全也未看懂陈氏的原文，无凭无据，独创新说，根本不能让引文来证实自己的说法，所谓"预示着清代学术变迁的新方向"，这一结论，简直不知从何得出？

P274 "袁枚针对当时士林队伍追求考据时尚，为学不求甚解的不良风气说：……"

按："为学不求甚解"一语，出自陶渊明《五柳先生传》的"好读书，不求甚解"。所谓"甚解"，正是考据学、训诂学的烦琐特色，如秦延君之解《尚书·尧典》"粤若"二字三万言。（桓谭《新论·正经》）作者完全说反了！另外，袁枚厌恶考据训诂之学的"求甚解"，才强调文学艺术（如诗、文、绘画、书法等）的创作与研究。这种深入钻研技艺，并非学术上的"甚解"，作者也误会了。

P375 作者认为，王鸣盛、钱大昕、赵翼等精研诸史："决非单纯为当权者作应声虫，为统治者出谋划策，而是出于对国家民族、对亿兆苍生的深切关爱，他们力图通过自己的学术探索，发现一条建立治平社会的理想道路。"

按：对王鸣盛的《十七史商榷》，钱大昕的《廿二史考异》，赵翼的《廿二史札记》，就我所见，诸家评论，大抵如下：

梁启超："钱、王皆为狭义的考证，赵则教吾侪以搜求抽象的史料之法。"（《中国历史研究法》第二章）又说："（三书）皆考证史迹，订讹正谬，惟赵能观盛衰治乱之原。"（《清代学术概论》P14）

白寿彝总主编《中国通史》（18）P824 大意同梁说（1996 年第 1 版）。

仓修良、魏得良《中国古代史学史简编》P597 评王书，引其自序："改讹文，补脱文，去衍文，又举其中典制事迹，诠解蒙滞，审核舛驳。"并指出：其史事评论，全从维护封建统治立场出发。P601 评钱书着重于文字校勘、典制考释、名物训诂。P605 评赵书的史评，或多为前人已论述者，或散布"天命"史观与"因果报应"。"和议"条诬蔑胡铨、韩世忠、岳飞抗金是"争取大名"，而秦桧是"欲了国家事"者，"和议"是"图全之善策"。

柴德赓《史学丛考》P255《王西庄与钱竹汀》，说二人"以考经的方法来考史"。又指出：正当杭世骏言清廷用人歧视汉人偏袒满人而几乎被乾隆帝所杀时，钱大昕研究元史，论述其中央官制（《答袁简斋》第三书），以为当然，完全为清帝用人政策辩解。又指出王、钱都骂王安石。又说王的史学为清廷服务，例如《蛾术编》"刘整不当在《宋史》"条。又指出《养新录》卷八"宋季耻议和"条，谓"从前之主和，以时势论之，未为失算"。从而指出：钱氏这类史家，只要能维护封建的三纲五常不变，即使异族统治也不在乎。又说，王鸣盛认为"求古即所以求是，舍古无是者也"。

朱杰勤《中国古代史学史》引清人沈垚《落帆楼文遗稿·答许海樵书》："钱氏有史学而无史才，故以之释史则得，以之著史则琐屑破碎，不合史法。"又引王氏《商榷》自序："初未尝别出新意，卓然自著为一书也。"

其他如李宗侗《中国史学史》P165—166；宋衍申主编《中国史学史纲要》P270—279；吕涛、潘国基、奚椿年《史籍浅说》P178—187；杜维运《清代史学与史家》；白寿彝主编《中国史学史教本》P318论钱氏部分；彭明、程啸主编《近代中国的思想历程》第一章。上述诸书，对王鸣盛、钱大昕、赵翼的成就，其评价也和作者完全不同。

当然，学术贵在创新，作者如能举出实例，而又言之成理，自然能获得学术界的认同。可惜的是，我细读了全书，也无法得出作者的结论。所谓"治平社会的理想道路"究竟是什么？照历史逻辑推论，应该是资产阶级民主制度。然而王、钱、赵的史学著作中，什么地方说了有关的话？作者能指出来吗？否则单是推出结论，而无任何根据，那是无法令人信服的。

（3）不明文意而误的

P25（顾炎武）"孤僻负气，讥呵古今，人必刺切，径情伤物"。

按：应为"孤僻负气，讥呵古今人必刺切，径情伤物"。刺，指责。切，严厉。此言顾氏批评古人或同时人，总是严厉地指责。

P164"刘台拱曰：归太仆曰：'女子未有以身许人之道也。'女未嫁而为其夫死，且不改适，是六礼不备，婿不亲迎，比之于奔，其言婉而笃矣。"

按：归太仆即归有光，《震川集》卷三《贞女论》说："夫女子未有以身许人之道也……女未嫁而为其夫死，且不改适，是六礼不具，婿不亲迎，无父母之命而奔者也。"作者既不查对归氏原文，又不明"比之于奔，其言婉而笃矣"才是刘台拱引述并判断的话，遽尔乱点。

P165"凡其兄弟亲戚之男子来省者，待于其所，以其名族，召之则出见之……妇有姑，若子女三人者……"

按：应为"以其名族召之，则出见之，"言某寡妇入苦贞堂后，其娘家兄弟或亲戚中的男子来看望她的，先待在传达室，由传达根据他（他们）报出的此寡妇之名，以及属于哪一族哪一房，找到她；再告诉她什么人来看望她，然后她才出来接见。

下句应作"妇有姑若子女三人者"。若，及也。

P172"自六经四史而外，……则《三百篇》及《楚辞》等皆无不然。《河梁》、《桐树》之于朋友，《秦嘉》、《荀粲》之于夫妇，"

按：《北江诗话》"六经四始"，作者误为"四史"；是《楚骚》，非《楚辞》；是"友朋"，非"朋友"。秦嘉，东汉桓帝时人，有《赠妇诗》《留郡赠妇诗三首》《答妇诗》。荀粲，三国魏人。《世说新语·惑溺》"荀奉倩与妇至笃"注引《（荀）粲别传》：妇病亡，痛不已，岁余亦亡，年才二十九。作者竟以人名为篇名。

P225"明末至今日，学者颇厌功令，所载为习闻"，

按："功令"后的逗号应删，是"学者颇厌功令所载为习闻"。功令是封建王朝有关科举考试的法令，一般士子何敢厌恶？他们只是厌恶元、明以来规定的八股文一定要遵照程、朱一派对"四书五经"的注释来写作，反来覆去，总是一些陈词滥调。

P234"（韦昭以迄王应麟辈），并于经学无所预降，此而元明则响绝矣"。

按：应为"……并于经学无所预，降此而元、明则响绝矣。"

P236"国朝经学盛兴，检讨首出于东林、蕺山空文讲学之余，以经学自任，"

按："首出"后应加逗号。东林诸人（如顾宪成、高攀龙等）和刘宗周（蕺山）都是明末讲理学的，而毛奇龄则是清初最早（首出）讲经学的。

P249"（毛奇龄）认为《四书》'无一不错'，'聚九洲四海之生铁，铸不成此错矣。'"

按：毛氏"无一不错"云云，是指朱熹的《四书章句集注》，作者径指为《四书》，未免粗心。且"四书"非一书，不得用书名号。

P289"典章制度，汉唐诸儒有所传述考据，固不可废，而经术之精微，必得宋儒参考而阐发之。"

按：应作"……有所传述，考据固不可废，"清高宗是说考据固不可废，义理亦须阐发。

P297"虽其说较偏信，从者少，"

按：是"虽其说较偏，信从者少，"谓李绂偏于陆、王，不尊程、朱。

P300"释氏知性中有义知，而不知性中有仁礼，故言戒言慧，义知在言寂言空，仁礼亡。惟圣门言性不可易。以对待言曰仁义礼知，兼对待流行言于信数致意焉。"

按：仁、义、礼、知（智）、信，古称"五言"，《尚书·益稷》："以出纳五言，汝听。"《传》："又以出纳仁义礼智信五德之言，施于民以成化。"又称"五常"，见《汉书·礼乐志》刘向议、《白虎通·情性》。戒、慧、寂、空皆佛家语。防非止恶曰戒，破惑证真曰慧，证悟达到最高境界（涅槃）曰寂，超越色相现实境界曰空。故此段引文应点为："释氏知性中有义、知（智），而不知性中有仁、礼，故言戒言慧，义、知（智）在；言寂言空，仁、礼亡。惟圣门言性不可易。以对待言，曰仁、义、礼、知（智）；兼对待流行言，于信数致意焉。"

P358"幅（赋）无心得之语，人尚空衍之文。"

按：此陈宏谋论"制义"（八股文），与赋无关。幅，指八股文的篇幅。此言八股文代圣贤立言，全篇无作者本人心得之语。作者疑"幅"为"赋"之讹，误矣。

P375"是非谬则褒贬谬，褒贬谬则从违乖处，无善其身出，无资其用。"

按：应作："是非谬则褒贬谬，褒贬谬则从违乖，处无善其身，出无资其用。"

P382"其辟二氏，绌星命，讥谶纬，咸守正。则论《易》则宗辅嗣伊川……"

按：应为"……咸守正则。论《易》则宗辅嗣、伊川"。正则，正道。辅嗣，王弼。伊川，程颐。

P385："宾客门下士往来者于阍。人悉不关白，径入此轩。"

按：应为："宾客、门下士往来者，于阍人悉不关白，径入此轩。"

P388"杨朱之书，惟贵放逸，当时亦莫之宗之跻。于墨，诚非其伦。"

按：应为："……当时亦莫之宗，跻之于墨，"

P399"天积气，气扛地，地似球，悬人如蚁。丽凸者山，凹者海，"

按：应为："……地似球悬，人如蚁丽。"丽，附着。《易·离》："日月丽乎天，百谷草木丽乎土。"

P399"上下四旁皆生齿，居如蚁之游。"

按：应为："上下四旁皆生齿居，如蚁之游。"

P435"遂致败名，获罪惭愧，岂有大于此者。"

按：应为："遂致败名获罪，惭愧岂有大于此者？"

P465"公止骑从，于二里外徒步造门，亲操几席，杖履而入，北面拜为弟子。"

按：应为："公止骑从于二里外，徒步造门，亲操几、席、杖、履而入，北面拜为弟子。"

P500"时时循览。自省比去官，"

按：应作："时时循览自省。比去官，"省，反省。比，等到。去，离开（去官，卸职）。

P512"晚号更生行一。"

按：应为："晚号更生，行一。"行（háng），排行。行一，兄弟排行中第一个。

P513"不幸而有公过则去之，亦惟虑不速，"

按：应作："不幸而有公过，则去之亦惟虑不速，"

P558"既不知学，则益不知古，圣贤之志节而冥冥以行，"

按：应为："既不知学，则益不知古圣贤之志节，而冥冥以行。"

P559"孝弟慈惠，以自将希贤希圣不躐等以进，"

按：应作："孝弟慈惠以自将，希贤希圣，不躐等以进。"

P560"大凡处事可执一而论，"

按：钱泳原文是"不可"，作者竟漏抄。

P561"庄存与强调为学要'有所补益时务，以负麻隆之期'。"

按：龚自珍原文为："终不能有所补益时务，以负庥隆之期。"庥，同休，美也。隆，盛也。庥隆，犹言天下太平。庄存与治学，本来期望学以致用，能辅佐皇帝治理天下，获致太平。可是"终不能有所补益时务"，这就违背了原来治平的期望了。作者引用时，删去"终不能"三字，文义不通了。

P562"言犹疴痒，关后世"，

按：应为："言尤疴痒关后世"。

P572"其邃初乎降是安天下而已。"

按：应作："其邃初乎！降是，安天下而已。"

综合上述（1）（2）（3）各项，可知从事中国人文科学的研究，首先必须把国学（经、史、子、集）的基础打得结结实实。而且要多读古书，透彻理解其字、词、句的意义和用法。我很欣赏《近代的初曙》P352所引鄂尔泰《征滇士入书院教》。该书指出："十三经与三史（《史记》、《汉书》、《后汉书》）既读，此外如《家语》、《国语》、《战国策》、《离骚》、《文选》、老、庄、荀、列、管、韩，以及汉、唐、宋、元人之文集，与《三国志》、《晋书》……以下诸史，参读参看，择其尤精粹者读之，其余则分日记览。"作者在引用该文后，说："这段文字可以说是一篇非常优秀的国学入门教程，它提供的阅读内容、学习方法……对今天的文史哲专业学生，甚至对国学研究人员也具有重要的参考价值。"可见作者也是深明此理的。

我不赞成小学生读"四书五经"，因为他们长大后并不都从事文、史、哲研究。但大学文科生，尤其是从事人文社会科学研究而又涉及国学的，却必须补上基础培养这一课。该背诵的一定要背诵。二三十岁的人，英文可以背，为什么古书不能背？熟能生巧，背熟了的书，不但引用起来得心应手，而且会引发你许多意外的联想。我们今天强调打好基础，就是因为我们研究的对象——古代学者及其著作，都是从其前的经典中哺育出来的，你不熟悉他们熟悉的圣经贤传，怎么能深入地正确地研究他们的著作？

我写此文，正所谓"心所谓危，不敢不告"。现在一般中青年学人，心态非常浮躁，总巴不得早日著书立说，成名成家。其实不揣其本，而齐其末，结果必定事与愿违，著书而不能立说，徒成文化泡沫与垃圾，以讹传讹，贻误后学。

外编

一 书评

《在学术殿堂外》（以下简称《外》）是 2003 年 4 月在中国文史出版社自费出版的，印数只一千册，市场上并未销售，基本上是我赠阅。出我意外的是反响居然很强烈，几个月内，就拜读到三篇书评。为了保存这些珍贵资料，让它们给这时代的学术风气作个印证，我按顺序照录如下，并附记个人一些读后感，企图与作者、读者互相交流。

学术怎样成为公器

饶龙隼

学术乃天下公器，这早已是学人的共识。大凡愿以学术托命的人，没有不认同它的。但面对学术诱利之风愈演愈烈，这个共识就遭受了严峻挑战。我们注意到，当今不少的学人放言托命之辞，心存名利之想，其所谓"公器"云云，实为遁词游谈，不可按诸实际。这就激化了学术之公与学人之私的对立。

其实，学术之公与学人之私的对立，自古以来就有，从未须臾消失。孔子所言"谋道"之于"谋食"（《论语·卫灵公》），孟子所申义利之辩（《孟子·梁惠王上》）……其对立之状，在圣贤那里早已昭然若揭。问题不在于这种对立是否存在，而在于学人如何看待它。

窃以为，学术之公是历史形成的，它是学术载体（如民族、种族、国家等）在一定时期内所确认的关于学术的公理；而学人之私是个体的行为，它是学术实体（如个人、学派、群体等）在一定时空中所施行的关于学术之作为。两者之间的对立关系，可能是良性的，也可能是恶性的。当一定实体的学术作为能够遵循学术公理时，学术之公与学人之私的对立就是良性的，比如孔子因鲁史而作《春秋》，称知我罪我以之；当一定实体的学术作为不能遵循学术公理时，学术之公与学人之私的对立就是恶性的，比如明代中晚期学者空谈性命、传食诸侯。由此可知，学术的公私之辩，在于对学术公理的认同与否。认同之，所为学术便是公器；违逆之，所为学术便成私具。

或公或私，古往今来，均有其人。古人若何，文献可征，固无庸论及；今人若何，按诸实迹，亦不难辨识。欲求认同学术之公者，就我陋见所知，近于豫章故郡刘世南先生得之。

凭什么得之，由世南先生一生的学术践行而得也。我生也晚，非与之同辈并行，何以知其一生？读其近著《在学术殿堂外》而知也。《在学术殿堂外》（中国文史出版社 2003 年版）是一本小小的书。说它小，是因为仅十余万字，非皇皇巨著也；但就其内容而言，实不可以小视之。它是世南先生一生的学术总结，从七个专题叙说自己的学术行谊，略为"勿以学术徇利禄""治学重在打基础""刊谬难穷时有作""平生风义兼师友""我自当仁不让师""怎样培养中国古典文学的研究人才""不能再轻视基础培养了"。这七个专题涵盖了先生的学术成长、学术研究、学术成果、学术思想、学术评议、学术交游、人才培养诸方面，而贯穿其中的主要精神，就是强调学术为天下公器。

世南先生申言这个主旨，不作浮泛的理论说教，而是平实的身体力行；因而他谈自己的学术历程，谈自己的学术思想，谈对己对人的学术评价，谈学术弊端与学术期待，均有真情实感，显得深切平近。他追述自己的学术人生，讲到童蒙时期的好奇多问（《在学术殿堂外》P11，以下引用该书，只标页码），讲到少年时代的苦读成诵（P15），讲到青壮岁月的求索无闷（P3—4），讲到晚景时光的优游涵泳（P4—6）。一个人的生平，可以叙说的事情很多。人多选择特立独行之事，而世南先生所写都是平实的事。诸如父亲让他三岁开始认字角，认了两千字后才教以国文，之后再让背诵古书，详解文义，熟读成诵（P11）；再如他将"十三经"中没有背诵过的圈读一遍，每天4页，结果读《易》花35天，读《仪礼》花74天，读《周礼》花50天，读《礼记》花107天，读《公羊》花47天，读《孝经》花28分钟，读《尔雅》花24天（P15）；又如在一所大学生活了20多年，他不牵念种种遭遇，而唯独流连样本书库，那读书不倦的身影成为一道风景（P5）……从其所叙可知，世南先生过着典型的书斋生活，没有大的波澜，更没有些许传奇。但正是这些平常琐事，真实地展现了先生的志趣、良知和责任。他立志"不事王侯，高尚其事"（P59），他说对不起学术就对不起自己的良心（P107），他痛恨当前学术界的"逆向淘汰"现象（P172），他一再呼吁不要以学术徇利禄（P1—9）。这些平淡的话语，发自学术公心，颇有讽味，是世南先生学术人生的喻世真言。

他讲述自己的学术思想，也多是浅易切实之谈。他强调治学重在打基础，援引前人惠士奇、王鸣盛和黄侃的话，主张下气力读通几部书（P15），并谈到自己的研习经验，将"四书"、《诗》、《书》、《左传》、《老子》、《庄子·内篇》熟读成诵，而终身受益不尽。这就是所谓"专精"。由此延伸，他还追求"在专精的基础上力求广博"，认为"博务必围绕精这一中心，否则就泛滥无归了"（P15），其所谓"博"，落实到世南先生的学术认知与实践上，又表现为"通"。他以钱钟书《管锥编》第3册第862页所论古今中外政客雇用特务为例，来说明"通"所蕴蓄的学术魅力（P58）。他说自己的古典文学研究"是通史式的，并不限于某一段"（P12），指导研究生是先秦至南北朝文学，与学者们讨论的是魏晋六朝及唐宋文学，自己研究的则是清诗。专精也好，博通也好，在世南先生看来，总还是落实到读书打基础上。因而他呼吁年轻学者要培植学术根柢，精读打基础的书（P160）。他说："自两汉以迄明、清，中国的文人，无不从小就熟读这些经典（按：指'十三经'、《史记》、《汉书》、《文选》、《文心雕龙》等），你要研究他们所作诗文，怎能不了解他们读过的主要书籍。"（P160）这样的话，表明世南先生对古典文学研究对象有深刻知解，是极为中肯到位的。他还特别指出，即使在信息化时代，电脑普及于学术研究，也仍然不能轻视读书。他批评某些学者"有了电脑，就不必再像钱钟书那样博闻强识"的观点，断言"电脑决不能代替博闻强识。倒是博闻强识基础上利用电脑，那才如虎添翼，事半功倍"（P55、P162—164）。寻味世南先生的话，他并非否认电脑技术给学术研究带来的便利，而是要矫正时人的轻躁之想，告诫学人：不可因便捷的研究手段而忽视读书打基础的重要性。作为现代学人，我们都真切地感受到，信息技术对传统学术的革新是巨大的，数字资源共享、信息资料检索、网上学术交流，等等，无不创设了学术研究的新空间。但我们注意到，信息技术对学术研究的负面影响也是明显的。它给学术成果带来高产，却同时制造了文化垃圾，阻碍了学术事业的健康发展；它让学术考述或更精密，却可能只是数据的堆砌，而缺乏经世精神和人文关怀；它使文献资料充分利用，却反致民族文化虚无，无助于拓人胸襟和广人见识。由此可知，信息技术对于学术研究是有利又有害的。趋利避害，乃人之通性；而避害之法，正可用多读书打基础来救之。盖多读书，乃能戒除轻佻浮躁；而打基础，则可培植文化情结。此乃学术公理，古今一贯，不可放失。由此可知，作为老一辈学者，世南先生那古朴苍劲的思虑已探触到现代，成为当代学者思想的补养。

他评议自己与他人的学术研究，也公心具在，绝无阿私。《清诗流派史》是世南先生唯一的学术专著。他自述该书的学术创见48条，以为都是"自我肺腑出，未尝只字篡"（P13—14）？为什么要这样自我评述呢？这是因为该书乃世南先生一生心力所萃，是"知识面广，同时钻得较深"的产物，其学术光彩不可掩，应该得到学术界的重视。但是该书系台湾文津出版社出版，在大陆流布不广。自1995年出版后，直至1999年，才得到一位青年学者的积极评价。其评议见于一篇回顾20世纪清诗研究史的综述中，且发表在一家普通的师专学报上（P1）。这就形成了学术品质优异而社会反响落寞之反差。世南先生难忍一部优秀著作被沉埋，才不顾自炫之嫌，而直言该著作的品质与创见。此等胸襟是多么公诚坦荡。也只有具备此等胸襟的人，才可以为学术进诤言。若说从《清诗流派史》的自我评述中，还不足以看出世南先生的公心，那还有一个反例可资证明。他追述1948年，曾以一些文字学札记函呈杨树达先生，后者告以尚未入门（P41—42）。假如世南先生自评《清诗流派史》出于私心，是偏私自炫；那他就不必追忆这件旧事；即使追忆了，也应偏私护短。但世南先生并未回护自己，而仍然是坦荡地称说之。也正是由于胸怀坦荡，他治学立论，与人或同或异，全以公心运之，而不问名分高低；所以他会对平生仰慕的钱钟书先生提出不同的学术意见（P61），所以他会对学术晚辈如宋效永君的正确观点表示赞同（P148）。也正是秉持这样的公心，世南先生才参与商讨学术权威、学术名家乃至政治领袖提出的学术问题。盖学术问题本没有你我之分，贵贱之别，惟公心是鉴，惟公理是依。大凡作评议，于人容易持平，于己难免偏私。而世南先生不论于己于人，均能以公心出之，这多难能可贵。晚年，世南先生写了几十篇纠谬的短文，指正某些学者因缺乏学术根柢所犯的错误（P175—186）。他还慷慨致书教育部和新闻出版署的有关领导，为学术人才的培养建言献策（P152—159）。世南先生这样做，仍是出于学术公心，而非贬人自快，亦非贾直邀名。他对学术人才其实充满了厚爱，并寄予着期待。此番心事，有诗为证："颓龄可制亦何求？剩付骨灰逐水流。刊谬难穷时有作，赏音既获愿终酬。人心纵比山川险，老我已无进退忧。差幸穷途多剪拂，

书成或不化浮沤。"（P3）

综观上述，世南先生以其一生学术证明，学术是应该循公理的，学者能以公心运公理，所为学术乃成公器。这就是《在学术殿堂外》给我们的启示。在学术诱利之风炽烈的今天，这个启示是多么珍贵啊。

《江西师范大学学报（哲学社会科学版）》2004 年第 1 期

拙著《在学术殿堂外》的内容，如果要高度概括，实在只有三句话，九个字：去名利，打根柢，反量化。只有根除虚名浮利的思想，才会静下心来，不惮烦地打根柢，从而博览群书，也才会跳出量化的圈套，刻苦研究，创造出真正的学术成果来。用饶龙隼先生的话，这就是使学术成为公器。

我和饶先生是惺惺相惜的，因为我们有一个共同点，就是都懂得，要做学问，必须踏踏实实，来不得半点虚假。他的勤奋和博学，常使我见贤思齐，更加不敢懈怠。他比我小 42 岁，但是，从他身上，我看到了学术的希望。正因为他了解我，所以看了《外》后，他主动邀请我去杭州讲学，并主动写出这篇书评。

我对这篇书评谈 3 点意见：

（1）关于"典型的书斋生活"：是的，我长年累月待在样本书库中，这有两个原因：一是我原来的藏书，包括先父所遗和我几十年内所购，约合银圆四五千元，"文革"中全部被毁，因此，"文革"后，我再不买书了；二是四库全书、存目丛书、续修四库全书，以及不断购进的新书，也不是我私人财力所能购置的。因此，我必须把样库当作自己的书房。但是，饶先生并不了解我的生平，我并不是一个书斋型的学者（关于这点，第四部分"民主的追求"会详细谈及）。这里，只抄录 2001 年 1 月 13 日枕上口占的《读胡光辉〈读陈寅恪想钱钟书〉书后二首》。其一："平生不识胡光辉，裁制大师论入微。走狗青藤吾岂敢，泰山北斗自巍巍。"其二："才士纷纷利禄趋，嬴秦治术托黄虞。光明俊伟钱夫子，记诵书成恨有余。"其二最后两句，含意是很沉痛的，说的是钱先生，其实包含的是一代又一代的学人的遗憾。生活在严酷的政治环境里的文化人，他们的学术研究是必须远离现实的。

（2）关于信息技术对学术研究的利弊：我只引钱先生一段话："大学问家的学问，跟他整个的性情陶融为一片，不仅有丰富的数量，还添上个别的性质；每一个琐细的事实，都在他的心血里沉浸滋养，长了神经和脉络，是你所学不会、学不到的。时髦的学者不需要心，只需要几只抽屉，几百张白卡片，分门别类，做成有引必得的'引得'，用不着头脑去强记。但得抽屉充实，何碍心腹空虚。最初把抽屉来代替头脑，久而久之，习而俱化，头脑也有点木木然接近抽屉的质料了。"我希望所有的学人都好好地体会一下这段话的深意。

（3）关于《清诗流派史》的创见48条：这点，饶先生有点误会。我列举48条，并非自炫，而是针对时下剽窃风气来的。《史》1995年在台北文津出版后，我赠此书于南开大学的罗宗强先生和卢盛江先生，就附了这48条的复印件给他们。这是我做学问的原则：若无创见，决不下笔为文。所以，知友叫我为其著作写序，我也必先请他写出该著作哪些是自己的见解。

[与青年朋友谈读书]（十）

海纳百川 有容乃大

王琦珍

上面九篇短文，基本上都是就本专科生的读书方法而谈的一些看法。这篇小稿子，我想和研究生谈谈做学问中如何读书的问题。写完上一篇短文时，正好刘世南先生的新著《在学术殿堂外》出版，先生惠赠了一册给我。先生谈的是他的治学经历，并名之为《在学术殿堂外》，看上去，似乎是无关学术宏旨；其实，书中所述，无一不是先生一生中治学的甘苦与心得。读过之后，我得到的第一个印象就是，时下书店中多少皇皇巨著，远比不上这本17万字的"小书"厚实。这种厚实，来源于先生极其丰厚的学养，来源于他虚怀若谷、海纳百川的气度和一丝不苟的治学精神。我建议我们的研究生，尤其是从事古代文学和古代文论研究的研究生，不妨认真读一读这本书，甚至不妨置之案头，时时翻阅，常读常新。从中去体会什么叫"做学问"，怎样去"做学问"。在上一篇短文中，我曾谈到过由此及彼、竭泽而渔的方法，可以帮助读者把学问做深、做大，刘先生的书中就有一个很典型的例子。全文转录如下：

读《小学集注》时，读到"武王伐纣，伯夷、叔齐扣马而谏……义不食周粟，采薇而食之，遂饿而死。"我又问父亲："首阳山也是周朝的土地，薇也是周朝的，不食周粟，怎么食周薇呢？"父亲愕然，无以回答。后来，我进吉安市石阳小学读高小，在图书馆看到鲁迅的《故事新编》，其中有一篇《采薇》，说小丙君和他的婢女指责伯夷、叔齐："'普天之下，莫非王土'，你们在吃的薇，难道不是我们圣上的吗？"我吃了一惊：原来古人早就有这看法！长大以后，看《南史》的《明僧绍传》："齐建元元年冬，征为正员外郎，称疾不就。其后，帝（齐高帝萧道成）与崔祖叔书，令僧绍与（其弟）庆符俱归。帝又曰：'不食周粟而食周薇，古犹发议，在今宁得息谈耶？聊以为笑。'"才知道鲁迅所写实有根据。但"古犹发议"究何所指呢？后来读《昭明文选》刘孝标的《辩命论》："夷、齐毙淑媛之言。"李善注："《古史考》曰：伯夷、叔齐者，孤竹君之二子也。隐于首阳山，采薇而食之。野有妇人谓之曰：'子义不食周粟，此亦周之草木也。'于是饿死。"这才知"古犹发议"即指此，而且鲁迅就是根据《古史考》这类古小说来写的。

刘先生举出此例，意在说明治学应重视打基础，即便是幼儿教育，也应注意智力开发。但若纵观他对这一掌故的理解过程，他用的其实就是刨根究底、时时用心，然后竭泽而渔的读书方法。

在这本书中，先生披露了许多鲜为人知的他和吕叔湘、钱钟书、屈守元、庞石帚、朱东润等著名学者相互切磋学问的信函与佚事，记述了他多年以来为纠正古典文学研究中的谬误所做的工作，坦诚地陈述了他对如何培养古代文学研究人才的意见与建议，而这些都是以他深厚的国学功底为基础的。这里不妨举一个例子来看看。美籍华人学者余英时《陈寅恪晚年诗文释证》一书，曾引陈氏《赠吴雨僧》之四中的诗句"弦箭文章那日休？蓬莱清浅水西流"，及陈氏作于1930年的《阅报戏作二绝》中的"弦箭文章苦未休，权门奔走喘吴牛"，又引汪中《经旧苑吊马守真文序》："一从操翰，数更府主。俯仰异趋，哀乐由人。如黄祖之腹中，在本初之弦上。"余先生坦承不明"本初弦上"的出处，但又强作解释，说"袁绍的弦箭是有名的"。刘先生指出："'本初弦上'出处在《文选》。《文选》卷四四陈孔璋（即陈琳）《为袁绍檄豫州》一文下，李善在'陈孔璋'下引《魏志》曰：'琳避难冀州，袁本初使典文章。作此檄以告刘备，言曹公失德，不堪依附，宜归本初也。后绍败，琳归曹公。曹公曰：
卿初为本初移书，但可罪状孤而已，恶恶止其身，何乃上及
父祖耶？琳谢罪曰：矢在弦上，不可不发。曹公爱其才而不
责之。'"据此，刘先生进而指出：汪中之文也罢，陈寅恪的
诗也罢，其真实意思都是说，他们写的这些文章，都不是自
己的真心话，只是被迫为人作嫁罢了。这一解释的准确，来
源于对典故出处的确切了解；而出处的明了，又得力于学养
的丰厚；学养的丰厚则来源于多读书和善于读书。这样的例
子在刘先生这本书中可谓俯拾即是，往往因某一书中的一个
错误，他便可以从自己的记忆中，接二连三、牵四挂五地说
出许多有关的材料来，没有海纳百川、广采博收的读书经历，
是绝对达不到这样一种境界的。

有位在学术上颇有造诣的中年博导曾对我说："我们这代
人做学问，就怕老一代学者来挑毛病。如果他们来挑毛病，
你就没有退路了。"我想，这是深有体会的话。作为学者，要
想不"怕"，那就得要有充足的底气。要想有充足的底气，就
得多读书，就得下苦功夫去打下扎实的基础。"海纳百川，有
容乃大"，我们应该记得前人的这一教诲。

王琦珍教授是我益友之一，他最大的特点是虚怀若谷，
不耻下问，而我也极喜和他一道"疑义相与析"，因为这样做，
我们就可以去翻书找答案，彼此都得到提高。他这篇书评专

为研究生而写，这使我想起卢盛江博导。卢先生在南开大学任教，看了《外》后，他给我来了一信。我认为这信值得读者们思考，所以照录如下：

刘先生：

您好！惠颁大著《在学术殿堂外》已拜读，非常感谢。读后对先生尤增钦敬之情。先生一生献身学术，孜孜不倦，足为后生楷模。感慨亦多。先生所言均切中时弊，很多情况让人汗颜，也让人担忧。国学上肯下功夫的人是越来越少，急功近利、沽名钓誉者比比皆是。学术腐败似已成风气，严谨细致者反被人嘲笑，浅薄浮夸者趾高气扬。这种种感受不必细说。

我想把先生的书更多地介绍给我的研究生，让他们好好读。现在的研究生能沉下心来读书的真的不多。在我职责之外的我管不了，在我职责之内的，我还是想管一管。别人的怎么样我不管，我自己的研究生，至少让他过得去。但要做到这一点也很难。各种原因，主要是为稻粱谋，很多研究生毕业后不一定搞本专业，读研究生只是一个跳板。人生选择，职业选择，我们不能干预，但读书几年，至少毕业论文要写得像样子，我想我只能做到这一步。而这一步有时也很难做到，有时真是心力交瘁。

很多方面我自己也当引以为戒。我自己读的书就很少，浅薄得很。看了先生的著作，首先是我自己汗颜。我现在所能做到的，只是就自己的研究课题，一切从第一手材料出发，尽可能掌握全部资料；把握整个学术研究的状况，提出自己的新观点新材料。写的书也是两种。一种安身立命之作，这种书是尽自己全力去做。另一种，则是为教学、为社会，进行文化教育、文化普及性的书。这类书，不可能每个字都属自己的，需要吸收前人的成果。一个人不可能在学术的所有问题上提出的看法都完全是自己的。毕竟前代学术有很深的积累。但即使这类书，我也尽量写出学术性，写出自己特点。但时时感到读书甚少。读了先生的著作，今后更当以先生为楷模，多读书，加强国学根柢。

先生已是八十高龄，去年看望先生时，先生身体依然康强，因此感到非常欣慰。愿先生多注意身体，衷心祝愿先生健康长寿。

卢盛江谨上

2003 年 9 月 26 日

王、卢两位教授对我的过分揄扬，这是庄子《人间世》所说"夫两喜必多溢美之言"，在施者是一片真心，我这受者却还略有自知之明，晓得自己究竟有几斤几两。近几年总后悔，活了七八十岁，回首平生，许多该读的书，如二十五史，正、续《资治通鉴》，汉译名著，都没有从头到尾读一遍，而很多不必看的杂志、小说，却耗去了我不少时间。

两位教授都谈到科研方法，这对青年学人是有启发性的。卢教授谈到前代学术积累问题，我记得曹聚仁在他那本文化史里说过，吸收前人研究成果是"知"，我们在这基础上推陈（知）出新（识），就是自己的创见（识）了。我是喜欢这几句话的，平生也是这样做的。

王教授谈到由此及彼、竭泽而渔的方法，古人都是这样做的，钱先生的《管锥编》也是这个类型。我早年所受影响最深的，是《汉学师承记》阎若璩寻找"使功不如使过"的原始出处。我有几个笔记本，按英文26个字母顺序编排，记下读书时值得记下的词语。前人的学术笔记都是这样的产物。顾炎武的《日知录》、钱大昕的《十驾斋养新录》、俞正燮的《癸巳类稿》《癸巳存稿》是较出名的。

余英时"本初弦上"一事，不过千虑一失，无损高明。骆玉明选编的《近二十年文化热点人物述评》，钱钟书部分有余氏一文，谈到钱先生认为陈寅恪考证杨玉环是否"处子入宫"太琐碎，余氏不同意，认为陈氏的考证是为了证实朱熹所说"唐源流出于夷狄，故闺门失礼之事不以为异"。这可以看出余先生的识解之高。

治学重在打基础
——读《在学术殿堂外》

张国功

"治学重在打基础",这句平常之语,是刘世南新著《在学术殿堂外》(中国文史出版社出版)一书所收文章之一的篇名。另外的六篇为:《勿以学术徇利禄》《刊谬难穷时有作》《平生风义兼师友》《我自当仁不让师》《怎样培养中国古典文学的研究人才》《不能再轻视基础培养了——谈当代人文社会科学学术研究的一个关键问题》。书中所述,按郭丹在序言中所说,主要是三部分:一是根据刘世南自己几十年的治学体会谈如何打好基础、培养古典文学研究人才;二是多年学术研究、古籍整理匡谬正俗的文章;三是师友交往录,亦可见出作者的学术功力与襟怀。薄薄一册述学之作,深蕴作者一生读书治学的深切体会。贯穿于其中的一个主要思想,即读书要打好基础。这一"老生常谈"在今天读来,尤为发人深思。

作者只读完高一,即因家贫而辍学,但自幼在父亲的指导下,读过十二年古书。像那个时代的多数读书人一样,刘世南启蒙从传统的"小学"入手,即朱熹编、陈选注的《小学集注》。以下是"四书"、《诗经》、《书经》、《左传》、《纲鉴总论》等,全部背诵。由此打下了扎实的基本功。而后终身对学问念兹在兹，无一日嬉戏废书。即使长期在底层从事中学语文教学的非常岁月，依然是无视窗外风雨，手不释卷，仿照古例，刚日读子书，柔日读英文，博览群书。成为大学教师后，连除夕下午还在图书馆看书。刘世南之古典文学研究近于通史式，而对清诗尤有专攻。"心劳十四载，书成瘁笔砚"，终成《清诗流派史》（有台湾文津与大陆人民文学出版社版）一书，为学界众所推重。

"我自当仁不让师"，作为视学术为天下公器而不能已于言的纯正学人，刘世南于匡谬正俗文字，可谓终身践行，乐此不疲，如其诗所言是"刊谬难穷时有作"。七八十年代，刘世南即著文对郭沫若《李白与杜甫》一书进行批评；对毛泽东《给陈毅同志谈诗的一封信》中"宋人多不懂诗是要用形象思维的"一说提出异议。这种不趋流俗而敢于质疑的做法，在学界引发强烈反响。至于文字指瑕，从书中所举例看，涉及的对象中，知名学者及著述，即有朱星《〈金瓶梅〉的作者究竟是谁》、吴世昌《词林新话》、周振甫《严复诗文选》、王水照《苏轼诗集》、邓广铭《邓广铭治史丛稿》、葛兆光《从宋诗到白话诗》、廖仲安《沈德潜诗述评》、黄维樑《中国诗学纵横谈》、余英时《陈寅恪晚年诗文释证》、赵俪生《学海暮骋》、章培恒与骆玉明《中国文学史》、季镇淮《来之文录续编》、侯外庐《中国早期启蒙思想史》、汤志钧《近代经学与政治》等。这些摘谬文章，固然体现出作者"当仁不让于师"的学术勇气，更反映出作者学殖之深厚。刘世南的切身体会是，包括注释在内的治学，不是仅仅依靠工具书就能做好的，关键在于读书；电脑也不能代替博闻强识，倒是在博闻强识的基础上利用电脑，才可以事半功倍。一言以蔽之，治学必须根柢深厚扎实。

研究古典文学，尤其是校注古籍的，一定要对经史子集有个全面了解，就是直接阅读原著。二是对主要经书，如"四书"、《书》、《诗》、《左传》等必须熟读成诵。庖丁解牛，"以神遇而不以目视"，达到了"道"的境界。在刘世南看来，治学所以重背诵，道理与此相同。这种熟能生巧的读书方法，听来无非是一己之经验与无法之"笨办法"，但细细深思，却可以说是读书之不二良方。学界一度有鼓吹小学生读"四书""五经"之风，刘世南对此明确表示反对；但他认为，"大学文科生，尤其是从事人文社会科学研究而又涉及国学的，却必须补上基础培养这一课"。当前复旦大学等高校中文系提出精读元典，可谓切中时弊，与其所论相合。对当下古籍整理硬伤累累、出现"危局"的情形，刘世南忧心如焚，屡次著文呼吁。究其原因，他认为即是基本功不够之故。在学风浮躁的今天，刘世南之言初听或有"老八股"之迂，但在他则是"心所谓危，不敢不告"。

强调读书治学的基本功，并不意味着刘世南的迂执守旧。让人惊讶的是，他以"小学"为根柢，且年过八十，但并不囷限株守于古典一门。从其自述中，可以看出其对各种新观念新方法的涉猎与吸收。其阅读之范围，令今天的年轻学人也当叹服。2002 年新出有宋云彬日记《红尘冷眼》，刘世南即注意到宋指侯外庐"文章全部不通，真所谓不知所云。然亦浪得大名，俨然学者"的评价，并将它引入其指瑕文章中。"学之兴衰，关乎师友"。刘世南治学的另一经验，即是转益多师，多向大师请教问学。他蛰居僻地，但通过广泛交游，与马一浮、杨树达、王泗原、马叙伦、庞石帚、钱钟书、吕叔湘、朱东润、屈守元、白敦仁等大师，或书信来往，或当面请益。"平生风义兼师友"，此种乐趣，可谓难以形诸笔墨，从中可以看到一幅共同切磋交流的治学图景。

《文汇读书周报》2004 年 7 月 2 日第 9 版

张国功先生和我素昧平生，他看了拙著《殿堂外》后，托我校文学院陈怀琦博士相告：他写了一篇书评，已寄出，希望我能赠他一本《殿堂外》。当时人民文学出版社出的《清诗流派史》样书刚寄来，我就托陈博士代赠《外》和《史》各一本。以后相互间只通过一次电话。直到我写这段文字时，我们仍然没见面，纯粹的神交，但是读了他发表在《博览群书》（2004 年第 4 期）那篇《同人群体·历史温情·常识理性》后，我深以得他品题为荣，因为他是一个很有思想的人，在很多重大问题上，我们的认识是一致的。

在那次通电话时，我特别向他打听资中筠先生，因为她也是一位有思想的学者。我手边保留着一份 2004 年 3 月 12 日一张《文汇读书周报》，第 5 版有一篇《大学文科向何处去》，是她在清华人文社会科学学院建院十周年庆祝会上的演讲。就在大会上，她面对面反对某些人以清华出高官为荣的发言。她说："高等学府把办学目标定位在出高官，恐怕是本末倒置。"她质问："名牌大学之为'名牌'是靠出高官巨富呢，还是靠学术水平？"她指出："文科，真正的目标应该是出'大儒'。"资先生这样的见解，这样的勇气，使我看到了中国的希望。我向张国功先生打听她，就是想送她一本《史》、一本《外》，以表达我的敬意。

张国功先生的书评，突出我的治学思想：重在打基础。这里我要摘引一段经济学家杨小凯的话："现在国内大多数人没读够文献，只是从很少几个杂志上引用文章，不要说拿诺贝尔奖，就是拿到国际上交稿子，人家都会很看不起，中国现在 99% 的经济学文章拿到外国来发表，都会因为对文献不熟被杀掉。当然有些东西国内看不到，但也有的是根本不去读。中国人总是别人的东西还没看完，自己就要创新。"（《南方周末》2004 年 2 月 12 日观点版《国内经济学者要重视经济学文献》）这讲的是经济学的西方文献，但道理是相通的。人文社会科学研究人员必须熟练掌握元典和有关文献，无论是中国的还是西方的。(附带说一句:希望读者能读读《南方周末》2004 年 7 月 15 日 A5 版《纪念逝者杨小凯》这篇文章。我是满怀悲愤地读完它的。)

　　有关《外》的书评,迄今为止,就是上述 3 篇。以下写去年(2003 年)10 月、11 月浙、闽讲学事。浙大、杭州师院和福建师大、集美大学邀我讲学,全是因为看了《外》。说句大白话,时下风气,被邀请去讲学的,有两种人。一种是大名鼎鼎的学者,能被请到,足使讲学单位蓬荜生辉的;另一种是对该单位攻博能起作用的。这种现象正是市场经济在学术界的反映。而我,论职称,不过是一个早已退休的副教授;论名望,地地道道的名不见经传。照说,尚有自知之明的我,哪能不度德不量力,玷污"讲学"之名?但是,我完全心安理得,因为浙江杭州师院的饶龙隼博士说得好:"我们就是要逆潮流而动,为学术界留下一点点干净土!"好,我平生就最不肯随波逐流,那咱们真是一拍即合了。所以,不管在哪个高校,面对着众多的博导、博士后、博士、硕士(只有集美是本科生),我都是侃侃而谈。

　　我是 2003 年 10 月 12 日晚车赴杭,次晨 5 点 48 分抵达。住在杭州师院教育交流中心。休息了一天。第二天(10 月 14 日)上午,浙大人文学院教授朱则杰博士代表浙大人文学院来迎。他是《清诗史》的作者,又是《全清诗》编纂会的负责人，承他邀我担任顾问，我们私交极为融洽。我们坐车到了该院，朱教授说这就是原来的杭州大学。他带我上到5楼一小会议室，廖可冰副院长欢然相迎（该院院长是武侠小说大名家金庸先生，实际负责的是廖院长）。落座之后，我一看，听众已坐得满满的。廖院长相告：来听的是本院的硕士生、博士生、博士后以及博导（该院教授都是博导），还有几位古籍所、古文献所（未听清）的所长。介绍后，请我稍候，因为有一位林家骊博导正在赶着来。不久，林先生来了，非常热情，连连握手，递过名片来，就坐在我左边。廖院长坐在我右边，先简单致辞，然后请我开讲。

我在正题之前，先谈"朋""友"二字，问大家："有朋自远方来""无友不如己者"，"朋""友"二字能否互换？分析后，我再指出，"朋"即"鹏"，亦即"凤"，《论语》《庄子》楚狂接舆之歌，皆称孔子为"凤"，何故？我边讲边观察听众神情，发现大家似有闻所未闻之慨，越听越兴趣盎然。于是我才讲到正题。

我主要讲四点：

（1）《外》之所由作，是因为看了高翔先生的《近代的初曙——18世纪中国观念变迁与社会发展》。因而我认为人文社会科学工作者必须重视"基础培养"，除非他的论著内容不涉及国学，而这是不可能的。

（2）传统学术重视读书门径，现代学术则重视研究方法。

我欲合二为一，而更重视前者，因"巧妇难为无米炊"也。前些年，有些青年学人提出，老辈出学问，中青年出新观念和新方法。这是"离坚白"，内容和形式岂能割裂？这是典型的浮躁心态。至于如何打根柢，我在写给教育部长的信中言之甚详。

（3）孔明在《诫子书》中说："才须学也，学须静也。非学无以广才，非静无以成学。"静，不仅指环境幽静，更重要的是内心淡泊宁静，即不受名利干扰。（读萧相恺、卢盛江、董健的信）

（4）关于"著书而不立说"。著书必有政治大方向：是赞成民主与科学，还是主张专制主义？由此可见其学术有无现代精神（此李慎之语）。著书原则是"前所未有，后不可无"（顾炎武语）。

我讲了两个半小时。讲完后，有两位博士生提问，一为《史记·仓公传》一处标点问题，一为学术良心问题，我解答后，都很满意。然后由廖院长作总结。

廖总结时，对我所讲，大力肯定，并非空泛套话，而是分为几点，具体说明。我真佩服他的综合能力，对我所讲的，和《殿堂外》结合起来，指出我做学问的特点是：古今中外，无所不包，而又紧紧围绕一个中心，即政治大方向——对民主意识的追求。我发现他理解得很深刻。

散会后，廖院长陪我去午宴，路上告诉我，他读硕士是师从马积高先生，博士师从徐朔方先生。刚从哈佛访学回来。他说，哈佛有一位研究明清戏剧的美国汉学家，七十多岁，非常用功，学识渊博。他说："我们知道的资料，他都知道；我们不知道的，他也知道。"他举了一个例：元代一个二三流剧作家，其生卒年月与生平，中国研究者从未考证过。那位汉学家经过了大量资料的检索排比，终于弄清楚了。因而他感叹说："刘先生，海外的学者才能做到您的要求，我们由于种种考核制度的束缚，哪有时间静下心来读书啊！"

特别有意思的是，午宴中途，他忽然说："刘先生，江西有您这样根柢扎实的学者，但也有另一位，我就不提名字了，他在外面名声很大，著作也多，可是由于根柢差，老是硬伤累累，这是怎么一回事呀？"我愣了一下，忙说："我们不以一眚掩大德。据我所知，那位先生正直、勤奋，很爱护自己的研究生。要说出差错，名满天下的某先生，把'神尧'说成'唐尧'，'以一旅取天下'，全是想当然，如果看过新、旧《唐书》和《资治通鉴》，就知道'神尧'是唐高祖李渊的谥号。他从太原起兵，最后逼隋恭帝逊位，这才叫'以一旅取天下'。至于唐尧，《史记·五帝本纪》说得很清楚：帝喾生挚及放勋，帝喾崩，挚立，不善，弟放勋立，是为帝尧。唐尧并非以武力夺取帝位的，怎能说他'以一旅取天下'？可见名校名师也会出错啊！"廖立刻接着说："这就是您刚才讲学时说的，和您同一个年龄档次的，很多人也没读过多少古书呀！”底下他就叙述某先生的生平，以作证明。看见他这么熟悉地如数家珍，我简直听呆了。

第二天（10月15日）上午，在杭师院人文学院讲。参加者为古典文学教研室教师及研究生。教师几乎全是博士。讲后，只有一位教授问："君子和而不同"和"道不同不相为谋"的"同"是否同一意义？我以《左传·昭公二十年》晏子与齐景公论和同之异说明"君子和而不同，小人同而不和"；又以"同门曰朋，同志曰友"（郑玄注）说明"道不同不相为谋"。那位教授频频点头。

第五天离杭返昌，饶龙隼教授对我说："这次您来得好，真是天时、地利、人和您都占上了。天时：秋天，满城桂花香。地利：雷峰塔重建；西湖水下隧道刚刚启用。人和：两处师生对您的讲学都反响强烈，备受欢迎。"

10月15日，饶教授为了让我多结识一些浙江学人，特地邀我参加一次晚宴，介绍我和浙大的束景南教授认识。据介绍，束先生是浙江的学术权威，有《朱子大传》等专著，得了国家一等奖。见面后，发现他善于谈笑，对人亲切，毫不做作。他先说早就知道我，因为他带过一个硕士生，曹东，是江西师大中文系毕业的，常和他谈到我。又自我介绍说，1978年前，在建阳一个民办中学任教八年。1978年恢复考研，乃入复旦师从朱东润先生，后又从蒋天枢、章培恒两先生游。我有一事蓄疑已久，因向束先生说："我对朱子不曾研究，只背诵过他编的《小学》。戴震在《孟子字义疏证》中攻击程、朱'存天理、灭人欲'之说，但朱子说，人欲之恰到好处底，便是天理。可见他并没把二者分为两截。我理解他的意思是，譬如食、色，这是本性，也是人欲，一般正常人自食其力，丰衣足食，这是人欲合乎天理的。如若不劳而获，而且锦衣玉食，挥霍无度，这就是放纵人欲而伤害天理了。色可类推。如果我的理解不错，那戴震岂不冤屈了朱子？戴震是真有学问的，他为什么闭着眼说瞎话？我曾怀疑，是否他反对雍正'以理杀人'，而又不敢直说，所以抓朱子做替罪羊？"束先生哈哈一笑，没有表态。我把这一疑案记在这里，和前编"胡为下巴"一样，希望能得素心人"疑义相与析"。

11 月 11 日晚车由南昌赴福州，下午 6：28 开，12 日晨 6：40 抵达，郭丹弟偕其博士生孙纪文君来接。住福建师大招待所 5 楼 506 室。下午 2：30，孙纪文、林小云两位博士生来寓所，引导我到文科楼 7 楼一个小会议室。因为没有黑板，无法板书，又移到外语听力教室。陈庆元院长主持。介绍时，特别说福建师大和江苏、浙江、安徽，甚至广西等省某些高校都经常交流，邀请各地学者来讲学；而福建和江西是邻省，反而没有江西学者来讲学，希望今天刘先生的讲学，打开我们两省学者交流的大门。接着请我开讲。

我讲到 4：55 停止。发现听众反应很好。我谈到先秦儒学有民本思想，儒学之坏由汉朝董仲舒和宋朝程朱，其所以然，即因分封制的社会，各国统治者都为了自强而争取民心。最明显的例子是齐国的陈氏。《左传·昭公三年》，晏婴与叔向言："公弃其民，而归于陈氏。""其爱之如父母，而归之如流水。欲无获民，将焉辟（避）之？"昭二十六年，晏子又告齐侯："公厚敛焉，陈氏厚施焉，民归之矣。"清人高士奇说："凡三家专鲁，六卿分晋，其术大抵皆然。"（《左传纪事本末·陈氏倾齐》）而中央集权的大一统王朝，董、程、朱强调德治，其实是愚民。汉武帝"内多欲而外施仁义"，穷兵黩武，残民以逞。宋朝是"恩逮于百官者惟恐其不足，财取于万民者不留其有余"。（《廿二史劄记》卷二五《宋制禄之厚》）赵翼感叹："统观南宋之取民，盖不减于唐之旬输月送，民之生于是时者，不知何以为生也。"（同卷《南宋取民无艺》）可见儒学民本思想在极权政治下是名存实亡的，更不必说民主思想，那更不能产生。听众频频点头，报以热烈掌声。

讲后，留下时间提问。问者很多，不像浙大、杭师院比较拘谨。而且问题很有水平，如"子学的源头"，如"元典无关现代化，何必学"？如"'遇豫之解'，'之'字何解"？陈院长总结时，概括我的所讲是"精深"，并说我的治学是通史式的，非局于一隅。

第二天（11月13日）郭丹弟陪我用早点后，到我卧室，说，昨天听了我的讲话后，一位研究生跟他说，要下决心读"十三经"和"廿五史"。

11 月 14 日上午，与丹弟同坐大巴往集美，抵达时 12 点。住 701 室。集美大学中文系只有本科生。下午，丹弟讲学，我在卧室休息。晚宴后，田、孙两位教授引导我到一个大礼堂。这里的本科生真热情，讲学效果之好，纯出意外。主持者沈先生，还有孙、罗两教授，都极称"精深"，听众更热烈鼓掌多次。我猜测，一是我从文献学、人类文化学角度，解释古书，听众可能闻所未闻，因而惊喜；另一是听说我已年过八十，而头脑这样清晰，神态这样从容，觉得不可思议。讲后，提问者特别多，纸条不断地递上来。当然，问题水平较低。有趣的是一个人问我对余秋雨的看法，我说，你们看了我的《在学术殿堂外》，就能找到答案。他们又一次热烈鼓掌。

10 月、11 月浙、闽之行，回南昌市家中后，一个黎明时分，我在枕上口占了七律一首，作为这次讲学之旅的总结。

2003 年 10 月和 11 月，予应邀讲学于浙大、杭州师院、福建师大、集美大学，由厦门归，感赋。

闽浙长车并夜驰，江南烟水最相宜。
乘黄贫道怜神骏，①沉碧双湖映旧祠。②
讲席儒林愧钟扣，③疑年海国喜肩随。④
英雄听侣知多少，⑤独立层楼有所思。⑥

注：① 予每开讲，必先举支道林论马语："贫道爱其神骏。"以喻听众之皆千里马也。

② 闽浙朋从每招游名湖梵宇。

③ 每讲罢，听众辄提问，备见青年学人之学博而识深。

④ 浙大人文学院廖可冰院长适自哈佛归，告我以西方一汉学家治学极深微，闻之感叹。

⑤《续高僧传》："席中听侣，金号英雄。"

⑥ 立集美宾馆楼头，遥望海天。

　　以上介绍了三篇关于《殿堂外》的书评，以及由于《殿堂外》而被邀去浙闽讲学的情形。下面还要介绍几位读者的来信，他们都是看了《殿堂外》给我来信的。一位是郑光荣先生。他是江西师大党委书记，后来调任江西省文化厅厅长，前几年退休的。他读了《殿堂外》，给我来了一封信，照录如下：

世南先生：

　　读了您的大作和几封函件（世南按：董健、吴江的来信），更加深了对您的了解和敬意。您一生致力于国学研究，学富功深，思想敏锐；善于独立思考，不畏权威，匡谬正俗。故此，您的文章和人品，得到钱钟书、吕叔湘等国学大师的赞赏和推荐，可敬可佩！但愿我们的学生能够学习先生的治学态度和求是精神，去掉商品经济大潮中形成的急功近利的浮躁心态。

先生在书中多处对我的工作予以肯定，谨致谢忱。但过奖之处，恕不敢当。我只是做了一件党委书记应该做的事。道理很简单，不管哪行，要求创新谋发展，都得靠人才。"名师出高徒"，高校的竞争，说到底，是人才竞争。先生是难得的人才，我焉能拒之门外？是您支持了师大，为师大争得荣誉，我不过是为你们创造工作条件而已。而这方面，由于当时认识上的局限（刚刚拨乱反正）和物质上的匮乏，与我应该做的还相距甚远。现在思之，已无法弥补，只留下遗憾了。

师大正在发展，我认为，单追求规模是不够的，应当以质量取胜。而提高教学质量之关键在教师。在师资建设中，要强化人才观念，并采取有力措施培养人才，吸引人才。如果文学院多出几个余心乐、刘世南，申博工作不就顺利得多了吗？

先生年逾八旬，仍耳聪目明，思维清晰，笔耕不辍，活跃讲坛，我们都为你高兴。然毕竟年事已高，体能衰退（快慢而已），切望注意劳逸结合，改善饭食，适当锻炼，不可硬拼。"期颐百年从容度，信步斜阳感盛年"。衷心地祝您健康长寿，笔健文丰，为国学研究、培育新人继续攻关，做出贡献！

即颂

大安！

郑光荣

2003 年 10 月 30 日

我的回信如下：

尊敬的郑书记：

得到了您这封热情洋溢的信，我既感意外，又更加深了对您的尊敬与感激。我自知甚明，和真正的学者比起来，我只是一个小学生而已。由于钱钟书、吕叔湘、朱东润诸位先生对我的鼓励和期望，我曾加倍努力，以求不负所期；而现在看到您和吴江、王春瑜、董健、廖可斌诸公的奖饰，却更使我惶恐万分，因为你们实在言过其实了。我不过幼年多读了几本古书，而现在老成凋谢，中青年学人从小受新教育，没念过古书，就显得我有国学根柢了。其实莫说和陈寅恪、钱钟书等人比，差距不知几千万里，就是现今一些名气不大学问却深的，如浙大的沈文倬等，我也远不如他们功底扎实。这次到杭州，本来想去拜访他，但他已九十二岁，抱病杜门，不能见客，我深以为憾。在你们赞誉声中，我只考虑如何补课，把很多该看还没看的，抓紧时间看。

王国维、钱穆，真是怪人，学问那样好，政治思想却那样糊涂。我看钱的《国史大纲》，很为其博学而震惊，也为其糊涂而困惑。龚自珍已深切地抨击专制，谭嗣同更标举了"民主"，王国维、钱穆怎么反而倒退了？这就是我所以崇拜顾准、李慎之等人的原因。本来我以为您看了我和董健等人的通信，有些地方您会不以为然。没想到您的思想竟是这样通达，相当出我意外。由此我想到，党内真正思想僵化的并不多，大多数还是与时俱进的。这也就是中共希望之所在。（下略）

　　祝

大安！

刘世南

2003 年 10 月 30 日

　　另一封是周銮书先生读了《殿堂外》写给我的。他是史学家，曾担任江西省省委宣传部副部长。信如下：

刘老师：

　　新年好！

　　元月十九日下午，胡迎建同志送来刘老师去年 10 月 23 日署名的大作《在学术殿堂外》，不胜欣喜。在春节期间，除应酬外，认真拜读了刘老师这部十七万字的记述性又是专题性的重要著述，不仅是刘老师一生治学为人的总结，也是给后人一份珍贵的礼物。

在抗日战争胜利之后的几年，我曾在阳明中学读书，记忆中刘老师曾代泗原老师来我们班上课，好像只上了一次课，但这个记忆一直很深。那时刘老师风华正茂，衣着朴素，亲切和蔼，受到同学欢迎。我那时是班上年龄最小的，对于讲课内容吸收最差。后来老师走了，我读到高二就离开了阳明，以同等学力进了解放初的南昌大学历史专业。今天拜读刘老师的书，感到特别高兴和亲切。

通过这部书，我才知道刘老师古文根柢的深厚。基本功如此扎实，又博览群书，贯通古今中外，特别精通马列，以历史唯物主义为指导思想，批评纠正所谓权威们的种种错误，所向披靡，入骨三分。刘老师坚持事实、坚持原则、坚持真理、坚持科学的精神，特别感人，特别可贵。以八十高龄，仍然孜孜不倦，精神振奋，与我想象不到的各处名家大老进行坚毅不懈的论争，将他们驳得体无完肤；对当前的文坛逆流，各种浮躁、浮浅、浮夸的丑恶现象，进行了痛心疾首的揭露和批判。既破又立，对如何打基础，做好基本功，甚至如何写论文、抵制名利之类，都做了语重心长的讲解与劝导。从中学老师，做到大学老师，进一步做到专家教授们的老师，实在令人感动和感佩。我读刘老师的书，每读一段，每读几页，就像当年中学时听了王泗原老师、大学时听了谷霁光老师的教导一样。我多年来没有听到这样的教导，没有见到这样的文字，我想这本书不是《在学术殿堂外》，而是在学术殿堂内大声疾呼，让迷途者知返，让浮躁者虚心，让狂妄者冷静的金玉良言和降火清心的补药。

我在师大校园内只见过刘老师一面，寒暄过后，没有来看望和求教。当时"文革"刚结束，历史系重办，百废待兴，如牛负重。八三年初，又要我去宣传部打杂，学问二字，付之东流。谷先生不满，我也不满。苟延至九八年底退下来，以为可以重操旧业，亡羊补牢。谁知九九年初即发现患肺癌。夏间开刀，割去右下肺一叶。至今四年半，大半时间用来对付病魔，一切以救命要紧，读书写字只好放在其次再其次的位置了。因为乏善可陈，所以也就更没有什么可向刘老师报告了。患病期间，历史系毕业的几位师弟和几位学友，帮我整理过去在师院及在部里写的几篇文稿，印成三册。过些天托迎建同志或令甥女周洪贤侄呈上，请刘老师空闲时审阅，多予指正。

我的几位朋友和师弟的孩子，在中学和大学语文都欠佳，作文过不了关；我家的孩子也同样如此；他们带的研究生也遇到相同的问题。他们希望能解决这一难题，问我怎么办。我也没有好办法。从我病稍好起，选了三百篇诗文，作了简单的注释和说明，供他们打基础。但隔行如隔山，我的古文基础差，估计错误百出。姚公（世南按：指姚公骞先生，曾任江西省社科院院长）在世时曾说，我们做注释，如少女穿袒胸露背的服装和穿超短裙，什么缺点毛病都暴露无遗。本想请刘老师审阅，觉得太费神。退而求其次，我想只请刘老师看看所选目录和我写的自序及附录。希望刘老师对所选目录斧正，该增什么，该减什么，都提意见。对自序和附录，更望多多批评指教。第一次写信给刘老师，就对不起得很，提出这些烦神的要求。从《在学术殿堂外》见到刘老师以天下为己任的博大胸怀和崇高理念，我才敢于这样大胆地伸手。谢谢您了。

这封信写得太长，因右胁刀伤，字迹潦草，请谅。谨祝新春大吉！

您的学生　周銮书上

2004 年元月 31 日（初十）

銮书兄太客气了，我们其实顶多算师友之间，他却口口声声"刘老师"，一个"您"字也不用，其肫挚之情真令人感动。当初他托胡迎建弟来索取《殿堂外》时，我还自嘲："周密《浩然斋雅谈》记韩维基语：'凡亲戚故旧之为时官者，皆当以时官待之，不当以亲戚故旧待之。'西人亦谓：'朋友得势位，则吾失朋友。'（A friend in power is a friend lost.）"（《管锥编》P995）所以扉页上我称他"銮书先生"。今得此信，真自责其褊衷，才知道并非所有的人都"一阔脸就变"。曾国藩曾将所收应酬信订成一册，题名《米汤大全》。銮书兄如此谦抑，自是君子之风。因为我固一贯自重，效梁鸿之不因人热；而銮书兄更无求于一介寒儒如我者，则其肫挚若此，自是真情使然。定公诗云："里门风俗尚敦庞，年少争为齿德降。"我比銮书兄痴长十岁，《礼记·曲礼》云："十年以长，则兄事之。"故我复函及赠书均称"仁棣""贤弟"。非曰妄自尊大，所以成君子之盛德耳。但"精通马列"云云，纯为不虞之誉，万不敢当。关于这点，我在《民主的追求》中另有说明，此姑不赘。

关于他任职江西省委宣传部一事，今年（2004 年）3 月间，我和老友胡尘白去看望吴老。（名允中，曾任江西省委组织部长，尘白做过他的秘书，我则大弟长女嫁给他的季子，有亲戚关系。）他倒是讲了一段话："周銮书可惜了，要他做什么官嘛，又不给他实权，当宣传部副部长，让 ××× 当部长，××× 又没文化，什么都不懂，这个东北汉子！谷霁光的兵制史，周是唯一传人，要是不做官，在学术上该可以做出多大贡献呀！真可惜了！"感谢銮书兄不弃，把他的史学著作《兵略·兵制·兵争》《天光云影（江西卷）》《天光云影（史学卷）》共三种见赠。这是专门之学，够我踏实研习。

銮书兄信中称我"从中学老师，做到大学老师，进一步做到专家教授们的老师"，对此我须说明。所谓"专家教授们的老师"，大概是指我"匡谬"这一部分。銮书兄太阿私所好了！我不过和并世诸贤商榷疑义，借以强调治学重在打根柢而已。匡谬乃学术界常事，《管锥编》第 5 册匡谬诸公谁敢说是钱钟书先生的教师呢？我所以全录銮书兄此信，一则为了显示他性情敦笃，谦抑为怀，古道可风。再则深有取于此信的三句话："让迷途者知返，让浮躁者虚心，让狂妄者冷静。"我写《殿堂外》及续编，目的其实就在这里。南京大学董健先生近作《春末随笔》（《钟山》2004年第4期），引用罗家伦谈"荣誉"之文。罗文区分了三个概念：荣誉（honour）、名誉（reputation）、虚荣（vanity）。迷途者、浮躁者、狂妄者其实是一种人，他们爱虚荣，不求实学，不做实事。这种人最容易被权势者收买。

写了銮书兄关于《殿堂外》的信以后，这里，我要介绍一位新知：安徽省社科院文学所的刘梦芙先生。今年（2004年）7月28日写了一封"万言书"寄给我。现照录如下：

世南先生著席：

　　昨日重读大著《在学术殿堂外》，作若干条札记。兹不避谫陋，依书中顺序贡一得之愚，以供参酌，并盼指教。

　　一、40页，马一浮信。41页言马先生"劝以学佛，予敬谢不敏"。拙见以为，马叟非劝先生皈依佛教，而是请先生读释门禅宗之书，与庄子参看。"若拟以今之社会主义，无乃蔽于人而不知天，恐非庄子之旨"。揆信中之意，乃婉言尊著详于人事而略于天道，以庄子哲学思想与当今社会现实牵合，有失其本旨。因此劝先生扩大知识面，释道合参，方可悟其精微。钱仲联先生注沈乙庵诗，专购全部《大藏经》，"一编在手，重要的大小乘经论、佛藏目录、禅宗语录、高僧传记以及《一切经音义》等，几乎翻遍，虽不敢说通达佛法精蕴，佛学知识却已通盘掌握"。(《钱仲联学述》P65）钱公还涉猎道藏、史学、古天文、地理、医学、乐律、书画、金石等多方面知识，注乙庵诗中典故，"十得八九"。(梦苕翁佛道两藏学问，似超过钱默存先生。) 然钱翁仍是学者，非佛门弟子也。而先生彼时"方泥首卡尔、伊里奇之学"，因而不纳马翁之言，摈弃释典。窃以为过尊一家之说，有所得亦有所蔽也。

先生崇拜思想家而兼学者的人。实则马一浮、陈寅恪、钱钟书诸先生，虽以学问家称，思想亦极深邃。以穿越时空之眼光观之，马、陈、钱之著作，决不逊于鲁迅。鲁迅思想乃"片面之深刻"，其著作从总体而言，乏博大昌明之气象。晚年趋向"左倾"，与个性偏颇之基因有关。"要作为一个文学家，单有一腹牢骚、一腔怨气是不够的，他必须要有一套积极的思想，对人对事都要有一套积极的看法，纵然不必即构成什么体系，至少也要有一个正面的主张，鲁迅不足以语此……我们的国家民族，政治文化，真是百孔千疮，怎么办呢? 慢慢地寻求一点一滴的改良，不失为一个办法。鲁迅如果不赞成这个办法，也可以，如果以为这办法是消极的妥协的，也可以，但是你总得提出一个办法，不能单是谩骂。谩骂腐败的对象，谩骂别人的改良的主张，谩骂一切，而自己不提出正面的主张。而鲁迅的最严重的短处，即在于是。""所谓讽刺的文学，也要具备一些条件。第一，用意要深刻，文笔要老辣，在这一点上，鲁迅是好的。第二，宅心要忠厚，作者虽然尽可愤世嫉俗，但是在心坎里还是一股爱，而不是恨，目的不是在逞一时之快，不在'灭此朝食'似的要打倒别人。在这一点上我很怀疑鲁迅是否有此胸襟。第三，讽刺的对象最好是一般的现象，或共同的缺点，至少不是个人的攻讦，这样才能维持一种客观的态度，而不流为泼妇骂街。鲁迅的杂感里，个人攻讦的成分太多，将来时移势转，人被潮流淘尽，这些杂感还有多少价值，颇是问题。"（梁实秋《关于鲁迅》）梁氏被鲁迅骂为"丧家的资本家的乏走狗"，已是人身攻击，而以上所引为鲁迅死后梁氏的评论，我看颇有道理。马、陈、钱对世间恶俗风气与伪学，也颇有义正词严之讽刺批评，但非鲁迅式的。因此我与先生不同，推崇马、陈、钱，而不喜鲁迅，当然这并非不承认鲁迅有伟大之处。

答：关于马一浮先生劝读佛经，以便释道合参，从而悟《庄子》之精微。这一点，我完全接受梦芙先生的指教。虽已八十望二，尚欲以余力一览《大藏经》（我们文学院藏有此书）。回顾平生，之所以不愿听从马先生的教导，是因为：一、受王充"疾虚妄"的影响；二、看了范文澜《中国通史简编》唐代部分，深感宗教确是鸦片烟，所以提不起兴趣去看。最明显的一个例子：是今年（2004 年）8 月昆明之行。5 日游松赞林寺，那古建筑的雄伟气派，那金碧辉煌的殿堂，只使我感叹：这简直是把劳动者血汗创造的财富掷于虚牝！晚上睡后，口占一绝："庄严璎珞绕香烟，摩顶一经敛万钱。祸福自求何有佛，下民谁复著先鞭？"可见我对佛教（其实包括一切宗教）的态度。但是，梦芙先生说得对，看佛经与信佛教是两回事，我这几年治学兴趣日益倾向于思想史和文化史，这更需要认真研究佛、道两藏。

关于"泥首卡尔、伊里奇之书"，即信仰马列主义的问题，我认为这有大环境，也有小环境。先说小环境：我从小读了十二年的儒家经典，长大后，眼看内忧外患，国家危亡，非儒家学说所可挽救。这时大环境是：进步的知识分子，无不思想"左倾"，想望苏联与延安。这么一来，我自然也就投身革命了。事实证明，半封建半殖民地的旧中国，是中共领导人民摧毁了。现在事过半个世纪，不妨回首看一看，1949 年以前，还有什么政治力量能把旧中国变为新中国呢？至于新中国成立以后种种，那都不是我们当年所能预见的。正如米兰·昆德拉在《玩笑》（小说）中说的：人们陷入了历史为他们设计的玩笑的圈套：受到乌托邦的迷惑，他们拼命挤进天堂的大门，但是大门在身后砰然关上时，他们却发现自己是在地狱里。

关于崇拜鲁迅问题，我到现在仍然未改初衷。梁实秋的评论，早已有不少文章加以反驳，此处不必辞费。最近看了一本很大很厚的书《世纪末的鲁迅论争》，很希望梦芙先生也能看看。我只想说一句，新中国成立以后种种，也是鲁迅无法预见的。他被神化，更不是他的责任。我认为，中国人永远要学习鲁迅的精神，对反民主的封建专制势力进行韧性的战斗。而且由于鲁迅对国民性的透彻解剖，我认识到提高人民的文化素质和民主素质刻不容缓，否则以阿Q式的国民，如何能成为民主权利运用自如的公民？

关于马一浮、陈寅恪、钱钟书三先生的思想：马先生主张新儒学，我在《殿堂外》已表态，我和李慎之先生一样，不赞成。寅恪先生自称"思想囿于咸丰同治之世，议论近乎湘乡南皮之间"，其实是希望走郭嵩焘的"历验世务，欲借镜西国以变神州旧法"的改良道路。默存先生从未表白过自己的政治倾向，但可以断定，他决不会主张走法兰西革命之路，而是希望实行英美式的民主政治。我在新中国成立前自然反对这条道路，自改革开放以来，耳目所接，新知日多，思想确已有所变化，对李泽厚、刘再复的"告别革命"，也认为值得深思。但是，我迄今为止，坚持一个看法：现代化就是民主化。中国要与时俱进，要与世界接轨，当然要现代化。而现代化的核心，或前提，是民主化。没有真正的（不是口头或书面的）民主与法治，那所谓"市场经济"只会成为裙带资本，即权贵资本主宰的市场，其结果是两极日益分化，更治日益腐败。

二、44 页，叹王泗原先生之逝，"读书种子，又弱一个"。幸钱钟书先生"文革"未死，"总算给我们中国留下一颗读书的种子"。我总觉得，"读书种子"一词，适用于勤奋读书之青少年。王、钱读书著述，已成大家，如种子之发芽开花，成硕果累累之参天大树，用此词欠妥——盖多见于老辈对后辈之评也。若作"前辈典型，又弱一个"，则词意恰当矣。拙见不免吹毛求疵，或于"种子"一义理解过狭，然观古人行文，措辞极讲究分寸，故于此置疑也。

答：此梦芙先生偶尔失察。《明史·方孝孺传》："先是成祖发北平，姚广孝以孝孺为托，曰：'城下读书种子绝矣！'"时方氏为侍讲学士，有《侯成集》《希古堂稿》，学者称"正学先生"，非青少年。刘师培为筹安会发起人之一，袁世凯垮台后，刘被政府通缉。章太炎声救，亦谓杀刘则天下"读书种子"绝。刘亦早已著作累累，大名鼎鼎。（不然，杨度也不会拉他做发起人。）傅斯年告诉毛子水："在柏林有两位中国留学生，是我国最有希望的读书种子：一是陈寅恪，一是俞大维。"（毛子水《记陈寅恪先生》）傅与陈、俞为同辈人，其言亦非老辈之评论后辈。盖"读书种子"一语始见于罗大经《鹤林玉露》引周必大语："汉二献（世南按：指西汉武帝时的河间献王刘德，与东汉光武帝之子沛献王刘辅）皆好书，而其传国皆最远，士大夫家，其可使读书种子衰息乎？"可知"读书种子"是赞美既有家学渊源本身又卓有成就的大学者。

三、52 页，引钱钟书先生复函言《王士禛的创作与诗论》中对他提出的问题"所答非所问"。又参 60 页钱先生函，尊文云："我的文艺思想还没有从极'左'思潮的阴影下解脱。"钱先生《谈艺录》罕言政治，专论诗艺，意在确立诗歌艺术之独立性，甚不满寒柳堂"以诗证史"之说。（中国社科院钱学专家李洪岩有长文，比较陈、钱两家学问及诗学观。）然钱公又非不关怀现实者，《管锥编》中借古讽今，揭示专制之毒者甚多（尊著 58 页举其"铸鼎象物"之一例），《槐聚诗存》亦多有忧生伤世之作。我极赞赏 56—57 页所引耿云志对王国维的推崇和对章太炎的批评："以学术为政治工具……开半个多世纪学术为政治服务的谬例。"盖现代知识人士既需关心国计民生，更须超越政治，方能有真正独立之人格。而先生与章培恒论辩，强调"现实主义"，似犹未脱政治功利之文艺观，此处容后再论。

答：我一直认为，不仅"文学是人学"，人世间一切学术（尤其是人文与社会科学）都是人学，都是为人类社会服务的，所以，我强调"现实主义"，强调学术为现实服务（这绝不等于为某一政权的现行政策服务）。我不相信世上真有超现实的学术工作者，除非他是"不食人间烟火"的人。陈、钱二先生的著作，已如梦芙先生所言，并未超越政治。即以王国维而论，他的著作，无论是文学的、古文字学的、美学的、哲学的、史学的，其所以被我们推崇，不就因为它们对人类文化有用吗？至于他本身，正如陈寅恪所说，他的自沉昆明湖，是殉传统文化的衰亡，更可见他超越不了现实。

梦芙先生指出，学人应既关心国计民生，又超越政治，如此方能有独立之人格。我认为，人格是否能独立，就看其人是否一切以真理为言、行与思想的准绳。果尔，则自然能富贵不淫，贫贱不移，威武不屈。陈寅恪说王国维有"独立之人格"，并不因为他超越政治 [王自杀前一直是废帝南书房行走，死后尚被额外（因他官卑本不够赐谥）赐谥为"忠悫"]，而是说他的著作不受现实政治的干扰，纯粹是客观的科学的研究。陈寅恪自己的人格独立，也表现在他从不曲学以阿世，一切唯真理是从。默存先生的独立人格，也表现在他不说违心的话，不做违心的事。（尽管这非常难，如《宋诗选注》港版自序所说明的。）这里我还要提到顾准，他是一个中共老党员，但他的传世之作却证明他是为人间窃取天火的普罗米修斯，为了人民，为了真理，他"虽九死其犹未悔"。这种独立人格是十分辉煌的！然而之所以辉煌，恰恰因为他不仅没超越政治，而且密切联系政治。说直白些，梦芙先生主张超越政治，不要为现实政治服务，实质是因为它不是人民所需要的理想的政治。如果处身在合乎理想的政治环境里，人民将歌颂它，而绝不是超越它。所以，可以得出这么一个结论：一个学者的独立人格，正表现在他批判不合理的现实政治，而追求理想的政治（民主制度），并为其实现而奋斗终生。

四、屈守元先生诗功力甚深，研究近百年诗，不可遗此一家，未知其诗集印行否？72 页七绝五首，第一首极佳。作于1944 年，而"来朝更有千山雪"，抗战胜利后三年内战，1949年后运动迭起乃至十年浩劫，诗人之敏感，真成谶语矣！

答：屈先生的诗集《坚多节斋韵文存稿》，电子科技大学出版社出版，时为 1998 年，只印一千册。新华书店经销。梦芙先生诗学诗功，并臻深邃境界，故于屈先生诗，能具真赏。

五、73 页，屈先生鄙夷《红楼梦》中诗，先师孔凡章先生（中央文史馆馆员）持论一致。八十年代，中山大学陈永正先生在《羊城晚报》发表文章《红楼梦中劣诗多》（署名"志？"），捅了红学家的马蜂窝，纷纷讨伐，形成笔战。先师与陈先生为友，遂请铁道出版社编审马里千先生声援。（马亦先师多年好友，学贯中西，诗、词、书法皆名手，与钱钟书多次通函论学。）马撰一文，笔锋老辣，详加论证，力斥《红楼梦》诗之劣，于是群喙顿息矣。红学数十年来成红得发紫之显学，红学家多不知诗（冯其庸肄业于无锡国专，居然作一二绝句平仄错乱），近年论著纷出，考证索隐，走火入魔，悉为伪学。我曾作一文：《漫谈〈红楼梦〉与红学》，载 2002 年《博览群书》第 1 期，同期有徐晋如文。

　　答：《红楼梦》的诗究竟是优是劣，我没有研究，希望能找到陈永正、马里千两先生的文章阅读一下，提高认识。我相信，以他们的诗学诗功，必能抉剔入微。不过我从小说角度而言，宁愿相信已有的一种说法，即曹雪芹是根据人物的年龄、性格、命运等来拟作的，而不是像魏子安写《花月痕》，仅仅为了卖弄自己的诗才。当然，曹雪芹如果在诗词创作才能方面达到了李后主、纳兰性德的档次，那他最喜爱的林黛玉应该能作出更高明的诗、词。

　　关于红学，我完全同意梦苡先生的意见。红学应该研究《红楼梦》的艺术魅力，它的魅力的成因究竟在哪里？要说生活，巴金也是封建世家的少爷，为什么《家》却不曾构成《红楼梦》那样的艺术魅力？张爱玲是张佩纶的曾孙女（抑孙女）有贵族生活的经历，她的小说又力仿《红楼梦》，按说应该写得好，但是，比起《红楼梦》来，我只有"婢学夫人"的感觉。倒是台湾高阳，出身杭州许家，他的小说创作才气实在超过上述李、张两先生。我认为，红学应研究中国现当代学

《红楼梦》写大家庭题材以及世情小说的，他们的成败原因是什么。而这些年来，红学家纷纷去考证曹雪芹的家世，这对我们研究《红楼梦》有什么用处？

六、74 页，屈先生函中言："我生性古怪，偏不理睬这类'学者'。"人云文人相轻，多"轻"同辈人（于前辈尊重，于晚辈爱惜，同辈则忌之），此又得一例。二钱之总体成就实高于屈先生，然学问虽大，不保无疏误，屈先生完全可以纠其缺失，有益于后学，原属正常。而故作清高，"偏不理睬"，未免胸襟狭隘。向"木居士""祈福"者固多，其中亦不乏虚心向学、下苦功研究者。大连市图书馆范旭仑（60 年代生人），"二十几年来我断断续续检阅了《管锥编》所考论的十部经典和征引的十几经、几十史、几百子、几百集，大概有中文引文的九分，验其是非"。作《管锥编考异》十余万言，指出《管锥编》引文讹夺及误点之误在千数百处以上。（《钱钟书研究集刊》第 3 辑）"钱著引文尽管讹夺满纸，每个字都有可能错，却颇达情志，如鸡雏之形半为棘围所蔽，而喁唧之声可闻，亦酷似《封神演义》中截教门下妖怪充斥，而通天教主尚不失为圣人也"。读之失笑。钱先生在世时，《管锥编》再版，《识语》云："范旭仑君尤刻意爬梳，是正一百余处，洵拙著之大幸已！"（1982 年）足见钱先生之雅量，然不知去世后，范君竟纠错如许之多。因读屈先生函，联想及此，引述不辞累赘矣。

答：屈先生何以如此对待两位钱先生，我迄今仍不解。三位先生于我都有知遇之恩，我永远尊敬他们。向"木居士""祈福"，指依草附木、追逐光影之徒。若范先生之为《管锥编考异》，此钱君之功臣。

七、80页，屈先生文，言顾亭林"天下兴亡，匹夫有责"。其实亭林旨在护持民族文化，明夷夏之防，乃士人之责，与杜陵、文山之忠君不同，屈文未作分析。

答：屈先生此处论杜甫与顾亭林的思想一致，其前提为"以天下为己任"，故不必进一步分析护持文化与忠君的区别。两者其实并无区别，杜、文的忠君，也包含护持文化的意义。杜反对安史之乱，文反对元蒙入侵，其终极关怀就是孔子赞美管仲的："管仲相桓公，霸诸侯，一匡天下，民至于今受其赐。微管仲，吾其被发左衽矣！"管仲尊王攘夷，孔子称之。杜、文与顾，都是儒学忠实信徒，思想本质都是一样的。孔子赞美"汤武革命"，但更嘉许管仲的攘夷，因为前者是"易姓改号"，而后者是"仁义充塞，而至于率兽食人，人将相食"。（《日知录》卷十三《正始》）可见顾的"护持文化"与杜、文的忠君思想是一个钱币的两面。

八、81 页，屈先生文，言《孟子》义利之辨。

《中州学刊》今年（2004 年）第 3 期载刘中建文：《对中国传统公私关系文化的反思》，言中国封建传统文化"崇公抑私"，其目的是实现"大公无私"之理想政治境界，但这一境界又不得不依赖君主专制这一"大私"的方式来实现，结果天下之"大公"适成君主的"大私"。"私"（民众之私利）之不存，"公"则不立。极"左"时期亦倡导"大公无私"，走向新的"存天理，灭人欲"，实行"社会主义公有制"，割"资本主义尾巴"，实为封建统治之继续。因此，新宪法修正案规定"公民合法私有财产不受侵犯"，体现我国在处理公私关系问题上的重大理论突破。"义与利"，亦"公与私"，今日若只言"无私奉献"，不维护、不争取个人之正当利益，则经济不能发展，国家不能富强，社会不能进步。古代臣民舍生取义，为国尽忠，致成帝王一人享天下之大私，民众依然不堪困苦。今日宣传"集体主义"，养肥了官僚特权阶层。知识分子与民众若无经济地位，必不能真正自立。不择手段争利固不可（"君子爱财，取之有道"），弃利更不合现代观念矣。如何做到公私兼顾，义利平衡，济贫而抑富，尽量减少剥削，乃当前社会之一大问题。宪政民主，为期尚遥也。

答：《后汉书·第五伦传》称"其无私若此"。然下文云：

"或问伦曰：'公有私乎？'对曰：'昔人有与吾千里马者，吾虽不受，每三公有所选举，心不能忘，而亦终不用也。吾兄子常（尝）病，一夜十往，退而安寝；吾子有疾，虽不省视，而竟夕不眠。若是者，岂可谓无私乎？'"袁枚《公生明论》："圣人不自讳其私，又惴惴焉若惧人之忘其私而为之代遂其私，呜呼！何其公也。"龚自珍《论私》云："今曰大公无私，则人耶，则禽耶？"

"私"的概念是每个人与生俱来的，所以老子说："吾之大患，在吾有身；及吾无身，吾又何患？"我一向持这么一个论点：人性恶。因为人生而自私，自私而无限制，必然损人利己，损公肥私，这就是恶了。由于进化，人类经过无数的教训，产生了理性，知道必须互助互利，公私兼顾。至于在特殊条件下，为了民族利益，必须牺牲小我以保全大我，这是"变"不是"常"。

所以，我同意梦芙先生对义利问题的分析。

九、特权阶层，固已非"士"矣。

答：基本上同意这种分析，因为范进、孔乙己这些文学典型确实证明"寒士"不是"地主阶级"。但六朝时所谓"寒门""寒人"，即指庶族地主，所以"寒士"不一定全是范进、孔乙己。至于郭老，和高尔基晚年一样，真是知识分子的悲剧。

十、驳陈传席之贬钱褒郭，读之极痛快。此人奴性，无可救药。

答：我迄今不知陈为何人，总疑其文是正话反说，实以讥刺毛与郭，否则哪有如此公然冒天下之大不韪的？近看邵燕祥《关于晚年郭沫若》（《文汇读书周报》2004 年 8 月 20 日第 8 版），才知郭写《李白与杜甫》的真意，并非"紧跟"与"逢迎圣意"，乃以李白自比，希望过"脚踏实地的生活"，"向'尔虞我诈、钩心斗角的整个市侩社会'诀别"；对杜甫的"致君尧舜上"则"痛感其虚妄"。然而事与愿违，他还是"成了一个一辈子言行不一的人"——这样看来，郭老还是良知未泯，值得我们同情的。而这么一来，陈某的谬托知己、甘为弄臣，就更可鄙莫甚了。

十一、评郭著《李白与杜甫》。93 页："贾府吃螃蟹和茄鲞，刘老老骇叹不已，而钗黛之流不是习以为常吗？"举例似未当。钗黛为少女，不出深闺，于民间疾苦无切身体验，于富贵生活自然"习以为常"。家父诗："惆怅青衫误，蹉跎皓首归。年荒鸡犬瘦，世乱虎狼肥。孤鹜惊秋色，残蝉咽夕晖。忍看小儿女，饮泣卧牛衣。"第二联概括"文革"现实，笔力不减老杜。

答：黛玉孤标傲世，但和宝玉谈论探春管家时，曾说："要这样（指探春的兴利除弊）才好，咱们也太费了。我虽不管事，心里每常闲了，替他们一算，出的多，进的少，如今若不省俭，必致后手不接。"（第六十二回）可见她并非不了解世事艰难。至于宝钗，更是世事洞明，人情练达，是治家的一把好手。她们对富贵生活习以为常，主要是受儒学的影响："素富贵行乎富贵，素贫贱行乎贫贱。"她们并不认为自己不该安富尊荣，也不认为"贫婆子刘老老"们该和自己一样生活。刘老老说她们"生来是享福的"，穷人"生来是受苦的命"。（第三十九回）她们其实也是这样看问题的。所以，和杜甫比起来，她们是不会理解"朱门酒肉臭"和"路有冻死骨"的因果关系。梦芙先生的尊人所作五律，我读之大惊。如此笔力，置之少陵集中，可乱楮叶，乃知梦芙先生之擅吟事，正如少陵之有杜审言，"诗是吾家事"也。

二　科研量化问题

2003 年 11 月 17 日，我从厦门回到南昌市家中。打开信箱，浙大朱则杰教授给我来了一封信，其中有一段说，我在浙大讲学"以后没几天，听说有一位博士生疯掉了，可能是博士阶段硬要在某级刊物发表多少文章，压力太大，不堪重负，以致如此。想来当今读研究生也真不容易。此等不合理规定，亦赖先生在《学术殿堂外》续编予以指出才好，庶几可以改变它。"

我看了这段话，简直错愕莫名，气愤不已。眼前不断浮现出当时浙大人文学院会议室里济济一堂的听众形象。我不知疯者是谁，但可以肯定的是他一定当时在座。我记得，讲学结束后，廖可冰副院长曾请朱则杰教授带了两位博士生、两位硕士生，陪我去参观原杭州大学的校园。当时这四位年轻人非常热情地和我交谈，彼此交换通讯地址、电话号码。他们还写了各自的籍贯、学历给我，希望和我保持联系。有一位说："我早就读过您的文章，充满激情，一直以为您很年轻，想不到是八十岁的先生呀！"我不知现在疯了的是谁，是这四个中的一个，还是他们以外的。但是，可以肯定，有一个博士是疯掉了！我立刻写了一篇短文，题为《救救青年，救救学术！》寄给南京大学的董健先生，他给介绍刊出于《开卷》（2003 年第 4 卷）。我在该短文后还有一段附言："写完上文，看到《书屋》（2002 年 11 月）何中华先生的《学术的尴尬》一文，对学术成果量化做法的来历及弊端，论述得十分全面、深刻。希望更多的人起来大声疾呼，改变这种不合理的措施。"

我在浙闽四校讲学时，谈到"勿以学术徇利禄"（这也是拙著《在学术殿堂外》第一章的标题），明确表示反对把学术成果和职称、工资、住房等挂钩。我念江苏省社科院文研所原所长萧相恺弟写给我的信（他曾是我的学生，读了《在学术殿堂外》给我的来信）："学术体制催生学术腐败，学术浮躁。各种考核逼得人'短、频、快'地制造学术垃圾：研究生参加答辩前，得在核心期刊发两篇论文；每个研究人员每年得在核心期刊发若干篇论文，否则考核下来便是不及格。一切都量化。为了应付，他们还能怎么办？哪还有时间读书。有些研究人员说，按照这种考核方法，钱钟书先生也可能连续几年不及格。而连续三年不合格就得解聘。不很有点'逼良为娼'的味道？"听者无不唏嘘感叹。

前引资中筠先生在清华的演讲，有一段话十分耐人深思。

她说："王国维的《人间词话》、陈寅恪的《柳如是别传》、钱钟书的《管锥编》，既不能产生经济效益，也不能对领导人决策提供参考，如果现在申请课题，大半得不到批准。何况这些都是毕生积累的成果，不可能限期完成，限期'结项'。还有许多大师并不著作等身，以现在量化标准，他们有些人可能评不上高级职称。当然，更重要的是谁来评他们？现在文科已经没有了学术权威，就只好用行政手段，由行政官员订规矩。对他们而言，可以摸得着的，只有表面的、形式的、可以量化的东西。"这段话非常精彩，从本质上指出了科研成果量化的根源：学术成果的评定，必须由学术权威来作出，而不是行政官员。（尽管现在的高校领导没有一个不是教授，但是名实是否相符，大家都是心照不宣的。）

《社会科学报》（2003 年 12 月 4 日第 5 版）的《从体制中突围——现行学术体制改革座谈纪要》，是厦门大学中文系五位教授的发言。他们的意见和资中筠的，真是不谋而合，可见这确是天下之公言。厦大教授们深刻而尖锐地指出，现在学术腐败的根源就在于现行学术体制。在这种体制下，"只见行政，不见学术"。评定职称、课题、奖项、重点学科基地、学位点、"211 工程"，等等，这些本来是学术界自己的事，政府只应做服务工作，现在却都变成政府行为。这种行政体制产生一种学术官僚，他们垄断学术资源，甚至决定他人命运。如能不能评上奖，能不能当教授、博导。这是学术界的特权阶层，也就是学阀、学霸。

厦大教授这些话，使我想起去年（2003年）在浙闽讲学时听到的一些议论。据说国内人文社科学界有几位学者，彼此团结得很紧，成为铁哥们。他们对不顺眼的，尽力排挤，而对瞧得起的，大力相助，很有些江湖义气的味道。据说某某不得出头，就是受了那几位儒林好汉的压制。我当时听了，心想，这不是学霸、学阀的行为吗？现在看了厦大教授们的发言，觉得这正是学术行政管理体制化必然产生的怪胎。

厦大教授们接着指出，政府干预学术，必然违反学术规律，什么东西都计量化、数字化，完全以数字代替实际能力。而一些"甘坐冷板凳，一剑磨十年"的真正学者，却被那些"数字化生存"的投机取巧者所压倒。数字化管理的结果，是为学术界打造了一大批"真正的假学者"。职称、职务是真的，货色却是假的，根本就不具备教授、博导的能力和水平。他们最后谈道，行政部门定审批制度使学术界人忙于各种"公关"，也形成了各种小圈子，不正之风高涨。

这段话又使我想起一件怪事。据说某高校有一位博导，他对招收的博士生，并不指导他们读书研究，而是指使他们为自己的专著或论文分头找材料，帮他打工，却又不付报酬。所以那些弟子恨之入骨。而更巧妙的是，他的博士生毕业论文答辩时，从不请高校的同行，而是请某些出版社的正副编审来主持。这样做，答辩固然容易过关，自己和学生的论著也容易出版。真是一举两得，皆大欢喜。但据说，洁身自好的学生，以及真心治学的学生，听了这种传说后，竟不屑去他门下报考。

厦大教授们最后提出了改革措施，就是政学分离，学术体制与行政体制脱钩，改变学术行政化和学者官僚化的现状。

座谈最后谈道："可以走出体制，到广阔的社会中去，研究、解决社会文化问题，吃体制外的饭。"座谈见报是 2003 年 12 月 4 日，今年（2004 年）7 月 28 日《中国青年报》B1《冰点周刊》记者冯玥《让历史露出真相》一文，介绍当代历史学者沈志华："作为一个独立学者……在体制之外，学术运作本身的渠道反而更为通畅和自由。""没有单位，没有上级主管部门，没有每年要发几篇论文的考核标准……他参加国际学术会议时的身份，是'独立学者'。"沈志华很自豪地说："我想做什么题目自己决定，用不着审批。"

沈志华这样的自由人真让人羡慕，可是一般学人没法学习他。他是先下海经商发了大财，才洗手转行来搞学术研究的。所以，我曾对郭丹和刘松来说，你们只有退休后才能真正做学问。这不是最大的悲剧吗？学术行政管理化的结果，是学术腐败，是学术垃圾和泡沫，纳税人的钱应该这样挥霍浪费吗？

三 清诗研究

　　我的《清诗流派史》最初是在台北文津出版社有限公司出版的。因为人所周知的原因，在大陆很难买到，所以学术界知道这书的人不多。但已有张兵、陈永正、胡迎建、熊盛元、张仲谋等先生写了书评或收入综述。在大陆人民文学出版社以简体字横排出版后，更承王琦珍、葛云波两位先生发表书评，广为推荐。

　　现选录熊、王、葛三篇书评，另加记姚公骞先生的七古一首。

《清诗流派史》述评

熊盛元

　　《清诗流派史》（台湾文津出版社 1995 年 1 月 1 日出版）是刘世南先生历时十五载方告完成的一部力作。全书将清诗分为前中晚三期，前期共九章，对河朔、岭南、虞山、娄东、秀水、神韵、宗宋、饴山八个诗派的流变及代表诗人作了细密而中肯的品评，并专辟一章，论述了不立宗派，而对有清一代产生深远影响的遗民诗人顾炎武。中期共七章，包括浙派、格调、肌理、性灵、桐城、高密、常州等诗派。晚期共五章，先用一章的篇幅，介绍了"但开风气不为师"[1]的龚自珍，然后分别对宋诗运动与同光体、汉魏派、中晚唐派、诗界革命作出详审而全面的阐述。在论述的过程中，作者不仅分析了某一流派的渊源、特点及其影响，而且还总结了有清一代诗歌发展的规律。昔章学诚论古今著作，谓"天下有比次之书，有独断之学，有考索之功，三者各有所主而不能相通"。[2]而《清诗流派史》则熔比次、考索与独断于一炉。章学诚又说："所以通古今之变，而成一家之言者，必有详人之所略，异人之所同，重人之所轻，而忽人之所谨，绳墨之所不可得而拘，类例之所不可得而泥，而后微茫杪忽之际，有以独断于一心。"[3]倘以此语移谓世南先生，我以为是很适合的。

先说"详人之所略"。比如对乾隆年间的高密诗派，一般人极少论列。汪辟疆先生虽曾注意及此，但只是对高密三李"以寒瘦清真，一洗百年以来藻绘甜熟之习"[4]的廓清之功，以及这一诗派"垂二百年犹未绝"[5]的深远影响作了简略的介绍。世南先生则详细论述了高密诗派兴起的原因及其诗论，并且着重对李宪噩、李宪乔兄弟的作品作了精辟的分析，认为他们的诗歌"和虞山、渔洋、归愚、随园都是完全不同"，"不仅字句洗炼，意象浑成，而且情含景中，意在言外"。尤其难能可贵的是，作者将前人有关论高密派的零星材料加以"比次"与"考索"，作出了恰如其分的"独断"之评价："这派诗人本有用世之心，但大都处于士这一底层，因而虽生于所谓乾隆盛世，他们个人却充满一种萧索冷落的情怀。这些人又都很狷介……在对社会现实失望以后，便自然挑选清苦的贾岛，雅正的张籍，用这两家诗作为自己的'安身立命处'……所以他们都鄙视袁枚的'逾闲荡检'和把诗歌用为羔雁，写成缙绅谱；也不赞成肌理派的一味钻书卷，搬故实；更不满意神韵派末流的矫饰、肤廓。"像这种"详人之所略"的情况，书中比比皆是，这里就不一一举例了。

其次说"异人之所同"。一般人论及以王闿运为代表的汉魏诗派，或斥其"墨守古法，不随时代风气转移，虽明之前后七子无以过之也"。⑥或谓其"宗法八代，下及盛唐，与晚清'同光体'一派分道扬镳"。⑦或以为"其言诗取潘、陆、谢、鲍为准，则历诋韩、苏以降，以蕲复古"⑧……虽持论的角度不同，但都一致认为此派偏于保守。世南先生却别具慧眼，认为王闿运之所以反对曾国藩的"诗派法江西"，是因为曾国藩以纯儒自命，提倡"王道"，而王闿运则主张"霸术"，希望成为"帝王师"。其所以宗法汉魏以至初唐，"是因为汉家阳儒阴法，本以霸道行之；而魏武好刑名，六朝也是敉屣儒家学说的；初唐从李世民到武则天也都是强调法治的。这是他和明七子在政治哲学上的本质区别。他特别反对宋诗，就和宋代理学流行有极大关系。在他的思想上，晚清陷于空前的外患内忧之中，极像两宋的积贫积弱，除了在政治上军事上力图自强，他还企图在文学上追踪汉魏，以求振大汉之天声，因而鄙弃感情内敛而无雄飞壮志的宋诗"。这种"独断"之论，既具哲人的睿思，又有史家的卓识，乍看似觉狂言怪语，细想则完全合情合理。方东树云："著书立论，必出于不得已而有言，而后其言当，其言信，其言有用。故君子之言，达事理而止，不为敷衍流宕，放言高论，取快一时……若此者，有益于天下，有益于将来，多一篇，多一篇之益矣。"⑨诚哉此言！

再说"重人之所轻"。时贤之学术著作，大都重宏观，轻微观；重概括的论述，轻具体的分析。而世南先生却能二者兼顾。比如在论述同光体代表诗人陈三立之诗的"意境美"时，特地引了他的一首七律《真长晓瞰见过》：

黄鸡啄影女墙隈，酝酿晴秋绣石苔。二客偶然看竹到，一亭无恙据梧才。玄言摆落人间世，往事凄迷溪上杯。各有风怀写孤愤，江山绵丽起骚才。

作者对此诗逐句分析道：

首句纯为写景……作为一个意象，显然是要写晴秋的一角僻地。秋和僻地是冷色调，晴和鸡啄是暖色调。两种色调的融合，表现为冷中有暖。这是写鸡呢，还是自我写照？……显然，啄影墙隈的黄鸡是诗人的"面具"，隐藏着他的一种情趣——冷寂中蠕动着对生活的追求。次句"酝酿晴秋绣石苔"也一样，上句"啄影"的"影"，已逗出此句的"晴"，而这个"晴秋"是经过由凉变暖的渐变过程的。阴凉，所以石上才生苔藓；晴明，则阳光下苔色苍翠如绣。这句暖色调更深。然而这两句所写的都是自家小园的幽静宜人，于是引出第三句"二客偶然看竹到"，不仅点题，而且写出了两位客人的魏晋风度。看竹，用王子猷看竹不问主人的典故，特加"偶然"，更见其但凭兴之所至，初无成心。这就和第四句的自写相对。自己虽然退隐，却一直萦怀国事，而这同惠施"欲辩非己所明而明之，故知（智）尽虑穷，形劳神倦……据梧而暝"一样。第五句因而明写主宾双方同坐茅亭，相对谈玄，这是用王濛谓何充语："望卿摆拨常务，应对玄言。"第六句"往事凄迷溪上杯"与"一亭无恙"呼应，见得二客对此小园已是旧游。这凄迷的往事包括主宾双方在内，说明欲忘世而未能，故末联干脆说明，各有孤愤，以诗出之，抒其风人之怀抱。而其所以如此，是祖国大好河山激发的。

如此赏奇析疑，已令人惊叹其文心之细，识解之精，更使人称绝的是，作者在此基础上，指出其意境之美，乃是其

"刚健人格的反映"，并进而探究出其高古浑厚的气格所以形成的原因，是运用了史家常用的"奇正相生"之法；此诗首联第一句写空间，第二句写时间，都是小范围的。颔联第三句写实，第四句自写，都是浅层次的（表面忘世）。颈联第五句承上，实从反面说（仍欲忘世）；第六句从正面说（不能忘世），从而把前五句的忘世态度一扫而空。于是尾联第七句宾主合写，较之颔联为深层次的（皆极关注国家命运）；第八句又写空间与时间以回应首联，但却是大范围的（主宾目光皆从晴秋小园移位注于锦丽江山与继起骚才）。这种剥茧抽丝的细密分析，较之时贤的泛泛之论，真不可同日而语。想散原老人九泉有知，亦必掀髯而赞叹。

　　最后说"忽人之所谨"。一般论清诗的专著，大都津津乐道活跃在清末民初的南社，而世南先生此书却在论毕以黄遵宪为代表的诗界革命派之后便煞尾了。这并非作者疏忽，而是因为南社中很大一部分诗人仍笼罩在同光体的范围之内，而以柳亚子为代表的南社领袖，虽然想突破旧体诗传统内容与形式的束缚，但直至民国六年（1917 年）还是倡言："文学革命，所革当在理想，不在形式。形式宜旧，理想宜新，两言尽之矣。"⑩仍然只是诗界革命派所谓"以旧风格含新意境"⑪的翻版。在作者看来："中国古典诗歌是不会消亡的，当代作者及后代继起者日多，但谈到旧体诗革新问题，恐怕只能达到黄遵宪诗这一步为止。"这是因为"古典诗歌（包括古体和近体）属于文言语言系统，你要写作古典诗歌，当然必须采用文言词语，而中国士人的传统文化心态，是主张诗歌语言典雅的，这就必然要向群经诸子以及史籍去选择合用的词汇。至于外来词语，只要能表现新意境，自然也应该吸收。这就和中古以来士人吸收佛经的词语与典故一样，完全可以同化它们"。可见，《清诗流派史》以诗界革命派为殿，而对成立于宣统元年的南社，却不置一辞，是有其深意的。这种安排，不仅对两千多年来中国古典诗歌的发展趋势作出了概括，而且也对旧体诗当今如何改革乃至将来如何演变指明了道路。虽说这只是"一家之言"，但由于作者能"通古今之变"，因此其结论是令人信服的。

总之，世南先生的这部《清诗流派史》确确实实可以说是于"微茫杪忽之际，有以独断于一心"。一册在手，清朝两百六十多年诗歌的流变轨迹了然于胸。从纵的方面，可以看出每一流派对以往各派之间的相互影响与融合。据我所知，如此全面而精辟地从流派角度对清诗进行论述的学术著作，近百年来，这还是第一部。

前辈学人陈衍、钱基博、汪辟疆、钱仲联、钱钟书等，虽然对清诗有深湛而独到的研究，但都没有撰写连贯的专著；近来一些中青年学者虽有不少专论，但终觉观点新颖而学养不足，既不能像汪中所说的那样，"于空曲交会之际，以求其不可知之事"；更不能像黄庭坚所说的那样，"如禹之治水，知天下之脉络"。就这一意义上说，《清诗流派史》可称得上填补了清诗研究方面的空白。元遗山诗云："论诗若准平吴例，合著黄金铸子昂。"⑫ 殆世南先生之谓乎！

当然，《清诗流派史》也不无可议之处。首先从清诗三个时期的篇幅来看，前期最多，中期次之，后期最少。其实，晚清诗歌的成就，不仅可以和清初后先比美，而且在思想性、艺术性的创新方面，似乎还在清初之上。作者将不立宗派的龚自珍单辟一章进行论述，这自然是对的。但对于道光年间颇负盛名的张际亮、汤鹏以及道、咸年间的杰出诗人姚燮、贝青乔、鲁一同等却未论及，则略嫌疏漏，似应用一章的篇幅加以介绍，并重点对姚燮之诗作出评述。盖姚燮于经史、地理、释道、戏曲、小说无不探究，其诗融杜甫、白居易、李贺、李商隐于一体，多纪事感时之作，有"诗史"之称。他对后世的影响，虽不及龚自珍，但是谭献、沈曾植，以至马一浮等均受其沾溉。又如清季的中晚唐诗派，作者只以樊增祥、易顺鼎系之，而对专学李商隐的李希圣、曾广钧、张鸿、曹元忠、汪荣宝等西昆派诗人却不曾论及。正由于对晚清之诗论述相对简略，因而造成篇幅上的前后不均衡，遂不免使人有虎头蛇尾之憾。其次，从作者对西方美学理论与典故的借鉴方面来看，似乎也未能做到水乳交融。比如在阐述浙派诗人厉鹗诗的"孤淡"风格时，引俄国什克洛夫斯基关于"陌生化"的理论；论常州派诗人黄仲则的情诗，以拜伦怀念其情人玛丽来比附，等等；都稍嫌牵强。借用钱钟书先生的话来说，乃"眼中之金屑"，而非"水中之盐味"。[13] 不过，这些所谓不足，只是笔者一孔之见，不敢自是，姑且提出，以就正于大方之家。

此书在台湾出版，印数不多，内地读者大都无缘一睹。夫学术乃天下之公器，亟望大陆有见识的出版社能予出版，以广其传，则士林幸甚。

注：①龚自珍《己亥杂诗》（"河汾房杜有人疑"）。

②③章学诚《文史通义·答客问》。

④⑤《汪辟疆文集·话高密诗派》。

⑥陈衍《石遗室诗话》。

⑦钱仲联《梦苕庵清代文学论集·论近代诗四十家》。

⑧李慈铭《谭荔轩四照堂诗集序》。

⑨方东树《仪卫轩文外集·书林扬觯》。

⑩柳亚子《致杨铨函》。

⑪梁启超《饮冰室诗话》。

⑫元好问《论诗三十首》之八。

⑬钱钟书《谈艺录》论"王静安"条。

盛元先生这篇书评是我最喜欢的。因为它不仅对拙著的论析十分精辟，而且体现了他的学术水平之高。所以我得到他的赠刊后，在同年 6 月 12 日写了一首七古回赠他。诗如下：

盛元先生作《清诗流派史》述评，刊于《晋阳学刊》1998 年第 3 期，承赐一册，读之欣慨交集，以先生知我深也。

熊君为学如挽强，胜人匪但以词章，四部所涉浩汪洋，论我诗史入微茫。标举四目网在纲，清言霏雪婉清扬，取义《春秋》欲雁行，独断一心故堂堂。誉我我不自疢伤，相视而笑若琴张。吾书所志在子长，畅言吾假吴吴江（吴兆骞）；民权乃可致一匡，此义我托谭浏阳；韧性战斗仆不僵，惟释函可铁骨香，非此何以涤旧邦？君数姚（燮）贝（青乔）鲁（一同）张（际亮）汤（鹏），流派所无难辟疆。又言李（希圣）曾（广钧）西昆皆坛场，何乃樊易独称中晚唐？此诚疏略未应忘。嗟哉熊君知我详，著书我非谋稻粱，一家言在示周行。此心灵史得君悦怿解，次比考索非复鼠搬姜。

我的同事、益友王琦珍教授，在人民文学出版社出了我的《清诗流派史》后，他很高兴地写了一篇书评：

一部体大思精的断代诗歌史

——读刘世南先生《清诗流派史》

王琦珍

2004 年 2 月 13 日《文汇读书周报》报道了刘世南先生的《清诗流派史》已由人民文学出版社再版的消息。这实在是一件值得庆幸的事。刘先生此书在 1995 年曾由台湾文津出版社出版，但印数仅一千册，内地极为罕见。在书的末尾，刘先生曾附有一首长诗以记其事，诗中不无忧虑地写道："不知问世后，几人容清玩？得无温公书，无人读能遍？"但出版后，却好评如潮，现在又由内地出版社重印。这其中最主要的原因，我想，还是这部著作本身所体现的学术水平与价值。

刘先生将这部著作署名为"流派史"，它其实是一部体例新颖、体大思精的断代诗歌史。全书将清代诗歌划分为前、中、晚三个不同的发展阶段，然后依次分析了每一个阶段中各个诗歌流派及流派中代表性作家的诗论主张与创作成就。前期包括有河朔诗派、岭南诗派、虞山诗派、娄东诗派、秀水诗派、神韵诗派、宗宋诗派、饴山诗派；中期包括格调诗派、性灵诗派，肌理诗派、浙派、桐城诗派、高密诗派、常州诗派；晚期则包括宋诗派与同光体、汉魏派、中晚唐诗派、诗界革命派等。此外，对不入流派的顾炎武和龚自珍，也分別予以评析。就每一个单章来说，是对某一个流派作完整而系统的论述；连贯全书来看，其实又是一部完整的清代诗歌史。书中以翔实的材料，严密的论证，充分说明：（1）每一流派对以往各流派的理论和创作成果，均有所吸取和扬弃。无所取，则诗史失去了连续性；无所弃，则此一诗派便失去了它的质的规定性；（2）在各个流派的形成与发展过程中，即便是对前代某一理论绝对宗仰，也必然地渗入了后者新的时代审美因素以及作家个人的审美情趣；（3）清代各诗派生灭盛衰的原因，主要是由于补偏救弊——每一流派都是为了对此前诸流派补偏救弊而生而盛，又由于本身的僵化而为后出流派所补救而衰而灭；（4）同一流派的作者群也在不断分化，或坚持，或变异，最后有的蜕变而成另一流派。正由于作者特别致力于探究并揭示这些规律，所以《清诗流派史》就不只是单一地胪列作者对各个流派的研究与论述，而是完整清晰地描绘出了整个清诗发展的动态流程，显得视角新颖，体大思精。正如白敦仁先生在致刘先生的信中所说："是书如大禹治水，分疆画野，流派分明"，"若网在纲，二百年诗歌发展痕迹，觉眉目清楚，了然于心"。（刘世南《在学术殿堂外》）只就这一点而论，这部著作的学术价值也是显而易见的。

然而，《清诗流派史》又不像一般的文学史编写一样，仅仅是单一地从文学本身的发展脉络着眼来描述清诗的演变，而是致力于发掘出其中更为深层的内涵。2001 年 6 月，朱则杰先生将张仲谋博士《二十世纪清诗研究的历史回顾》一文的复印件寄给刘先生，文中给了《清诗流派史》以极高的评价，将其与汪国垣《汪辟疆文集》、钱仲联《清诗纪事》、钱钟书《谈艺录》等并称为清诗研究的九种"经典性成果"。"赏音既获愿终酬"，刘先生十分高兴，于 6 月 11 日和 23 日先后写了两首七律。其中一首说："附骥汪钱谁则可？策勋翰墨我非伦。欲从心路窥民主，好与尧封企日新。健者当为诗外事，高歌还望眼中人。亭林能狷羽琳侠，绍述只惭笔不神。"后来，在《在学术殿堂外》一书中，刘先生解释道："开头的两句并非谦虚，我确实自知学识距离汪辟疆、钱默存、钱萼孙三位前辈太远。三、四句说明我写《清诗流派史》的目的。我不是'为学问而学问'，写这本书，重点在（1）通过吴兆骞说明专制高压会使人'失其天性'（P137），（2）通过谭嗣同说明民主意识的产生及其巨大意义（P579）……（3）通过释函可说明韧性战斗的重要。以上三点，我特别拈出，以为读吾书者告。杜甫《题李尊师松树障子歌》：'更觉良工心独苦。'苏轼解说：'凡人用意深处，人罕能谕，此所以为独苦。'我非良工，但此微意，愿与读者共谕共勉。"刘先生早在青年时代，就积极投身革命，为建立自由民主的新中国勤勉工作。记得他曾在一次学术讲座上说过，他对清诗产生浓厚兴趣，就是从那时候开始的。所以我想，尽管他的

《清诗流派史》动笔于 1979 年，前后花了 15 年时间才完成。但其实，这是他一生辛勤探究的沉积，这中间包含着他追求民主的漫长的心路历程。清代文学作为中国封建社会末世的文学，其发展又恰恰是与仁人志士冲决封建网罗的斗争相关联的。刘先生把握住这一点来透视清诗中所蕴含的深刻的时代内容及思想光芒，这无疑是把握住了清诗中最有价值的部分，而这恰恰是为许多研究者所忽略了的。这种探求与阐发，使书中许多章节显得特别精彩，特别富有启发意义。如先生自己所特别列举的其所评价吴兆骞《答徐健庵司寇书》的话：

从这里，我们可以得到一个新的启发：愤怒固然出诗人，但这首先得有允许你愤怒的环境。如果处身于极端专制的高压之下，你连愤怒也不可能，哪里还会有真正的创作。秦朝没有文学（除了李斯的歌功颂德之作），不仅是客观条件不允许作家说真话，某些作家甚至主观上也丧失了创作的灵感。吴兆骞这则诗论就说出了作家主观条件的问题，所以，它是深刻的，是前无古人的，他的灵魂深处的躁动和苦闷，实在是类似于司马迁。但司马迁能利用私家修史的地下活动，创造出伟大的"谤书"——《史记》，吴兆骞遭难后的二十三年，却始终生活在专制魔掌之下，连内心世界也毫无自由。他只能在"失其天性"的情况下，被扭曲地写出自己的某些痛苦。这就是纪昀等人所谓"自知罪重谴轻，心甘窜谪，但有悲苦之音，而绝无怒怼君上之意"。

　　这节议论，真所谓一泻千里，酣畅淋漓。既是在评析吴兆骞的诗论，又是在陈述一种深切的人生感受，体现着作者自己独立之人格和独立之思想，而两者又结合得极为完美。像这样的章节在书中还有许多，如关于龚自珍诗歌的悲剧意识的论述，如关于诗界革命的历史意义的辨析，都是这方面极为典型的例子。这种结合不仅使书中对具体研究对象的论述显得尤为深刻，也使全书对整个清诗的是非得失和价值取向把握得更为准确，阐述得更为清晰。先生历来反对"著书而不立说"，鄙薄那些为评职称、评博导硕导而抄袭拼凑却没有自己的思想与见解的"学术论文""学术专著"，谆谆告诫后学"勿以学术徇利禄"，《清诗流派史》的撰写，在这方面，为我们提供了一个极好的示范。

　　这种精神也使《清诗流派史》的精审之见层见迭出。刘先生曾自豪地说过，他写《清诗流派史》是"自我肺腑出，未尝只字纂"。在《在学术殿堂外》一书中，他曾胪列了其中的 48 点创见。其实，书中所反映的先生独到见解，远不止这些。在《清诗流派史》文津版的《后记》中，刘先生曾说到过他所严格遵循的几条原则："（1）前人说得对的，我把它深化。因为他们的评论，往往是感悟式的，只指出其然，我则力求说明其所以然。（2）前人说错了的，我通过充分说理，加以纠正。（3）前人没说到的，我提出自己的看法。"这些原则，粗看起来似乎都很平常，其实真正要做起来却很不容易，这要求研究者不仅要有敏锐的思想，还更要有扎实的功底和严谨科学的治学精神，这样才能准确地批判正误，发掘新意。如关于吴伟业后期诗论向钱谦益诗论的转化的见解；如关于顾炎武、杜甫多作格律诗与二人个性有密切关系的论述；如关于清初唐宋诗之争包含杀机的问题以及清中叶肌理派是否意在反性灵派的问题的辩解；如对学界依据梁启超所论而判定夏曾佑、谭嗣同"新诗"实验是失败了这一问题的质疑，都是这方面的例子。正是书中这些俯拾皆是的创见，使这部断代诗歌史显示出了巨大的学术价值。王国维《人间词话》在论及诗人的独特感悟能力时曾说过："诗人对宇宙人生既入乎其内，又出乎其外。入乎其内，故能写之；出乎其外，故能观之。入乎其内，故有生气；出乎其外，故有高致。"其实，对从事学术研究的学者来说也一样。学术研究对社会有价值，有贡献，关键就在于这些研究，能在对研究对象作全面了解和深入关照的基础上，提出合乎研究对象实际的，同时又是科学的有创造性的见解或结论。这种学术著作的价值，自然是那些徇于利禄的"学术著作"所不可相比的。《文汇读书周报》"书讯"的介绍中说《清诗流派史》的重版"一定会泽被士林，对古典文学的研究有极大的推动作用"。我想，这正是这部断代诗史所提供给我们的最主要的借鉴意义之所在。

琦珍先生这篇书评最可贵之处，是首次抉发了我的良苦用心——对民主的追求。

其次，是强调著书必须立说，为了说明这点，他列举了拙著中的一些独到见解。

其实，我写《清诗流派史》，是用这一成果来验证我的著作原则。我的著作原则是两条：（1）不徇利禄；（2）打好根柢。而这两点又是相辅相成、辩证统一的。只有不徇利禄，才能沉下心来，好学深思；只有根柢扎实，并且日知所无，才能在著书时，胜义纷披，水到渠成。我写《在学术殿堂外》一书，就是总结我平生治学与著书的心得体会，意在劝告当代学人，务必屏除浮躁心态，宁静致远。所谓对古典文学的研究有推动作用，意即在此。

葛云波先生是人民文学出版社的编辑，也是拙著《清诗流派史》大陆版的责编。我们虽然通信多次，但仍未谋面。他对我的了解，主要是通过《清诗流派史》和《在学术殿堂外》两书。他很热情，主动写了书评，先发表在《海南日报》（2004 年 4 月 18 日第 6 版）上，后稍作修改，发表在《光明日报》（2004 年 7 月 15 日 C1 版）上。现照录《光明日报》如下：

清诗研究的"经典性成果"

葛云波

"十年磨一剑"。刘世南先生的一把"利剑"——《清诗流派史》是磨了十五年（1979—1994）的，而且已经"试"过了十多年（敏泽先生读其初稿并作序是在1992年）。1995年，这本力作在台湾文津出版社以繁体竖排印行，公开向学术界"试剑"，很快受到不少学者的盛赞。如白敦仁先生评"是书如大禹治水，分疆画野，流派分明"，"若网在纲，二百年诗歌发展痕迹，便觉眉目清楚，了然于心"。屈守元先生评此书"既扎实又流畅，材料丰富，复有断制，诚佳作也"。张仲谋先生认为这本书与严迪昌先生的《清诗史》同是清诗研究的"经典性成果"。

可惜该书在台仅印行千册，而且书价昂贵（折合人民币约一百元），大陆不易购买，影响了该书的广泛流传。近十年来，清诗研究的热潮不断升温，各种论著和论文相继问世。然而，能像《清诗流派史》这样厚重的论著尚属少见。在大陆大力推荐该书是必要而又迫切的。值得欣慰的是，2004年人民文学出版社以简体横排出版了该书，这对大陆古典文学研究将有极大的推动作用。

该书对清代二十二个诗歌流派及其中作家的思想和艺术一一进行了精到的分析，由此读者可以对清诗发展变化有个全面细致的把握。该书除了对常为人知的神韵诗派、格调诗派、性灵诗派，肌理诗派、岭南诗派、虞山诗派、饴山诗派、桐城诗派、高密诗派、常州诗派、汉魏诗派、中晚唐诗派等过去少有人知或不曾有人过问的流派进行了细致的探讨。这些部分是该书明显的开拓性贡献。

作者没有像过去的一些文学史一样块块结构地介绍作家生平、思想、作品特点而罗列成史，而是注意"时代要求、文学风尚及诗人主体的审美追求"三者紧密联系，力求追索诗歌发展的内部规律和递变，并不时表达自己的独到见解。这些都是作者着意追求的结果。他说："我一向要求自己厚积薄发，著书必须有自己的见解。"并简略列举《清诗流派史》的创见"四十八条，以为"自我肺腑出，未尝只字篡"（《在学术殿堂外》P13—14）。其言其行都显示出作者独立的学术人格。这种独立精神不仅表现在其开拓性研究（像敏泽序及作者所举例子）上，还表现在作者不妄随人言，亦不为大家所笼罩上。作者往往敢于直言一己之见，作鞭辟入里的论析。如作者和钱钟书先生曾经书信往来，钱先生对作者多有称誉；然本书亦有不满其说而径直论辩的地方。比如，钱先生认为朱彝尊"于宋诗始终排挤，至老宗旨不变"，而作者认为朱氏早年所作《赠张山人》等诗确实完全不用宋人字、词、语，但是五十六岁之后，则受到王禹偁、梅尧臣、王十朋、黄庭坚、陆游、范成大、杨万里等的影响，苏辙对其影响最大。作者各举一例为证，还说"用苏诗则自《曝书亭诗集》卷十一至二十二共有四十处之多"。由此作者认同洪亮吉、翁方纲等认为朱氏学宋的观点，而作者摆脱了古人直下断语而分析不透的缺点，将朱氏晚学宋人之事给坐实了（详见该书 P167）。又如，关于诗界革命派与宋诗派的关系，曾有两种观点：李渔叔等人认为诗界革命派是为反对宋诗派而出现的，而钱仲联先生等认为两派并非对立的诗派。作者则驳斥了第一种观点，又认真分析了两派在政治立场和艺术趣味上的同和异，从而说"完全否认这两派的分歧与差异，也是非历史主义的"。

作者视野宽阔，用功复勤，表达出独出心裁的学术观点，撰成大著，自然称得上学问家。但作者不专"为学问而学问"，撰成此书尚有其良苦用心，作者在其《在学术殿堂外》一书中，曾举《清诗流派史》的重点：一、通过吴兆骞说明专制高压会使人"失其天性"；二、通过谭嗣同说明民主意识的产生及其巨大意义；三、通过释函可说明韧性战斗的重要。作者在其中推崇的精神在今天看来是多么的重要。王晓明在《思想与文学之间》中所表达的知识分子的忧虑，正在于这些精神在今天的缺失。在《清诗流派史》出版的同时，人民文学出版社推出了南京大学现代文学研究中心主编的"鸡鸣丛书"（王晓明《思想与文学之间》即为其中一种），意义是深远的。刘世南先生引杜甫《题李尊师松树障子歌》"更觉良工心独苦"，并苏轼的解释"凡人用意深处，人罕能谕，此所以为独苦"。刘先生这种焦虑与"鸡鸣丛书"的作者们是不谋而合的。因为有深切的人文主义的关怀，作者在行文中便不免充满或喜或忧的感情脉动。试看第二章第四节中有云："函可遭到清代第一次文字狱的迫害，满腔义愤，喷薄而出，化为诗篇，是控诉，也是抗争，因而字字是血，句句是泪。读它们，你会感到阮大铖《咏怀堂集》的艺术固然只能引起恶心，就是那班寄情风月、托兴江山的闲适之作也是渺小的。""读着这样的血泪文字，我们会想起文天祥、史可法，他们真是民族的脊梁和灵魂！"作者将释函可单列一节与其他大诗人并列，不仅是将他推上诗史，更是要将他推上民族的精神史。

《光明日报》2004 年 7 月 15 日《书评周刊》C1 版

　　云波先生这篇书评，我非常欣赏！他真是拙著的最难得的责编，他真正了解我。

　　他以我和钱钟书先生"和而不同"的一例，既称赞我具有独立的学术人格，又证明了我著述的原则之一：前人只指出其然，我则力求说明其所以然。

　　特别可贵的是，他和琦珍先生不谋而合，也指出了我的良苦用心——对民主的追求。并且标举"鸡鸣丛书"尤其是王晓明先生的《思想与文学之间》，让我意识到吾道不孤，同调正多。

　　书评的结尾部分，如天风海涛，发大汉之天声，我们似乎都振袂而起，褰裳以渡，既登彼岸，瞻仰到千年来释函可等成千上万的仁人志士，闪烁在刀光剑影下的不屈的灵魂。

姚公骞先生，曾任江西省社科院院长，晚年又曾任江西诗词学会的会长。我和他很熟，但并未把文津版《清诗流派史》送给他。他从熊盛元先生处得见此书，十分欣赏。我曾有一首七古记此事：

记姚公骞先生语

（1997年8月9日作）

熊（盛元）胡（迎建）二子走相告：姚公亟称三书妙。《唐诗百话》圆以神，《澄心论萃》博而奥。又得《清诗流派史》，甄综前修多独到。今年得此殊不恶，更喜眼前有同调。我闻此语殊适适，微之敢附三俊号？五月诗会榴花红，与公接席相视笑。自言说项不容口，唯恐时人不知好。又言一读惟恐尽，尚恨未能罄怀抱。世无临安陈道人，胸中所藏难尽貌。嗟哉姚公至鉴精，使我长忆晁以道。

关于清诗研究问题，我曾写信给张仲谋博士，照录如下：

仲谋先生：

9月15日函及赐书早已收到，因10月12日夜车赴杭州讲学，18 日才返南昌，致未及时作答，乞谅。

此次在杭，交结了不少新友，也会晤了朱则杰教授。返昌后，浮想联翩，又拿出您的《综述》来看，目的是思考清诗研究今后究竟如何进行。您所举出的，我概括为：（一）清诗内涵的近代性；（二）作品研究；（三）诗歌特色；（四）清诗的逻辑发展；（五）学风与诗风的关系；（六）士人心态与诗学变迁；（七）地域文化与诗歌流派；（八）大家、名家之诗的研究——除了这些，还有哪些？您现在和今后做些什么？有些什么具体计划？张兵先生他们在做些什么？有规划吗？

我在考虑如何用新的观念、新的方法来分析清诗，像郑振铎、闻一多用人类文化学研究古典文学一样。在这方面希望您多介绍一些书籍给我，最好是像叶嘉莹那样具体运用的。我想把所有西方新方法都拿来试一试。

看了《在学术殿堂外》，您会理解我对您的一片深情，真是"文字缘同骨肉深"（龚自珍句）。我这人虽已八十，但心如婴儿，从不设防，如苏东坡，看天下皆是好人。尤其对您这样的知己，更是愿成为石友、死友（见《后汉书·范式传》）。我最大的希望是您和张兵、朱则杰等先生以及国内外一切研究清诗者，都能成为益友，信息互通有无，观点相互切磋，"功名在子何殊我"（放翁句），"君有奇才我不贫"（板桥句），人人以学术为天下公器，这种学术园地的耕耘者是多么幸福呀！这不是我们大家的共同理想吗？

听说尊师严先生就是喜欢用新观念、新方法的，这条路子完全对，现在大家也认识到，老是应用传统那一套，的确会感到日暮途穷。

您似乎很苦闷，行政事务，干扰治学，这是可以理解的。很多中青年学人都有这种苦闷，我也束手无策，爱莫能助。在浙大等处讲学，大家也深有同感。您认识南京大学的董健先生吗？此人敝屣南大副校长而不为，最近两次来信，真是快人快语。其《跬步斋读思录》极有见识，其中《失魂的大学》，尤其石破天惊，望能觅来一读。

好，先谈这些，下月中旬，我要到福建师范大学人文学院去讲学，约有三四日勾留。

即颂

教祺！

刘世南

2003 年 10 月 22 日上午

同时致函朱则杰博士：

则杰先生：

此次在杭，得与同游盐官。既觐观堂故居，又观钱江大涛，已慰平生；何况又能共足下一日盘旋，罄所欲言，斯文骨肉，正喻此也。适作一札致张仲谋先生，现复印一份呈览。

吾所欲言，毕具于此，为张君言，亦为公言，学人不当如是乎？我公襟怀坦荡，君子人也，愿相订为石交，决不相负。

《殿堂外》为我生平治学小结，言必征实，决不大言欺人。自杭归来，凡所见闻，枨触多端，加以吴江、董健诸人之交往，顿萌写《殿堂外》续编之意。

足下现作清诗研究之资料性工作，只眼独具，极为钦迟。拙著《流派史》视《谈艺录》不知差几千百里，足下能为钱公益友，宁惜玉斧不一斫吾朽木乎？甚望直言无隐，于吾书秕稗一一扬弃，则拜赐多矣！

杭州福地，有羽琌故乡，足下徜徉其间，不啻神仙人，昏眊如我，唯有健羡耳！

即颂

秋祺！

刘世南上

2003年10月22日于样本书库

由于安徽省社科院文研所刘梦芙先生的介绍，我寄了一本《在学术殿堂外》给蒋寅先生。他来了一信：

刘先生道席：

久仰博学，无由识荆，顷承赐大著，至为感谢。大著历述治学甘苦，拜读之下，感佩良多，又多述先师千帆先生教言，读之尤为亲切。寅近年稍涉猎清代诗学，白手摸索，莫窥门径，撰小稿一二，不值大方一笑。谨呈《王渔洋事迹征略》一种，请先生拨冗斧正。该书排印错误极多，寅难辞其责。闻社方有重印之意，将来再寄增订本，谨此候上，不胜区区之至。

后学蒋寅再拜

甲申六月

我的回信如下：

蒋寅先生：

归自昆明，即奉大札，敬悉一是。梦芙先生盛誉雅度，盥诵手简，益仰谦德。大著容细读。现方撰《殿堂外》续编，南昌又炎熇蒸人，拟俟秋凉后，再窥积学也。周一良先生《毕竟是书生》中述洪业、邓之诚与胡适之相轻，仆常病之，欲以淑世之浮躁心态耳。今为续编，内有谈清诗研究部分，列举仆与朱则杰、张仲谋两先生之函，力求清诗研究者相亲而非相轻。异日续编出版后，先生能喻此意也。

……

祝

时祺！

世南顿首

2004 年 8 月 10 日

附　录

刘世南先生访谈录

　　刘世南先生古典文学研究者，1923年10月出生于江西省吉安市。任教于江西师范大学文学院中文系，1989年4月退休，但仍从事科研。代表作有《清诗流派史》（有1995年台北文津出的繁体竖排本，和2004年人民文学出版社出的简体横排本）、《在学术殿堂外》、《清文选》（刘松来教授合作。）今已八十二岁，目前仍担任江西省《豫章丛书》整理编委会的首席学术顾问。

　　郭丹（以下简称郭）：刘先生，您的《在学术殿堂外》一书出版后，在学术界产生了相当大的反响，已经有了好几篇书评发表。读刘先生的《在学术殿堂外》，的确感到先生对学术有一种不计功利的献身精神。请问您是基于怎样的考虑，写这样一本看似与学术无关，其实完全是讨论进行学术研究最根本的一些问题的书？

刘世南（以下简称刘）：《在学术殿堂外》（以下简称《外》）的出版，有一段隐情，世人并不知道。杭州师院人文学院汪少华教授函告我：山东大学徐传武教授正在编一套"中华学人丛书"，自费出版，自行销售，问我愿否参加。我同意了，把书稿寄去。徐先生原定价一万元，读书稿后，来信表示十分感动，知道并无公款资助，退休工资又不高，决定只收八千元，印数一千，反馈我960册。我请徐先生把书分寄三处：杭师院汪少华教授处，福建师大郭丹教授处，各300册；江西师大刘松来教授处360册。这批书，部分是赠送朋友，根本无法销售，所以市面上买不到。最早是去年南京大学董健先生来函说，他接到此书，刚读一半，京宁学风检查团来了。吃饭时，他推荐此书，诸公很感兴趣，立即借走。董叫自己的研究生去买一本，走遍书店也买不到，只好再来索赠。今年9月21日晚，郭丹君来电话说，《文学遗产》主编陶文鹏先生在北京，听说有这本书，也买不到。尤其是今年7月2日张国功先生在《文汇读书周报》发表书评《治学重在打基础——读〈在学术殿堂外〉》后，外省、本市，或电话，或信函，都说急欲一读，可不但书店买不到，向出版发行的中国文史出版社邮购，答复是他们不知道，只好向作者求助了。这是一方面。

另一方面，此书去年出版后，杭州师院饶龙隼教授看了，立即邀我去该校讲学，由于他的介绍，浙大廖可冰院长也邀我讲，福建师大、集美大学也发出邀请。今年 10 月，江西省古典文学会也请我去讲，井冈山师院也频频邀请。

另外，中国社科院史研所的王春渝先生、中央党校的吴江先生、南开大学的卢盛江教授，江苏省文研所前所长萧相恺先生，史学家周銮书先生的三句话更概括出了此书的作用："让迷途者知返，让浮躁者虚心，让狂妄者冷静。"难得的是，周先生不仅是知名的历史学家，还曾任江西省委宣传部副部长，可他并不用体制内话语来评断此书，我感到非常快慰。

有人问，书名为什么叫《在学术殿堂外》，我有两层含意：其一，孔子曾说子路："由也升堂矣，未入于室也。"和钱钟书等学人比，我未曾升堂，只能站在堂外；其二，和制造文化垃圾者以及嘴尖皮厚腹中空的名流比，我羞与为伍。他们在殿堂内，我自甘站到殿堂外。

现在我回答您的提问。我为什么要写这本书，就因为看到这些年来，"上以利禄劝学术"，使得学人急功近利，学风日益浮躁，从而文化泡沫和垃圾层出不穷，长此下去，要断送学术研究的前途。所以，我要大声疾呼："勿以学术徇利禄！"

郭：大家都认为，目前学术界存在着浮躁心理，影响着学术研究的正常进行和健康发展。

刘：学术研究是一种严肃的工作，它有一个伟大的目标。以人文科学而论，从事研究的人，必须认识到，自己是在继承祖国传统文化的基础上，大力加以弘扬，不断创新，从而与世界文化接轨。这是总目标。具体地说，就是研究者必须有一个政治大方向：是主张民主与科学，还是吹捧专制主义？由此可以看出你的研究成果有无现代精神。

我平生最喜欢诸葛亮《诫子书》中这几句话："夫才须学也，学须静也。非学无以广才，非静无以成学。"静，不仅指读书环境幽静，更主要的是内心的宁静，即不受名利干扰。一切学术腐败行为都源自其人的心态浮躁，急功近利。他的从事科研，只为一己名利。我并不矫情，唱"忘怀得失"的高调，但我从来切记孔子这句话："声闻过情，君子耻之。"有其实然后有其名，这种名使人心安理得。名并非坏事，否则孔子为什么说"君子疾没世而名不称焉"？例如现在陶文鹏先生建议，请你给我写访谈录，让世人知道有我这么一个学人，我为什么欣然同意呢？因为我认为这是对我历来从事科研的想法与做法的肯定。你们宣传我，是希望挽回学术颓风，让学术研究能够正常进行和健康发展。这正是我的愿望，我当然欣然配合。至于个人出名，那有什么，一个学人能否留名后世，全看他的著作。陶渊明和杜甫，生前并不很出名。陶被钟嵘《诗品》置之中品，杜甫则被"群儿谤伤"。他们出大名，是在北宋以后。我已八十进二，来日无几，浮名于我何有哉？我平日的座右铭是：High thinking Plain living。我告诉您：我写《清诗流派史》，是为了探索清代士大夫的民主意识的成因；而写《殿堂外》，则是反映现代和当代知识分子对民主的追求。这就是我的科研的政治大方向，这两本书体现了现代精神。

郭：刘先生非常强调治学重在打基础，您在年轻时读过大量古代典籍，甚至能背诵《左传》这种大部头古书，这在当代学子看来，似乎不可思议。你觉得在古代文学研究中下这样的苦功夫，现在还有必要吗？如何打好治学基础呢？

刘：我休息时，喜欢看中央 11 台的戏曲片，也爱看运动员比赛的节目，兴趣不在看表演，而是看他们在教练指导下勤学苦练。"台上一分钟，台下十年功"，刘翔他们夺得奥运金牌，都是从汗水血水中泡出来的。我不懂搞人文科学，尤其搞古典文学、文献学的，怎么可以不读元典？我在《外》中例举了一些知名学者的千虑一失，绝非抑人扬己，而是用以说明，他们所以出错，全因根柢尚欠深厚。至于第七章以一位青年学人为例，则在说明凡从事人文科学研究的，你既要引经据典，就必须正确理解并熟悉元典。《南方周末》（2004年 2 月 12 日）观点版《国内经济学者要重视经济学文献》一文，引了杨小凯先生的话："现在国内大多数人没读够文献，只是从很少几个杂志上引用文章，不要说拿诺贝尔奖，就是拿到国际上交稿子，人家都会很看不起。中国现在 99% 的经济学文章拿到外国来发表，都会因为对文献不熟被杀掉。当然有些东西国内看不到，但也有的是根本不去读。中国人总是别人的东西还没看完，自己就要创新。"他说的是经济学，可古典文学、文献学不更是这样吗？

我在《外》中，对打好根柢这点，特别强调，因为我一生治学的深刻体会就是这个熟能生巧。我们不总说要"推陈出新"吗？你不继承传统文化中的元典，就谈不上批判地接受，更谈不上在它的基础上去发展，去创新。这个道理是前人从事研究工作的经验总结。我从三岁认字、五岁读书，直到现在，仍然日坐书城。我严格要求自己：一定要"日知其所无"。我发现，熟，才能贯通。古人读书，讲究"通"。称赞某人"淹贯""该通"。"淹""该"指读书广博，"贯""通"则指读通了。汪中曾大言：当时扬州只有三个半通人。什么叫"通"？书读得多，不算通。要像汪中的《释三九》，王氏父（念孙）子（引之）的《读书杂志》《经义述闻》，那才叫"通"。试以萧艾《王湘绮评传》为例，第 30 页起叙述纵横家在历史上的作用，列举《韩非子》、《战国策》、《孟子》、《荀子》、《吕氏春秋》，新出土的《孙子兵法》和《战国纵横家书》，《史记》、《汉书》、《后汉书》中有关资料，归纳出一个结论，使我们对纵横家有一个全新的正确的认识。这就叫"通"。读书不通的是只见树，不见林。你不读书，研究什么？不博览，所得结论一定片面。

如何打好基础，我在《外》中讲得很详细。大抵经部要能熟读《诗》《书》《左传》全部，《易》《礼记》的部分，其余细看。子部熟读《老》《庄子·内篇》《荀子》的部分，其余细看。史部熟看前四史的纪、传（包括世家）。集部主要是《昭明文选》的诗、文，《文心雕龙》要熟。有了这些作底子，你再一面明了读书门径（看《四库全书总目提要》《书目答问》等），一面学习、运用各种研究方法，特别吸收西方的新观念、新方法，我写《史》就是这样做的。

再强调一句，根柢一定要打扎实，只有这样，才不会出大错。什么叫大错？有一位先生在论析欧阳修的《读李翱文》时，对"又怪神尧以一旅取天下"的"神尧"，解为唐尧，即尧舜之尧。不知"神尧"是唐高祖李渊的谥号，新旧唐书、《资治通鉴》都记得很明显。另外，《史记·五帝本纪》写得很清楚：帝喾生挚及放勋，帝喾崩，挚立，不善，弟放勋立，是为帝尧。他并非以武力夺取帝位的，怎么会"以一旅取天下"？尧舜禅让，汤武征诛，旧社会发了蒙的儿童也知道。我们研究古典文学，不应该出这种大错。

我强调读元典，这是对人文科学研究者而言，元典对我们来说，是思想史、文化史的资料。可现在某些先生大倡读经之风，竟号召全国儿童都来读四书五经。陈四益先生问得好：读经能读出现代化吗？中国人读了几千年的经，怎么没读出民主与科学？问得好！我说这些先生这时候跳出来发出这种呼声，简直非愚则诬，说得不客气，简直是开倒车，要把中国人拉回五四以前去。这是会断送中华民族前途的！

郭：您在《在学术殿堂外》一书中谈到您与钱钟书、吕叔湘、朱东润、程千帆等学者的交往，您认为在这些前辈学者中，他们在学术上最可宝贵的东西是什么？

刘：钱、吕、朱、程四先生，还有庞石帚、屈守元、白敦仁、王泗原诸先生，他们最大的特点是：根柢非常深厚，学问非常渊博，识解非常卓越，著述非常谨慎，待人非常诚恳，对待批评非常虚心，对待名利很恬淡。我从他们那里受到的正面影响是无法估量的。他们的好学深思，他们的与人为善，他们的正直耿介，都是我亦步亦趋的。每天，从早晨4点钟起床后，我就坐在灯下读书，从来不敢懈怠，他们的崇高身影就站在我面前，注视着我，眼光里充满着期待的神情。给我印象格外深的是钱先生的《管锥编》第5册，尽是读者对该书的纠谬文字，这正体现孔子的精神："丘也幸，苟有过，人必知之。"另外，白先生的虚怀若谷，也是绝无仅有的。

谈到这里，我想起一件事。有一位先生对我不满，因为我对他们出版了的著作发表了匡谬文字。他对人说，刘某看到我的错误，应该面告，不应公开。我认为这看法不对。你的著作发表了，出版了，已成天下公器，有错误当然公开纠正，让你的读者及时了解，不被误导。成都大学白敦仁教授是我最尊重的前辈，他送给我一部《巢经巢诗钞笺注》，这是他精心注释的。我看了后，写了一篇订误文章，发在《古籍整理研究学刊》上，并给白老寄去一本。他回了一封长信（见《外》P85 — 89），不但不以为忤，而且极表感谢。这才是对读者负责。

郭：先生的《清诗流派史》出版后，得到了很高的评价，被称为二十世纪清诗研究的"经典性成果"之一。您搜集了大量的清诗资料，用十四年时间写成这部著作。请问，这部著作的创新点有哪些？

刘："经典性成果"是张仲谋、葛云波两先生的谬奖，我从不相信。经典不经典，必须让时间检验。对一部刚问世的著作，遽许之为"经典"，这只能是一种好心的鼓励，决非科学的结论。我对此书的期望是，五十年内，能让清诗研究者聊备参考，过此以往，化为浮沤，于愿已足。谈到此书的创新点，我在《外》中已列出四十八条。我这样罗列，正是为了接受读者的检验，也是为了警醒剽窃他人成果者。

现再列举如下：

（1）河朔诗派诗人的民族气节与理学的关系；

（2）顾炎武"亡国""亡天下"论与明末社会思潮；

（3）杜甫、顾炎武多作格律诗（尤其多作五律与五排）和两人个性的关系；

（4）钱谦益迎降动机的分析，引《元经》与顾炎武用意相同，以方苞对比钱谦益；

（5）钱谦益学李商隐的"隐迷连比"，学元好问的顿挫钩锁、缠绵恻怆；

（6）冯舒、冯班诗论体现诗歌发展规律；

（7）引全祖望论吴伟业谀洪承畴之言，证明《圆圆曲》不能实录；

（8）吴伟业即陈圆圆；

（9）吴伟业与钱谦益诗论渐趋一致；

（10）不避俗是梅村体的长处；

（11）梅村体两传人；

（12）第 137 页第三段；

（13）论《浚稽辞》；

（14）陈维崧诗的阳刚之美；

（15）朱彝尊不能自成一家的原因（与梅曾亮不谋而合）；

（16）王士禛不取杜甫，因杜诗"变"而非"正"；

（17）王士禛谈艺四言的针对性；

（18）渔洋诗不是形式主义的；

（19）论妙悟；

（20）渔洋诗的艺术特色；

（21）清初唐宋诗之争包含杀机；

（22）查慎行以《易》学家为诗人；

（23）王士禛与赵执信争论的实质；

（24）"思路锲刻"即写情入微；

（25）赵执信不满宋诗的真意；

（26）厉鹗矫朱彝尊、王士禛两家之失；

（27）樊榭诗的非政教、超功利；

（28）沈德潜同明七子之"调"而变"格"之内涵（据《文镜秘府》）；

（29）由选诗顺序看沈德潜的文艺思想；

（30）驳今人的《诗话概说》；

（31）肌理说的甚深用心；

（32）袁枚以通俗小说为诗；

（33）性灵诗是真清诗；

（34）刘大櫆骂皇帝；

（35）黄仲则把贫贱生涯作审美对象；

（36）洪亮吉《……代柬》一诗的分析；

（37）龚自珍与潘德舆、鲁一同之异；

（38）龚自珍为诗，"其道常主于逆"；

（39）龚自珍是"近代的"；

（40）同光体的艺术魅力；

（41）郑珍的白描与奇奥；

（42）陈三立是"最后一位诗人"；

（43）陈三立的炼字；

（44）对王闿运"摹拟"的论析；

（45）樊增祥、易顺鼎的"实处"；对灞桥诗的论析；

（46）樊氏灞桥诗的论析；

（47）"纲伦""法会"二句的民主意识；

（48）论旧风格含新意境。

郭：您认为目前清诗研究的状况如何？还有哪些工作可做的？

刘：关于清诗研究问题，我曾写信给张仲谋教授，其中有云："此次在杭，交结了不少新友，也会晤了朱则杰教授。返昌后，浮想联翩，又拿出您的《综述》来看，目的是思考清诗研究今后究竟如何进行。您所举出的今后研究的课题，我概括为："（1）清诗内涵的近代性；（2）作品研究；（3）诗歌特色；（4）清诗的逻辑发展；（5）学风与诗风的关系；（6）士人心态与诗学变迁；（7）地域文化与诗歌流派；（8）大家名家诗研究。"并告以："我在考虑如何用新观念、新方法来研究清诗，像当年郑振铎、闻一多用人类文化学研究古典文学一样……我想把西方所有新方法都拿来试一试，像叶嘉莹那样。"又说："我这人虽已八十，但心如婴儿，从不设防，如苏东坡，看天下无一不是好人……我最大的希望是您和张兵、朱则杰等先生以及国内外一切清诗研究者，都能成为益友，信息互通有无，观点互相切磋。'功名在子何殊我'？（放翁句），'君有奇才我不贫'（板桥句），人人以学术为天下公器，这种学术园地里的耕耘者该多幸福呀！这不是我们大家的共同理想吗？"同时致函朱则杰教授："适作一札致张仲谋先生，现复印一份呈览。吾所欲言，毕具于此。为张君言，亦为君言，学人不当如是乎……"

今年由刘梦芙先生介绍，寄了一本《外》给北京的蒋寅先生。他来信说："寅近年稍涉猎清代诗学，白手摸索，莫窥门径，撰小稿一二，不值大方一笑。谨呈《王渔洋事迹征略》，请先生拨冗斧正。"我回信说："周一良先生《毕竟是书生》中述洪业、邓之诚与胡适之相轻。仆常病之，故《在学术殿堂外》之作，非敢责人以自高，欲以淑世之浮躁心态耳。今为续编，内有谈清诗研究部分，列举仆与朱则杰、张仲谋两先生之函，力求清诗研究者相亲而非相轻。异日续编出版，先生披阅，必能喻此意也。"

《清文选》是我和刘松来教授共同选注的，前言也是我们共同讨论的。据我们看，清文确有它的特点。《清史稿·文苑传·论》说，"清代学术，超汉越宋，论者至欲特立'清学'之名。而文、学并重，亦足于汉、唐、宋、明以外，别树一宗"。所谓"文、学并重"，正如清诗的特点是学人之诗与诗人之诗的统一，清人的文，也是文与学的统一。但不同时代、不同作者，又有畸轻畸重的不同，如朴学家、理学家之文偏于学，较质朴；文人之文偏于文，较绮丽。总之，其特点有四：（1）文化积淀深厚，学术化倾向明显；（2）风格多样，而流派单一；（3）有些文章理性有余，灵性不足；（4）注重经世致用，轻视审美情趣。这四点的形成，和清代学风密切相关。清初学风强调博学多识，经世致用，这是对明人空疏不学、游谈无根这一颓风的反拨。后因文网日密，转为脱离现实的考据训诂。自道咸后，国门被迫打开，欧风东渐，逐渐输入了较封建社会更先进的世界观、价值观，和自成体系的哲理、政教，尤其是新的美学方法论。这些都必然深刻影响到文人的创作。从形式看，清文的雅与俗是非常明显的，桐城派的姚鼐提出其古文创作原则：考证、义理、词章三者统一。我们认为这就是集大成：考证，是对汉学的继承；义理，是对宋学的继承；词章，是对文选派和唐宋派古文的继承。清文就在这基础上，根据社会的现实需要，和朝代的审美要求，大力发展，形成自己的特色。

郭：先生有很扎实的古文献功底，从 20 世纪 80 年代开始，就指导过多届先秦到南北朝文学的研究生，而您的主要学术成果似又在清代文学。从先秦到清代，跨度很大，您认为这对您的论学有什么好处？

刘：在《外》第二章《治学重在打基础》中，我曾谈到这个问题。我不是科班出身，没有念过大学，正式学历只是新中国成立前高一肄业，因而一辈子什么书都看。过去长期教高中语文，新文艺和外国文学，从作品到文论，也接触很多。青年时代，哲学、政治学、经济学的书也涉猎不少。史籍那就看得更多了。这些，构成了我较广阔的知识面。当然，知识领域，有主有从，我虽然兴趣广泛，但重点仍然放在古典文学方面。不过对古典文学，我是通史式的，并不限于某一段。所以，我带研究生，指导的是先秦到南北朝文学，写过《屈原三论》（收在中国屈原学会编的《楚辞研究》一书中），写过和章培恒先生商榷的如何评价魏晋六朝文学的文章，也写过批评郭沫若《李白与杜甫》的文章，反驳毛泽东"宋人不懂形象思维"的文章，而我的科研主攻方向却是清诗。如果《清诗流派史》真如论者所说写得比较深厚，那就因为我的知识面较广，并且钻得较深吧。从此书可以看出，传统的经史子集、现当代文学、西方文论，或多或少都融化在我的一些观点中。古人说得好："其用物也宏矣，其取精也多矣。"（《左传·昭公七年》）对中国古典文学的发展流变，必须全局在胸，才能站得高，望得远。研究清诗，不能就清诗研究清诗，要把它放在中国古典诗歌的长河中，理清它的来源去脉，才能明白它何以会形成这种种特色。数典忘祖，不知木有本，水有源，那你的科研成果怎能深厚呢？

郭：先生的旧诗也写得很好，吕叔湘先生称您"古风当行出色"，朱东润先生称您"深入宋人堂奥，锤字炼句，迥不犹人"。请问，如何学习写诗、词，词章之学与学术研究有矛盾吗？

刘：词章之学和学术研究不但没有矛盾，而且相辅相成，相得益彰。从近代的李详、林纾、王国维、章炳麟、黄侃，到现代的胡适、鲁迅、朱自清、俞平伯、闻一多，谁不是学者而兼诗人？所以，钱仲联、程千帆两先生谈治学，都强调古典文学研究者应该会创作，这样，分析古人作品时，才不会隔靴搔痒，拾人牙慧。我在《外》第六章《怎样培养中国古典文学的研究人才》中。提出了七点措施，其第六点就是"要学会写古文、骈文、旧诗和词"。其中谈及，几十年的旧诗写作，对我分析评断清诗各派的特色，有不可估量的作用。

　　至于如何学习写作诗词，说来好笑，我父亲只教我读古书，写古文，从不教我读诗词，更不教我写。这么一来，我只有自己摸索。家里有《昭明文选》和《古唐诗合解》，我就不断地读，慢慢地自己也学着涂抹几句。我懂平仄根本不是从音学原理学到的，而是古人的近体诗读多了，渐渐辨清哪个字是平声，哪个字是仄声，哪个字可平可仄。四声本是口耳之学，我却目治而得。这也有个好处，就是读得多，词汇、句式、典故，越来越熟悉了，越来越会运用了。

　　最近，周劭馨、汪木蓝两位学弟坚决要为我出版诗集。我一向重视自己的学术研究，而轻视自己的诗古文，所以不同意。但他们的盛意难却，最后只好妥协，自己选了若干，请杜华平学弟审订。书名《大螺居诗文存》，只124首，因为旧作都在"文革"中被毁了，这些都是改革开放新时期写的。

浅论刘世南先生的旧体诗创作

郭　丹

　　新时期以来，旧体诗词得以复兴，作者辈出，成果丰硕。但为旧诗者，非得有才情与学问二者不可，否则难以成事。刘师世南先生以其深厚的旧学功底，从事旧诗创作有年，自一九七九年以来，刘师世南先生共作旧诗600多首。2004年，曾选其精华之作124首，集结为《大螺居诗文存》，由香港天马出版有限公司出版。2009年，中华诗词研究院出版"当代诗词家别集丛书"，刘世南先生的《大螺居诗文存》得以入列，其中"诗存"续编增加72首。

　　刘先生一生以学问为业，业余为诗。自谓"予诗实卑不足存"。然其诗实为新时期以来旧体诗词创作之翘楚。对于刘先生之诗，朱东润、吕叔湘、程千帆、庞石帚等前辈皆给予很高的评价。吕叔湘先生称其诗"古风当行出色"；程千帆先生说刘老的七古"苍劲斩截，似翁石洲（翁方纲）"；庞石帚先生称其诗"颇为清奇，是不肯走庸熟蹊径的"；朱东润先生也称所作"深入宋人堂奥，锤字炼句，迥不犹人"。这些大家，并不轻许他人之诗，也非应酬之谈，能得到以上几位大家的称道，水平可见非同一般。予对于旧体诗歌创作乃门外汉，然读刘师世南先生诗，却深受感染，拜读之余，愚以为还可以概括为三个方面的特色。

一、"自我肺腑出，未尝只字篆"

此两句本是先生写作《清诗流派史》的自道，然以此评衡先生之诗歌，亦甚恰当。作为特色，其实质就是真切，真性情，无一字赘语；又见其创作态度之严肃。正如先生在《清诗流派史》中评释函可的诗所说：函可的诗"最大的特色是真切，字字句句，非过来人不能道"。此亦是夫子自道。而其代表，即先生在校阅《清诗流派史》书稿之后而赋的一首五古，诗前小序说："甲戌盛夏校对《清诗流派史》书稿，以八日时力覆校一过。抚今思昔，喜而赋诗，得三十三韵。"诗云：

世儒勇著书，四部所见罕。我亦妄涉猎，临文愧腹俭。悠悠七十年，独与清人善。早慕羽琊霸，晚好灵芬倩。中间嗜散原，咨嗟赏古艳。百家各出奇，诗盈三万卷。后出迈前修，吾每持兹论。取精而用宏，绍述复多变。纷此流派呈，是即诗道见。欲测长河源，试标倚天剑。发书证吾说，寒暑

忘递嬗。忆昔每岁除，书城犹弄翰。万家庆团圞，独坐一笑
粲。卡片漫盈箱，有得逾美膳。心劳十四载，书成瘁笔砚。
龙蛇纷起陆，势力方交扇。斗筲自称诗，所恃在巧宦。彼哉
散斗金，驵侩等亦滥。伏案虽功深，明月每投暗，昏昏争魅
光，茫茫羞禹甸。真成蝛蝛虫，浩浩独长叹。幸有同门人，
能为凌云荐。贻诸宝岛中，舍筏遂登岸。竟先海外传，制
此繁体版。去夏坐火炉，理董频挥汗。日夕蝇头钞，字浮卅
二万。今夏校样来，堆几喜烂漫。丹黄自校雠，东南得美箭。
譬如襁中儿，为䩄桃花面。不知问世后，几人容清玩？得无
温公书，无人读能遍？自我肺腑出，未尝只字篡。并世得子
云，应与话悃愊。

《清诗流派史》是先生花费十四载心血著成的皇皇大著，
被称为清诗研究的经典之作。诗中叙述了自己对清诗名家龚
自珍、郭麐、陈三立的敬仰，著书的评判标准，著述的甘苦，
书成之后的喜悦。同时对其时"斗筲""驵侩"之徒给予讽刺。
先生之大著与诗，都是"字字句句，非过来人不能道"。全诗
夹叙夹议，饱含深情，笔力劲健，高古峭拔，曲尽情事。足
见先生的功力。

刘先生论诗，谓"凡为诗，必有为而作，决不叹老嗟卑，
而惟生民邦国天下之忧"（《大螺居诗文存自序》），主张作诗
应对人类命运、民族现状等现实问题有深刻思考和深沉感情，

"从而成为社会、时代以及人类的代表和喉舌"。（刘先生引别林斯基语）古典诗词"是我们中华民族的一种美好的精神，一种品格，一种操守和修养"。（刘先生引叶嘉莹语。以上均见《大螺居诗文存》之附录一《南楼谈艺》。）基于这样的主张和认识，先生的诗可谓句句出自肺腑，见其真性情，无丝毫矫揉造作、无病呻吟之语。我们看先生的《独行谣》与《劳人歌》。

《独行谣》写作者行于立交桥上，见板车夫负重拉车："忽见板车四，负重弗能驶。中有两健者，力挽转桥圮。顿车以相待，跳栏复助彼。二友方上行，勤勤颡有泚。得此臂助乐，回顾色殊喜。既登平易途，四车徐同轨。"顿生感慨："永叹民劳止"，并由此想到"劳人相濡煦，天下孰为美"；"乃知士夫心，徒以为己利。是亦人食人，未达平等理"。"是亦"两句，即是提高到社会公德的理性高度来说的了。先生的《劳人歌》，也是感叹民工劳作之苦。诗中吟：

工程火急不容缓，时或夜班通宵干，平旦惟余汗浃泥，神弊真成沟中断。中有少者未成丁，冲洗器物往来频。自言夜班连三夜，长统胶鞋有哭声。工程之初热难执，阳气如蒸地气湿，蜗庐麋居数十人，夜挟竹板宿就隰。棉被裹身下贴泥，幕天况多风露欺，垂老骨酸都不计，但夸健躯胜水犀。晨旭高挂犹酣卧，或伏或仰或侧驮。力竭身疲心转清，更无恶梦来相浣。试观朝食味何如，瓜皮一碗汤满盂，粗粝但求能果腹，好向家中寄赢余。

这样的描写，犹如白居易的《新乐府》《秦中吟》诸诗，用白描的手法写出民工谋生劳动的艰辛。"少年未成丁"的苦辛，"长统胶鞋有哭声"；"粗粝但求能果腹，好向家中寄赢余"，读后真让人感叹歔欷。

这样出自肺腑、系心民生的诗句在刘先生的诗集中多有，如他夏日从学校诸公游青山湖，虽为休闲游歇，欣赏青山湖美景之时，想到的是："侧闻泽水溢南北，荡荡怀山方襄陵。江右三府又剧旱，田裂五谷亦不登。水旱尧汤何蔑有，祸酷数纪见未曾。围湖造田尾闾绝，理水有责孰甘承？"在愤怒的责问之后，先生感叹的是："书生无策平水土，忧患在腹徒拊膺。"（《七月十五日从诸公为青山湖一日游》）先生漫步于即将落成的顺化门立交桥上，在欣喜工程竣工之余，想到的是"劳人昼夜不遑宁，凉飙倏过中秋节。桥成尽是汗血凝，飞车谁记苦作力"？（《顺化门立交桥将于国庆节前夕落成，距今惟九日矣。昧爽漫步其上，感而有作》）谷雨时节，先生不由得"忆昔下放日，阡陌绕晴江。挥鞭立耙上，满垅水汤汤。东风拂素襟，高歌殊慨慷。耒耜非所习，操作渐知方"。"文革"下放劳动的情景历历在目，使他"城居今十稔，粒食未敢忘"。而当他想到如今许多农村青年弃农经商，"举世拜钱神，翻笑田舍郎。丁壮纷趋市，殷忧深庙堂"。殷忧使他断言："由来治平道，端在实廪仓。"这本来是中国历史揭示出来的真理，可如今似乎被人淡忘了。其忧虑可见肺腑。

先生的诗歌表现出深切的人文关怀。其对诗的功用的认识也是如此。在《清诗流派史》一书中论函可诗就说："函可遭到清代第一次文字狱的迫害，满腔义愤，喷薄而出，化为诗篇，是控诉，也是抗争，因而字字是血，句句是泪。读它们，你会感到阮大铖《咏怀堂集》的艺术性固然只能引起恶心，就是那班寄情风月、托兴江山的闲适之作也是渺小的。"而读释函可"这样的血泪文字，我们会想起文天祥、史可法，他们真是民族的脊梁和灵魂"！（该书第二章第四节）这不仅仅是在评函可的诗，这也是先生的诗学观。先生有诗说："文章不经国，花月徒怡性。"他在《夜读林雪怀启师长文》一诗中，怀想当年，"我初亦有陆沉哀，瞻此旧邦迷改步"。而今离别四十年，风云过眼，时事变换，更惊惕"北辰东国变纷纭，对此茫茫昧前路"。东国之变，当年引起许多人的惊异和迷茫。然而先生心怀世事，虽叹"投老难为物外吟"，却是"伏案未甘作书蠹"。心中的忧虑，则超乎一般人了。

刘先生对友人、前贤，都表现出极大的真诚，可谓肝胆相照，真见肺腑。刘先生调到大学工作，因无学历，初并未被重视。同系老先生胡守仁、余心乐、刘方元教授等人为其说项、游扬，先生"感愧交并"，赋诗为答。诗中以王安石赏识王逢原（王令）、苏轼点化米襄阳（米芾）、爱因斯坦荐识居里夫人等典故，感谢胡、余、刘三位先生的尽力推挽："群公竞救之，不使散木散。"并表明自己的心迹："前贤信可嗟，自惭鄙夫愦。分知内外定，境从荣辱辨。三公道能高，迹卑与时变。读书五十年，矜躁吾知免。岂作羊公鹤，遂为世所哂。有辱达德知，徒笑丈夫浅。"这些都是出自肺腑之言。

20世纪70年代末，刘先生始与钱钟书先生通信，请教论学，钱先生激赏刘先生的才学，主动向中国社科院文学所、中华书局等单位推荐刘先生。虽事未成，刘先生感念于怀，历久难释。对于钱钟书先生的推挽和来信，刘先生欢喜至极，曾作诗二十九韵代书寄奉，诗中表示了对钱先生的仰慕，对其著作的钦佩："举世誉《围城》，文木或骖乘。我独慕巨编，铿铿逾杨政。管窥而锥指，书中三味并。鸿文悬河泻，双眼秋水净。想见著述勤，卮酒未妄进。观书目如月，罅隙无不镜。"更喜钱先生来信："觥觥钱夫子，书来如面命。"对于钱先生称许他的诗文，刘先生说："古人赋三都，高名亦造请。矧我覆瓿物，敢不从先正？"诗中刘先生回忆了自己治学之经历，对于前贤，刘先生也敢于提出批评。诗中说："元白鄙自邻，张王声亦郑。少陵村夫子，长篇不足咏。"对于王渔洋，甚至说"奈何甘俳优，伏歌客杏圣"？"文章不经国，花月徒怡性。彼哉小丈夫，乃同姜妇行！吾文意在兹，虚实非所证"。这几句诗，所见甚为深刻，而且言辞也相当激烈。这样的苦心用意，钱先生是理解的，所以先生说："知我唯公耳，异趋岂敢横？"言为心声，这些，也都是肺腑之言啊！1998年，刘先生惊闻钱钟书先生辞世，有诗痛悼钱先生："地灵公遂为人杰，气与太湖相吐吞。古之道术在于是，治学宏峻如昆仑。我以菜材承青眼，拂拭不置如及门。绍述无能徒愧怨，恸哭惟向北山云。"感恩悲悼之情，溢于言表。

杜华平先生说"一部《大螺居诗文存》，完全可以当得是'自我肺腑出，未尝只字纂'"。(《大螺居诗文存序》)诚哉斯言。

二、唐肌宋骨见精神

刘先生作诗，力主唐肌宋骨。先生尝云："今日而为旧诗，宜唐肌宋骨，淡而不枯，华而不缛，曲而不晦，畅而不率，且必吸收西方之新学识以充实之，旁撷新体诗（包括中西古今）之意境以为我用。"(《与盛元论诗函》)若依刘梦芙先生所言，"肌"指外在的辞采与声韵；"骨"指内在的思想与骨力。(《大螺居诗文存》刘梦芙序)以予愚见，就张南皮所论"唐肌宋骨"来说，"肌"也指诗之风神；"骨"如"风骨"之骨，指骨力精神。那么，先生之诗，"唐肌宋骨"二者得兼。正如杜华平先生所说："先生诗学以宋为本，而能兼唐贤及清代诸大家之长。"(《大螺居诗文存》杜华平序)

且看《甲子年中秋无月，而昨夜自镇江归九江，徜徉长江大轮上，月色正妍》："中秋竟无月，把酒忆姮娥。清影长江满，狂吟昨夜多。天开云尽洗，波静镜新磨。失笑余情绕，临风自啸歌。"再如《题画二首》，其《太湖》云："千顷烟波是此湖，波光荡出画桡初。好从峰外盘清气，画个浮岚暖翠图。"其《竹林》云："数峰平远送新晴，未到潇湘骨已清；莫遣匆匆幽径去，满山竹叶画秋声。"《晨绕湖行，口占》："桃李自摇骀荡风，绕湖浅白间深红。也应留得春波绿，尽扫残英到岸东。"或为五言，或为七言，皆可谓景与心融，神与景会，辞采、声韵、意境俱佳。这些诗，当得起庞石帚先生所称道的"颇为清奇"，有唐人风致。而在《三月廿六独游八一公园。久雨初晴，又值来复日，游客极多》中的"分取湖边垂柳绿，春光先上幼儿头"，形象鲜明，不由使人想起"小荷才露尖尖角，早有蜻蜓立上头"的名句，二者相映成趣。再如《旧历四月十三日偕诸公游洗药湖避暑山庄》（九首之五）："阴影群峰聚一湖，沿湖风柳几多株。湖边安个茅亭子，独向东风数鸭雏。"后两句意象独特而清奇，有无穷景味，涵咏再三，令人叫绝。

前面说吕叔湘先生称刘先生"古风当行出色"，我们且以《太湖放歌》为例看看："太湖丽质世莫比，使人涕泣服其美。芳兰竟体如绛仙，何处相看不可怜？湖神闻之忽大笑：子之所拟殊颠倒！吴越女儿皆纤弱，气象阔达孰如我？林下即有咏絮才，见客尚施青幛坐。我闻湖神言，眼前百态化云烟。布帆片片逐水鸟，银涛但见上浮天。世间奇男子、女丈夫，浮云富贵脚不缠双趺，自有精灵烛天地，桓公焉用武侯如……"诗的开头写太湖之美，与湖神对话，就颇有意趣。而接下来的诗，腾挪变换，不受诗格的限制，颇似李白之古风。先生之喜爱古风，在于此体可以自由收放，恣意挥洒，尽情表达自己的思想和感情。加上先生技巧娴熟，"当行出色"，是其必然。

当然，刘先生的诗，更多的是深见骨力的诗，是为"宋骨"。宋诗质实深析透辟，"以筋骨思理见胜"（钱钟书《谈艺录》语），能直接表露思想与骨力，因此更为先生所喜用。先生之诗，既然多以关心民瘼、家国命运为主题，则必然由此取径。所以，骨力俱现，风骨并存，是其诗之大特色。且看《雪夜怀宇菲北京》诗："我昔百忧填胸睨旧乡，恨不力疾去之向太阳。禁书雪夜闭门读，意气直压一夫刚。同志二三相濡煦，我友段琦最堂堂。诏我涅克拉索夫，怀铅握椠走大荒。哀吟但为俄罗斯，快乐自由数谁行？分投战斗入地下，我留江右君东江。世事纷挈五十载，恍如觭梦醒黄粱。南美倦游京华老，相望但祝寿而康。"诗所怀的段君新中国成立后曾任新华社记者，去过俄罗斯、南美诸国。作者简述段君的经历和自己的怀想与祝愿。而后段则由苏联东欧之变联想到时事："规模宏远新中国，永忆国老张（治中）与黄（炎培）。兴亡圈子必跳出，毋纵官邪宠赂彰。大锅饭唯养懒汉，改革经济面市场。"最后说道："何以制敌曰民主，亦惟法治能自臧。
吾今髦矣七十七，犹企禹甸焕文章，大道之行视康庄。"2007
年，先生还作过一首《兴亡周期率》，其诗曰："药石久占民
主验，治平岂信独裁宜？"可以相互印证。这些诗并不晦涩，
也不深曲，先生对于时事，乃直抒胸臆，然其忧心可鉴。再
看《戊午年除夕放歌》，此诗七言古风，共88句，追忆与马
一浮、杨树达、王瑶、吕叔湘、程千帆、庞石帚、吕叔湘、
钱钟书诸先生的交往，句句用韵，句句用典，虽嫌绵密，然
非学富功深者不能如此。先生的诗引经据典、寓意深沉，在
于先生对古代典籍极其熟悉，可以说从先秦到有清一代，都
了然于心，所以能信手拈来，挥洒自如地撷取典故典籍入诗，
故读其诗，非反复诵读不能明其意。有论者以为其"合诗人
之诗与学人之诗二而一之"（《大螺居诗文存》熊盛元序），此
论可为的评。

　　先生之诗，感慨而直抒胸臆者，如《梦》："平生志不在
温饱，王曾此言牖我早。当时意气干青云，岂为身谋伤怀抱？
风尘奔走七十年，穷途翻倚友生怜。壮怀回首真一梦，摩挲
老眼向陈编。"诗有前序："此真击碎唾壶之作也，循环读之，
悲不自胜。"此诗乃先生回首一生坎坷遭际而发出的悲愤之
词。再看《读张仲谋清诗研究综述》："附骥汪钱谁则可，策
勋翰墨我非伦。欲从心路窥民主，好与尧封企日新。健者当
为诗外事，高歌还望眼中人。亭林能狷羽琦侠，绍述只惭笔

不神。"张仲谋教授作文，称先生之《清诗流派史》堪与汪辟疆、钱仲联、钱钟书等著作同为清诗研究的经典之作，先生此诗表示谦虚，又揭橥自己著述之目的。因感到无限欣慰，又作一首《予今七十有八，所愿终偿，欣然赋此》："颓龄可制亦何求，剩付骨灰逐水流。刊谬难穷时有作，赏音既获愿终酬。人心纵比山川险，老子已无进退忧。差幸穷途多窘拂，书成或不化浮沤。"这些诗，都可以窥见先生平生以及著述的心路历程。

先生有的诗说得是非常尖锐的，如《读〈文汇报〉2008年12月27日舒芜〈病榻杂感〉》："同辈纷纷逐逝波，秋风枯树看婆娑。负师卖友余犹大，寿过褚渊辱更多。"褚渊，南朝宋、齐两朝大臣，时有"宁为袁粲死，不作褚渊生"之谣。此又用陈寅恪"阜昌"诗"阮瑀多才原不忝，褚渊迟死更堪悲"之典。犹大卖友，为人不齿，先生的态度非常明确。这就是他的骨。

朱东润先生称刘先生作诗，"锤字炼句，迥不犹人"。读刘先生诗，可以感受到这一点。就刘先生诗来看，对仗精巧者不少。我最为叹佩的是《解脱》诗。诗云："目断齐州九点烟，懒从龚魏论均田。臣之壮也江湖阔，我所思兮水石眠。心死久疏游侠传，河清却续治平篇。自怜素足囚玄屦，回首匆匆五十年。"颔联前句用《左传》烛之武答郑伯之言："臣之壮也，犹不如人，今老矣，无能为也矣。"后句用张衡《四愁诗》："我所思兮在太山，欲往从之梁父艰。"此中"臣"对"我"（代词），"之""也"对"所""兮"（语气词），"壮"对"老"（形容词），尤为神来之笔。"江湖阔"和"水石眠"则袒露了先生的胸怀。此联属对如此精工，表达其时先生世事人生、欲说还休之心境如此贴切，若非对典籍的极其熟悉，诗艺的得心应手，不能臻此化境。其他属对精工的还有如《重游梅岭坐林氏别墅》："青入山痕天似梦，绿摇竹影昼生寒。"《闻洪亮事，深夜伏枕口占》："开灯欲破无边夜，伏枕翻成后死悲。文字狱成徒扼腕，稻粱谋苦岂攊眉。"《1996 年 9 月 29 日夜，谢雅诚由台湾来访，喜赠二首》之二："骑楼幸为传钩党，飞鸟终能避控弦。"《谢汪少华教授馈岁》："菜把园官怜杜甫，桃花潭水谢汪伦。"2009 写的《除夕》："率兽食人有今日，化民成俗忆前贤。"（前用《孟子》语，后用《礼记·学记》语。）《意有未尽，复成长句》："羲皇道自先生出，正始音终此世无。"等等。不但对仗工整，用典也极其惬当。

三、"以旧风格含新意境"

旧诗的革新，是刘先生一直萦绕于怀的问题，他进行了长久的思索。他认为：梁启超以黄遵宪的"新派诗"为论据，提出"以旧风格含新意境"这一口号，作为"诗界革命"的原则，实在是很准确的。（《大螺居诗文存》附一《南楼谈艺》）前面已引过，刘先生与熊盛元论诗函中也说道："必吸收西方之新学识以充实之，旁撷新体诗（包括中西古今）之意境以为我用。"为此，刘先生进行了积极的实践和探索。

我们先引述他自己的一段话："我写了一首《杂感》：'昔予游岱宗，疲惫五中焦。归来何所得？琐琐不足描。莱茵河与梁，直线两相交。刍豢不知味，钟鼓不辨韶。乃知主客合，意象始昭昭。'这里用了两个典故。一出于叔本华《作为意志和表象的世界》第3卷P145：'一个焦虑与匆遽的旅行者，他所看到的莱茵河及其堤岸，将不过是一根直线，而河上的那些桥梁，也仅仅是同上述直线相交的若干直线而已。'另一出于《荀子·正名》：'心忧恐，则口衔刍豢而不知其味，耳听钟鼓而不知其声，目视黼黻而不知其状。'"（《大螺居诗文存》附录一《南楼谈艺》）所用叔本华和荀子的典，讲的都是审美心理学上的问题，意在说明审美主体对客体的感受受到主观心理的影响。焦虑与匆遽的旅行者，其内心匆匆，当然无法细细品味莱茵河及其堤岸之美景，看到的只是一条条直线。心存忧虑和恐惧之人，也就无法感受肉的美味，欣赏音乐之美，领略锦绣花纹之美。这两个中外典故叠用，你就能理解诗中最后两句"乃知主客合，意象始昭昭"的道理了。

按照刘先生自己所说，他的《劳人歌》也是试图吸收新体诗之意境以为我用的。在第一部分我已引了中间一段，我再把开头和结尾也引出来，以见全璧。开头：

　　洪都大道立交桥，中圜四会拔地高。东西南北车驰骤，名城得此信足豪。桥成期限秋三月，"火炉"人人汗浸发。何况流金铄石时，民工胼胝日穷掘。或移水管埋钢筋，或掘黑土成方城，或侍碎机匀砂石，或推巨石填深坑。

　　结尾：

　　劳人多出淮北地，人多田少艰生计，但望常有大工程，不辞苦力求蝇利。人满为患可奈何？乡农超生仍日多，有子不教徒作苦，贫愚相连理则那，愿君听我劳人歌！

　　这首《劳人歌》是先生用新诗的意境和语言来写的。它反映民工劳作之苦，赚钱之难，并无奢望，艰难度日的状况，并揭示其根源："超生""贫愚"。全诗用的是民工的语言，娓娓道来，但在体制上又是一首古风。先生为了不使旧诗"贵族化"，其实践的确是用心良苦。

　　再如《行路难》写路边歹徒抢劫，作者目睹了经过，被抢者"倚墙一人方苦求，语音约略似外县。脚边纸箱与提包，空手撑持频哀唤"。歹徒是"立其前者一少年，白T恤衫殊轻软"。作者明白这是抢劫，"我神顿清心顿明，始知此是抢劫案。古稀人宁敌老拳，匆遽前行足步乱"，徒唤奈何。作者最后痛惜道："向来每吟行路难，纸上得来未真见。今日邂逅愤且惊，孰令致之为民患？此辈归去挥巨金，卡拉 OK 歌妙曼。孰知华堂买笑人，夜夜为此弋人篡！"和《劳人歌》一样，写的是日常所见，意思都明白如话，诗题是旧体，诗中偶尔也用到典故，但反映生活却一样深刻。这些诗，包括前面已举到的《雪夜怀宇菲北京》，都可以说是"以旧风格含新意境"之作。

就具体的诗句来说，新旧交融、中西叠用而出新意境的例子还有不少，如《守仁先生……敬赋长诗，以答嘉贶》："荐士慕西方，彼美清扬婉。有居里夫人，识爱因斯坦。"《时事》："日夫科夫昂纳克，党魁纷纷驱出党。剧怜齐奥塞斯库，黄池归来余仙仗。"《苏联解体惊赋》："虐我则仇何复尔，彼斯大林前史无。灭理想国无忌惮，咄汝戈尔巴乔夫。"《吊针吟》："灵药尔何物？化我骨肉亲。滋我生命力，吐故以纳新……我生求治术，马列主义真。"《游圭峰》："郎格弩斯言，粲然印吾目。"《予喜读李锐诸人文字……中宵不眠，长句口占》："试问神州民主日，谁将治术问黄农。"《读争鸣有感》："文如腹中所欲语，海外秘辛眼为明。历史从来富遥感，始知资本赋新名。"《短梦》："纷纷帝释战修罗，制动全由力比多。妙解精神问荣格，万缘空后水犹波？"《示尘白》之四："读书为何事？志在振民权。作主红薯卖，称奴白屋贤。制衡官敛手，失控帑流川。节度从何谨，卢骚与细论。"《兴亡周期率》："兴亡圈率叹周期，能否出圈待卜疑。药石久占民主验，治平岂信独裁宜？彼萨达姆真国贼，唯恩格斯真吾师。"《老健》："演说犹钞奥巴马，治平安得武侯龙？"《感事足成四句》之"懒从明镜窥头黑，忍向高门觅眼青"，则如鲁迅诗："忍看朋辈成新鬼，怒向刀丛觅小诗。"有时我们不得不赞叹刘先生的手法的高超，这样的结合，能如此水乳交融，妙合无垠。

刘先生说："今后我如果还写点旧诗，就还是写当代社会大多数人的喜怒哀乐，而虽求典雅，但决不用僻典，押窄韵，造些聱牙佶屈的句子以艰深文其浅陋。"（《大螺居诗文存》附一《南楼谈艺》）其实并非"今后我如果还写点旧诗"要如此，刘先生二十一岁时所作绝句二首："文字从来少铸新，古诗亦只善言情。西方自爱裴伦作，忍泪一歌去国行。""珂勒惠支画色新，汝奴之奴若为情。草原故事饥民橡，都向蛾眉索解人。"就已经表现出这样的倾向，证明刘先生一直是这样努力与探索的。

2014 年 2 月 18 日完稿

原载于《诗刊》2014 年增刊《子曰》第 1 期

再版后记

　　业师刘世南先生的《在学术殿堂外》2003 年在中国文史出版社出版后，得到许多学者的高度赞赏。无论是老一辈的学者，还是中青年学人，以至青年研究生，凡是读过此书的人，都为其严谨的治学态度、献身学术的执着精神、坦荡的学术胸怀和殷殷的学术期望所感动。只惜此书当时印数不多（一千册），且时隔十几年，如今一些同行索要此书，已经没有存书。2015 年 10 月，经台湾花木兰文化出版社同意，刘先生此书得以在该社以繁体字再版。在此谨表谢意。

　　先生今年已经九十三岁高龄，身体虽还硬朗，然犹恐先生过于劳累，全书清样的校对工作由我承担。校对全书，再次拜读，又是一次学习的过程。捧读全书，仍产生深深的感喟。感喟之一，是刘先生多年前大声疾呼做学问要打好扎实的根柢、不徇利禄、屏除浮躁心态。在这次的增订部分，先生再次强调"只有不徇利禄，才能沉下心来，好学深思；只有根柢扎实，并且日知所无，才能在著书时，胜义纷披，水到渠成"。可是，学术界至今并没有什么大的改变。行政化的管理体制、量化的测评标准、功利性的学术研究，逼着学者去"一年磨十剑"。不端的学术行为，也没有得到根除，甚至有愈演愈烈之势。如此，学术研究如何能出精品，出传世之作？扎扎实实地读完该读的书，特别是阅读元典，打下扎实的基础，细读和背诵经典，我们读先生的《在学术殿堂外》，就可以发现先生所征引的典籍之多，涉及面之广。再者，像先生那样以十五年甚至更长的时间去打造一部著作，虽不说完全没有，但却是凤毛麟角了。似乎不能责怪年轻的学人，不是他们不愿意按照刘先生所说的去做，而是管理体制和各种测评的要求，逼着他们去走急功近利的路子。然而，这是比学人的懒惰更令人担忧的。先生在本书的增订本中再次表示了这样的焦虑。感喟之二，是刘先生的"刊谬难穷时有作"，表现出深厚的学术担当和文化担当精神。学术乃天下之公器。先生的指谬，完全是出以学术的公心，希望不要误导读者，学人不要再犯同样的错误。当然，批评指谬总是要从具体的例子出发的，而不是泛泛而谈。他发现一些老一辈学者的错误，哪怕是智者千虑未免一失，也正是要说明从事学术研究，打好扎实基础的重要性。而那些跟风的学术著作，是为先生所不齿的。所以他的确不是跟哪个人过不去，而是希望通过这样的指谬刊误，"让迷途者知返，让浮躁者虚心，让狂妄者冷静"，纯净学术空气，"挽回学术颓风，让学术研究能够正常进行和健康发展"。所以，先生的焦虑，先生的担当精神，都深刻地体现了先生的人文主义情怀。感喟之三，是刘先生担心不良学术风气的蔓延不可遏止，担心这样的学术风气毁坏了年轻一代的学人。那才是更可怕的！如果说刘先生所发现的老一辈学者的错误，尽管也暴露出个别人的基础不那么牢靠，那么，年轻学者出现的错误，就是能否继承学术传统的问题了。先生所焦虑的，是前辈的优良学术传统是否会在新一代的研究者手里丧失，断送了学术研究的前途。现今的文史学术界，难以再出现像王国维、陈寅恪、钱钟书这样的大师，跟多年以来的学术风气是有密切关系的。正如著名的"钱学森之问"一样，其中的原因，也是尽人皆知的。然而，刘先生仍然要大声疾呼，可见一位老学者的拳拳之心。特别难能可贵的是，刘先生并非一位老学究，为学术而学术，他有着强烈的人文情怀，即他的研究学术，并不离开当代意识。正如他研究清诗的"经典性著作"《清诗流派史》那样，是要"探索清代士大夫的民主意识的成因"。这就体现了刘先生深挚的人文主义情怀。重读刘先生的《在学术殿堂外》，我进一步感受到刘先生胸怀的博大。

读《在学术殿堂外》，你可以感受到刘先生学识的渊博，这是一辈子读书的积累。刘先生一辈子与书为友，手不释卷，从不满足于已有的知识。我在本书开头的学习心得中曾提到，有好几年，刘先生是除夕下午四点钟在图书馆给我写信的。

　　这里我想再说一件事，2015 年春节（乙未年正月初一）上午九点二十分，我给刘先生打电话拜年，刘老师回答说他已在省图书馆看书了！老人家这样的孜孜不倦，真令我们后辈汗颜。然而，知识就是在这样的勤奋与积累中升华，蔚为大家！

　　前面说过，校稿的过程，就是再次学习的过程，也是再次聆听先生教诲的过程，又得收获，谨此记下，但恐不能得先生治学精髓之万一耳。

　　祝愿先生健康长寿，学术之树长青！

受业弟子　郭丹　谨记

2016 年 1 月 15 日